SILKE PORATH / ANDREAS C. BRAUN

Klosterbräu

MORD IN DER MESSE Sonntag auf dem Spaichinger Dreifaltigkeitsberg. Die Kirche ist wie immer gut gefüllt: Einheimische und Pilger, die mit Bussen angereist sind, drängen sich in den Bänken. Pater Pius zelebriert die Messe und freut sich auf ein gemütliches Mittagessen gemeinsam mit den Brüdern. Nach der Messe gehen er und die Patres den kurzen Weg von der Kirche zum Konvent. Bruder Johannes hat Geburtstag. Sie stoßen mit ›Spöttinger Bräu‹ an – da stürzt Bruder Ortwin, der Cellerar, der die Kirche abschließen sollte, in das Refektorium: Ein Mann, der nach dem Ende der Messe noch geblieben war, betet nicht, sondern ist einem Verbrechen zum Opfer gefallen. Pater Pius' detektivischer Verstand arbeitet auf Hochtouren und als Kommissarin Verena Hälble einen Undercover-Mann braucht, schickt sie kurzerhand den Ordensmann nach Berlin. Der gerät mitten hinein in einen Strudel aus Bier, Bonzentum und bitteren Wahrheiten …

Silke Porath, Jahrgang 1971, lebt mit Mann, drei Kindern, Hund und allerlei Kleinvieh in Spaichingen. Sie arbeitete als Zeitungsredakteurin und PR-Beraterin, ist bis heute Dozentin für Kreatives Schreiben.

Andreas Christoph Braun, 1964 in Stuttgart geboren, lebt heute wieder in Stuttgart. An der Universität Tübingen studierte er Humanmedizin, ehe er nach dem Physikum die Richtung wechselte und in Würzburg ein Studium der Kunstgeschichte, Archäologie und Geschichte absolvierte.

Zoran Zivković, Jahrgang 1969, stammt aus dem ehemaligen Jugoslawien. Er lebt mit seiner Frau und zwei Töchtern in Höchberg. Der Sozialpädagoge wuchs auf der Schwäbischen Alb auf und drückte dieselbe Schulbank wie Silke Porath. Zoran Zivković arbeitet als Seminarleiter und Bildungsreferent in Würzburg.

Bisherige Veröffentlichungen im Gmeiner-Verlag:
Klostergeist (2011)

SILKE PORATH /
ANDREAS C. BRAUN

Klosterbräu

Kriminalroman

Mit »Radio Donauwelle« von Zoran Zivkovic

GMEINER *Original*

Besuchen Sie uns im Internet:
www.gmeiner-verlag.de

Im Ehnried 5, 88605 Meßkirch
Telefon 07575/2095-0
info@gmeiner-verlag.de

1. Auflage 2012

Lektorat: Claudia Senghaas, Kirchardt
Herstellung: Christoph Neubert
Umschlaggestaltung: U.O.R.G. Lutz Eberle, Stuttgart
unter Verwendung eines Fotos von: © Markus.i – Fotolia.com
Druck: GGP Media GmbH, Pößneck
Printed in Germany
ISBN 978-3-8392-1315-5

Personen und Handlung sind frei erfunden.
Ähnlichkeiten mit lebenden oder toten Personen
sind rein zufällig und nicht beabsichtigt.

ERSTER TAG

»Hier ist Steven, und ihr hört Radio Donauwelle! Guten Morgen, Frühlingsgefühle! Die Sonne strahlt und der Lenz scheint den Winter ernsthaft in seinen wohlverdienten Winterschlaf zu schicken. Pünktlich zu den ersten warmen Sonnenstrahlen läuten die Biergärten die Saison ein und unsere neue Kollegin Mina ist heute im Möhringer ›s'Törle‹ und sammelt Liveeindrücke bei den hiesigen Frühschoppenfans. Auf ihrem Weg ins Vergnügen kann sie heute unbesorgt das Dach öffnen, Radio Donauwelle wählen und den Sportfreunden Stiller mit ›Frühling‹ lauschen. Blitzer, Staus und andere Gemeinheiten haben wir heute keine zu melden. Euer Steven lehnt sich nun entspannt zurück und spürt mal tief in seinen Bauch hinein, ob der eine oder andere Schmetterling schon aus der Winterstarre erwacht ist.«

Die Kerze auf dem Altar flackerte, als Pater Pius sich verneigte und schwungvoll zur Gemeinde umdrehte. Die Kirche auf dem Dreifaltigkeitsberg war an diesem Frühlingssonntag gut gefüllt. Die ersten Ausflügler des Tages wollten wohl einen der dem Kloster und der benachbarten Gaststätte am nächsten gelegenen Parkplätze erwischen und vertrieben sich die Zeit bis zur Öffnung des Biergartens mit dem Besuch im Gottesdienst. Pater Pius wusste, dass längst nicht alle der über 100 Besucher des Gebets und der Predigt wegen gekommen waren. Der Prior freute sich trotzdem über jeden Einzelnen – schließlich war die Kuppel der Spaichinger Bergkirche dem Petersdom in Rom nachempfunden. Tag für Tag strebten Pilger in die kleine Stadt am Rande des Schwarzwalds und brachten neben vielen interessanten Gesprächen auch den einen oder anderen Euro, den die Patres an ihre Hilfsprojekte auf den Philippinen weiterleiten konnten.

Pius breitete beide Arme zum Segen über die Gemeinde aus. Zu seiner Rechten standen die Brüder im Chorgestühl. Alle hielten die Köpfe gesenkt. Aus dem Augenwinkel sah er, dass Bruder Johannes von einem Bein aufs andere trat. Ja, Pius hatte sich bei seiner Predigt ereifert und zehn Minuten überzogen. Der Koch des Konvents hatte also allen Grund, nervös zu sein, drohten doch die sorgsam terminierten Kartoffelgratins im Backofen der Klosterküche zu verkohlen.

»So gehet hin im Namen des Vaters, des Sohnes und des Heiligen Geistes.« Pius' warme Stimme hallte im Gotteshaus wider. Die Gemeinde antwortete mit einem einstimmigen »Amen«. Noch ehe Pater Wolfgang oben auf der Empore die ersten Orgeltöne gespielt hatte, huschten einige Menschen bereits durch die Tür. Pius hörte, wie sein eigener Magen knurrte, und schickte den Hungrigen ein stilles Gebet hinterher. Dann wandte er sich um, verneigte sich noch einmal vor der Monstranz und folgte den Brüdern in die Sakristei. Während alle anderen durch die Hinterpforte ins Freie strömten, um am kleinen Klostergarten und dem ehemaligen Brunnenhaus vorbei zu den Wohnräumen des Klosters zu eilen, blieb Pius noch in der Sakristei.

»Saubande«, sagte er lächelnd, als er die Messgewänder

sah, die die beiden Ministranten achtlos über den einzigen Stuhl in dem winzigen Raum geworfen hatten. Die Jungen, beide zwölf Jahre alt, hatten immerhin die großen Körbe, in welchen sich die sonntägliche Kollekte befand, ordentlich nebeneinander auf den Tisch gestellt, ehe sie davongerannt waren. Pius konnte ihnen nicht verdenken, dass sie am ersten wirklich warmen Tag des Jahres lieber nach draußen jagten, als die Gewänder auf Bügel zu hängen. Der Pater nickte zufrieden, als er in den Kollektekörben neben zahllosen Münzen auch über ein Dutzend grüne und rote Scheine sah. Die Brüder im fernen Asien würden jeden Cent brauchen, denn noch immer litt das Land unter den Folgen des Tsunamis.

Pius schlüpfte aus seinem Messgewand, hängte es auf einen Bügel und verstaute es im Schrank. Bruder Ortwin würde die Jungen schelten, wenn er sah, wie achtlos sie mit den teuren Gewändern umgingen – also räumte er selbst die weißen Kutten auf. Vom steifen Leinen ging der Geruch von Weichspüler aus, gemischt mit einem Hauch Weihrauch. Pius brummte zufrieden und öffnete schließlich die Tür einen Spalt breit. Mit Hemd und schwarzer Hose bekleidet, die Ärmel aufgerollt, war er von den sonntäglichen Besuchern kaum zu unterscheiden. Einzig das schwere silberne Kreuz auf seiner Brust wies ihn noch als Ordensmann aus. Trotzdem linste er erst auf den Hof, ob sich Besucher in den hinteren Teil der Klosteranlage verirrt hatten; auf Gespräche und Begegnungen hatte der Pater jetzt keine Lust. Sein Magen knurrte noch lauter und drängte ihn buchstäblich ins Refektorium und zum sonntäglichen Mahl mit den Brüdern.

Pius hatte Glück: Der mit groben Kieselsteinen ausgelegte Hof war menschenleer. Aus dem zum ›Raum der Stille‹ ausgebauten alten Brunnenhaus drangen die sphärischen Klänge der CD, die er am Morgen eigenhändig auf ›Repeat‹ gestellt hatte. Ein einzelner Mensch beugte sich über den trockengelegten Brunnen, den Rücken der schmalen Tür zugewandt. Der Pater bemühte sich, so leise wie möglich zu gehen. Und noch einmal war ihm das Glück hold und er erreichte den Hintereingang des Klosters, ohne von jemandem bemerkt zu werden. Schnell huschte er durch die Küchentür, die nur angelehnt war.

»Lecker!«, rief er aus, als er einen Blick in den dampfenden Topf auf dem chromglänzenden Herd warf. »Spätzle!«

»Finger weg!«, dröhnte eine Stimme hinter ihm.

Pius fuhr herum. »Musst du mich so erschrecken?«, rief er aus und hielt sich theatralisch die Hand ans Herz.

Bruder Johannes lachte. »Ich verteidige nur meine Spätzle«, lachte der Koch und Cellerar des Konvents.

Pius verzog das Gesicht zur Grimasse. »Ich bin halb verhungert«, jammerte er.

Johannes deutete auf den prallen Bauch seines Freundes. »So schnell verhungerst du nicht«, gab er zurück und drängte Pius zur Tür. Dort stand bereits der mit Schüsseln und Schalen beladene Servierwagen. Johannes parkte die letzte Schüssel Spätzle auf dem Wagen. Dann gingen die beiden gemeinsam durch einen schmalen Gang, an dessen Ende das Refektorium lag. Die Flügeltüren waren weit geöffnet und das Lachen und Plaudern der Brüder hallte in den Flur. Als Johannes den Wagen mit den Speisen in den Saal rollte, verstummten die Patres und erhoben sich. Pius nahm seinen Platz am Kopf der Tafel ein. Johannes stellte den Wagen am anderen Ende des langen Tisches ab und begab sich an seinen Platz neben Pius.

Die Patres senkten die Häupter und falteten die Hände zum Gebet.

»Im Namen des Vaters, des Sohnes und des Heiligen Geistes«, begann Pius sein Tischgebet. Das allerdings angesichts des knurrenden Magens des Superiors ein wenig kürzer ausfiel als üblich – Pius konnte und wollte nicht länger auf den Schweinebraten warten, der mit Sicherheit knusprig wie immer und saftig wie stets war.

Mit einem kräftigen »Amen!« beendete er die kurze Andacht und setzte sich. Die Patres bekreuzigten sich wie ihr Superior und nahmen ebenfalls Platz. Alle, bis auf Johannes, der die Schüsseln vom Wagen nahm und auf den Tisch stellte. Pius wollte eben nach den Spätzle greifen, als ihm der leere Platz neben Bruder Sunil auffiel.

»Wo steckt denn Ortwin?«, fragte er den philippinischen Bruder. Der zuckte nur mit den Schultern und nahm einen großen Schluck Bier. Je schöner das Wetter wurde, desto mehr blühte der Missionar aus Asien auf. Der Spaichinger Winter hatte Sunil arg zu schaffen gemacht. So schön der Schnee auch ausgesehen hatte, Sunil war glücklich wie ein kleines Kind gewesen, als er die dicken Fäustlinge und die Fleecepullover, für die er sein gesamtes Taschengeld ausgegeben hatte, wegpacken konnte.

»Ich glaube, er wollte noch schnell die Kollekte zählen«, bemerkte Pater Wolfgang und streckte seine feingliedrigen Organistenhände nach der Fleischplatte aus.

Pater Josef schickte einen sehnsuchtsvollen Blick hinterher – der aber in der nächsten Sekunde blankem Entsetzen wich: Ein markerschütternder Schrei hallte durch den Flur. Die Köpfe der Patres fuhren herum. Alle starrten zur Tür, in der jetzt Bruder Ortwin auftauchte. Aus seinem Gesicht war alle Farbe gewichen und er war beinahe so weiß wie sein Hemd.

»Ah, ah, ah!«, stammelte er und fuchtelte mit den Händen. Pius sprang auf und eilte zu seinem Mitbruder, der am ganzen Körper zitterte. Letzte Woche erst hatte er im Reader's Digest einen Artikel über Schlaganfälle gelesen. Sachte fasste er Ortwin an der Schulter und rief innerlich ab, was er gelesen hatte. Gehörte Zittern auch dazu? Pius sah, wie Ortwins Mund sich öffnete und wieder schloss. Der Verlust der Sprache war ein Zeichen für einen Hirninfarkt! Aber Ortwins Mundwinkel hingen nicht herunter.

»Was ist mit dir?«, fragte Pius sanft und rüttelte Ortwin vorsichtig an den Schultern.

»Leiche!«, stieß der hervor. Dann sackten seine Knie weg. Pius konnte den Bruder eben noch stützen, sonst wäre Ortwin wie ein nasser Sack auf das Parkett geknallt. Mit weit aufgerissenen Augen und nach Luft pumpend wie ein Maikäfer lehnte er an der Wand. Pius beugte sich zu ihm hinab. Die Übrigen scharten sich um die beiden. Johannes hatte eine gestärkte Serviette von der Tafel geschnappt und wedelte Ortwin Luft zu.

»Leiche«, sagte der noch einmal. »In der Kirche!« Dann verdrehte er grotesk die Augen und sein Kopf fiel zur Seite. Das Zittern ließ augenblicklich nach.

»Wolfgang, du kannst doch Erste Hilfe!«, rief Pius.

Der Angesprochene ging neben dem Ohnmächtigen in die Knie. Vorsichtig drehte er Ortwins Kopf ein wenig zur Seite. »Halt mal seine Beine hoch«, befahl er Sunil. Der Philippine tat, wie ihm geheißen. Ortwins Hose rutschte über die Waden. Selbst die waren gegen die tiefschwarzen Strümpfe weiß wie Schnee.

»Was hat er denn bloß?«, jammerte Pater Josef. Ihm war ohnehin alles, was von der üblichen Ordnung abwich, ein Gräuel. Und nun das!

»Ohnmächtig ist er«, antwortete Johannes. »Vielleicht hat er einfach zu wenig gefrühstückt?«

Wie schön, dass Johannes auch in solchen Situationen ans Essen denken kann, dachte Pius. Ihm war mehr als mulmig – was hatte Ortwin gesagt, ehe er das Bewusstsein verlor? Eine Leiche? Pius schickte ein Stoßgebet gen Himmel und hoffte inbrünstig, sich verhört zu haben.

Pater Wolfgang klatschte mit den flachen Händen auf die blassen Wangen des Ohnmächtigen.

»Ortwin? Hörst du mich?«

Nichts.

Wolfgang schlug noch einmal auf Ortwins Wangen, dieses Mal fester. Seine Hände hinterließen rote Abdrücke, die im fahlweißen Gesicht schon beinahe für eine gesunde Färbung sorgten.

»Ortwin!«

Nichts.

»Wasser, bring mal jemand Wasser«, befahl der Ersthelfer. Pius hastete zum Tisch, schnappte sich die Karaffe mit Leitungswasser, in dem Eiswürfel klackerten, und reichte sie Wolfgang.

»Doch nicht so, ein Glas!«, rief der.

Pius rannte zurück zum Tisch, griff zum erstbesten Glas und kippte Wasser hinein. Die Hälfte ging daneben und tropfte in den mit Spätzle gefüllten Teller, so sehr zitterte der Superior. Auf dem Weg zum Ohnmächtigen verschüttete er einen Gutteil der kalten Flüssigkeit.

»Danke«, sagte Wolfgang und riss Pius das Glas aus der Hand. Dann kippte er das Wasser mit Schwung in Ortwins bleiches Gesicht.

»Das ist Erste Hilfe?«, wunderte sich Sunil, der noch immer die Beine des Ohnmächtigen hoch hielt.

»Nein, aber es hilft«. Wolfgang schnaufte erleichtert, als Ortwin prustete und hustete und die Augen aufschlug.

»Da bist du ja wieder!«, freute sich Pius und beugte sich zu seinem Mitbruder hinunter.

»Wo bin ich?«, fragte der und blickte in die sorgenvollen Gesichter seiner Brüder. Dann stöhnte er und schloss die Augen.

»Ach ja, die Leiche …«, flüsterte er. Sein Kopf sackte zur Seite. Pius, der das eben bei Wolfgang gesehen hatte, verpasste Ortwin rechts und links eine leichte Ohrfeige.

»Nicht wieder wegtreten, Ortwin!«

Der Angesprochene öffnete die Augen. »Kannst du

mal meine Beine loslassen?«, sagte er zu Sunil. »Das ist unbequem.«

Sunil legte Ortwins Beine vorsichtig ab und trat einen Schritt zurück.

»Welche Leiche?«, fragte Pius und hoffte noch immer, sich verhört zu haben. Vielleicht hatte Ortwin gestern Abend zu lange ferngesehen, einen der Thriller, die der Pförtner so liebte?

»In der Kirche. Vorletzte Bank«, sagte Ortwin nun laut und deutlich und rappelte sich hoch. Wolfgang stützte ihn. Schließlich kam der Bruder Pförtner, noch etwas wackelig, in die Senkrechte. Josef reichte ihm ein frisches Glas Wasser, das Ortwin in einem Zug hinunterstürzte. Er rülpste leise.

»Ich hab gedacht, der betet … und dann bin ich hin … und wollte ihn ansprechen … der hat aber nicht reagiert …« Ortwin stockte. Pius warf ihm einen aufmunternden Blick zu. Der Bruder holte tief Luft und schloss die Augen, als könnte dies das Bild vertreiben, das ihm solches Grauen verursachte.

»Der hat mich nur angestarrt. Ich hab ihn an der Schulter gerüttelt und dann … dann …« Ortwin konnte nicht mehr. Er schlug die Hände vors Gesicht und schüttelte den Kopf.

»Setz dich erst einmal gemütlich hin und trink ein Bier«, meinte Johannes fürsorglich.

Ortwin rappelte sich hoch und schwankte auf zitternden Beinen zum Tisch. Dort ließ er sich wie ein nasser Sack auf den nächstbesten Stuhl plumpsen. Johannes reichte ihm eine Flasche Spöttinger Bräu. Ortwin ließ den Schnappverschluss ploppen und setzte die Flasche an. Er trank mit gierigen Schlucken.

»Johannes, bitte bleib du bei Ortwin. Ich werde nachsehen, was los ist«, sagte Pius. In diesem Moment funktionierte er nach außen, war der Leiter des Konvents, der, der einen klaren Kopf bewahren musste. Wie es in seinem Inneren aussah, bemerkte keiner der Brüder – am liebsten hätte Pius die Zeit zurückgedreht und gemacht, dass das eben Gehörte nie geschehen wäre.

Sunil machte Anstalten, den Superior zu begleiten, doch der schickte ihn mit sanfter Stimme zurück ins Refektorium. Pius ahnte, dass das, was vermutlich in der Kirche zu sehen war, den zartbesaiteten Asiaten völlig aus der Bahn werfen würde.

»Bleib hier und hilf Johannes«, befahl er. Sunil nickte stumm und machte kehrt. Als der Philippine die Tür zum Refektorium hinter sich geschlossen hatte, sackten Pius' Schultern nach unten. Einen Moment lehnte er sich gegen die kühle Wand. Ihm genau gegenüber hing eine alte Fotografie, die den Dreifaltigkeitsberg und das Kloster als schwarz-weiße Luftaufnahme zeigte. Im Vordergrund war das damals noch kleine Städtchen Spaichingen zu sehen. Dort, wo heute die mächtigen Kessel der Spöttinger Brauerei in riesigen Hallen standen, war vor einem halben Jahrhundert noch blanke Wiese gewesen. Ob es damals beschaulicher und friedlicher im Kloster war? Pius verharrte noch einen Augenblick, ehe er sich von der Wand abstieß. Seine Gummisohlen quietschten leise, als er durch die Küche ging und aus dem Hinterausgang ins Freie trat. Der Hof lag verlassen da, nur ein einziges Auto mit Freudenstädter Kennzeichen parkte vor dem Holzzaun des Klostergartens. Die Pilger stärkten sich vermutlich alle beim sonntäglichen Mahl, ehe sie nach dem Essen zu einer kleinen Wanderung auf den Berg strömten.

Pius überquerte den Hof, ließ das Brunnenhaus, in dem noch immer die sphärische Musik spielte, und das vom Förderverein liebevoll restaurierte Backhäuschen rechts liegen und betrat das Gotteshaus durch den Seiteneingang. Der Geistliche nahm den harzigen Geruch des Weihrauchs kaum wahr. Wie ferngesteuert tauchte er die Finger in das kleine Weihwasserbecken, bekreuzigte sich und trat in den Mittelgang. Pius verneigte sich vor dem Altar, faltete die Hände und schickte einen flehenden Blick zum hölzernen Heiland an der kunstvoll verzierten Wand.

»Herr, lass Ortwin sich geirrt haben«, murmelte er. Die Christusstatue lächelte stumm vom Kreuz herunter. Pius holte tief Luft, wandte sich um und ging den Mittelgang hinunter. Seine Schritte hallten in der leeren Kirche wider. Durch die Buntglasfenster fiel milchiges Licht in das Gotteshaus. Pius liebte diese Fenster, er liebte die Stimmung in der Kirche. Doch im Augenblick war ihm nur bang. Und dann sah er ihn: In der vorletzten Reihe links, neben einer Säule, saß ein Mann. Pius schauderte. Ihm lief es eiskalt den Rücken hinunter.

Der Mann sah aus, als säße er einfach so da. Wären da nicht die hervortretenden Augen und die aus dem Mund hängende blaue Zunge gewesen, man hätte meinen können, er betrachte innig den prachtvollen Altar. Mit der rechten Schläfe und Schulter lehnte er gegen den Pfeiler. Pius schlängelte sich in die Bankreihe davor. Langsam ging er auf die Person zu. Der Mann trug einen schwarzen Rollkragenpullover unter einem schwarzen Cordblazer, zusätzlich hatte er einen schwarzen Wollschal um den Hals geschlungen – eigentlich viel zu warm für den schönen Frühlingstag, schoss es Pius durch den Kopf. Der Tote hatte regelrechte Glubschaugen. Seine Zunge quoll aus dem Mund, ganz so, als wolle er sich über die Lippen lecken und tief Luft holen. Aber: Dieser Mann würde nie wieder einen Atemzug tun. Als Pius genau gegenüber der Leiche stand, sah er, dass der Schal viel zu eng um den Hals lag. Die Enden hingen dem Toten über den Rücken. Der Pater trotzte dem ersten Reflex, den Schal zu lockern. Stattdessen beugte er sich zu der Leiche hin und betrachtete sie genau. Pius sah, dass das schwarze Wolltuch im Nacken mehrfach in sich verdreht war.

»Was ist das?«, murmelte er und ging in die Knie. Richtig: Unter der Bank lag ein grob geschnitzter Holzstock. Pius hob das Hölzchen auf und betrachtete es genau. In einem der Risse hatten sich schwarze Fusseln verfangen.

»Herr im Himmel, steh uns bei!«, rief Pius, ließ den Stab fallen, als brenne er lichterloh und sank auf die Bank. Seine Hände zitterten unkontrolliert, als ihm die Bilder durch den Kopf schossen: ein Mord in der Kirche – ein gefundenes Fressen für die Schmierenpresse. Schon bald würde der Berg zum Ziel von Übertragungswagen und Journalisten aus der ganzen Republik werden, Schaulustige würden sich zum Gruseln in die Kirche begeben … nein, das war nicht nur ein Mord, das war eine Unverschämtheit gegenüber der Kirche, eine Beleidigung des Glaubens, eine Ohrfeige für all jene Christen, die … Pius schrie auf. Er konnte nicht weiterdenken. Mit der Faust hieb er auf die Lehne der vorderen Bank. Seine Wut verdrängte das Entsetzen über den Anblick des Toten. Er wandte sich wieder um … und erkannte erst jetzt, wer hier im Hause des Herrn den letzten Atemzug getan hatte: Alfons Baumann, Inhaber der Brauerei ›Spöttinger Bräu‹.

»Oh mein Gott«, flüsterte der Pater. Gerne hätte er dem Toten die Sakramente gespendet, zumindest die Hände, die schlaff im Schoß lagen, gefaltet. Aber er wusste aus den unzähligen Tatort-Ausstrahlungen, die er sich jeden Sonntag gemeinsam mit den Brüdern ansah, dass er nichts berühren durfte. Pius machte das Zeichen des Kreuzes über dem leblosen Körper.

Verena! Ich muss sofort Verena anrufen! Die Kommissarin war seit vergangenem Jahr wieder in Spaichingen im Revier, nachdem sie die Lehr- und Studienjahre in der großen weiten Polizistenwelt zugebracht hatte. Verena Hälble war in Spaichingen aufgewachsen und hatte durch Pius die Erste Heilige Kommunion empfangen. Pius erhob sich und hastete zum Telefonapparat in der Sakristei.

»Hier ist Radio Donauwelle und ich bin Mina, die neue Kollegin unseres tief in seinen Bauch fühlenden Starmoderators Steven. Ich bin heute im Möhringer Biergar-

ten ›s'Törle‹. Zum Start der Biergartenzeit hat die urige Kneipe ganz spezielle Gäste eingeladen: Quadro Nuevo ist die europäische Antwort auf den Argentinischen Tango und stellt heute ihr neues Album ›Grand Voyage‹ vor. In den Pausen und zum Ende des Konzerts gibt's Livestimmen von der Band, wie auch aus dem Publikum. Ich freue mich, euch ein Lied aus dem neuen Album der Livetruppe vorstellen zu dürfen und bitte die Butterfliege Steven, aufs Knöpfle zu drücken und Lied 7 ›Nature Boy‹ anzuspielen. Viel Spaß wünscht euch eure Mina und denkt daran, auf dem Weg zur Kirche eure Sonnenbrillen aufzusetzen.«

Mit Daumen und Zeigefinger drückte Verena Hälble die Nasenflügel des Schnarchers zusammen. Die sägenden Geräusche verstummten augenblicklich. Thorben Fischer grunzte.

»Aufstehen! Es ist gleich elf«, flötete Verena und drückte Thorben einen Kuss auf den Mund.

»Noch fünf Minuten«, jammerte der Kommissar und rollte sich auf die Seite. Sofort setzte das gefürchtete Pochen und Hämmern in seinem Schädel ein. Thorben stöhnte und schmatzte. Offensichtlich hatte in seinem Mund ein Hamster das Zeitliche gesegnet. Und er selbst fühlte sich auch alles andere als lebendig – ein Abend mit Erich und Schorsch im ›Bären‹ endete eben immer mit dem letzten Glas Bier, das definitiv schlecht war. Und schlecht war ihm jetzt auch.

»Aspirin ist fertig!«, flötete Verena und schwenkte das Glas mit der Sprudeltablette vor Thorbens Nase. Der säuerliche Geruch verursachte ein leichtes Würgen. Mit äußerster Anstrengung gelang es ihm, das rechte Auge zu öffnen. Lichtblitze zuckten in seinem Schädel, als er den Kopf hob und sich die Kopfschmerztablette einflößen ließ. Thorben rülpste leise und bettete sein Haupt auf das Kissen.

»Na, mein Held, war das letzte Bier wieder schlecht?« Verena kuschelte sich zu Thorben unter die Decke. Ihre Hand streichelte seinen Bauch. Das flaue Gefühl wurde ein wenig besser.

»Wieso bist du so früh gegangen?«, fragte Thorben.

»Früh? Es war nach Mitternacht und Bärbel wollte Feierabend machen. Ihr Kleiner hat ja schon dauernd gebrüllt!«

»Ach ja.« Jetzt fiel es Thorben wieder ein: Verena hatte das Baby geschaukelt und getragen, während Bärbel sich um die Gäste gekümmert hatte. Der kleine David hatte Verenas Shirt vollgesabbert. Was diese unglaublich süß fand. Beinahe minütlich hatte sie den Winzling durch Kitzeln zum Lachen gebracht, um nachzuschauen, ob der erste Zahn nun endlich zu sehen war.

»Der Zahn war noch drin«, knurrte Thorben. »Jedenfalls als ich gegangen bin. Vielleicht wissen Schorsch und Erich mehr.«

Verena lachte. Die Stammtischbrüder hatten es sich zur Lebensaufgabe gemacht, den ›Neig'schmeckten‹ zu einem echten Kenner der hiesigen Brauereiszene zu machen. Im vergangenen Jahr hatte ihr Liebster große Fortschritte gemacht. Mittlerweile steckte er fünf Halbe locker weg, vorausgesetzt, diese trafen auf eine Grundlage aus Bärbels berühmten Schmalzbroten. Nummer sechs allerdings war nach wie vor zu viel für die Leber des Norddeutschen.

»Wann war ich eigentlich zu Hause?« Thorben kramte in seiner Erinnerung. Richtig, Mike Ritter war auch da gewesen. Der Reporter vom Bergboten, besser bekannt als der ›rasende Mike‹, gesellte sich oft und gerne zu Verena und Thorben, wenn diese den Feierabend im ›Bären‹ einläuteten. Zuerst hatte er noch versucht, die neuesten Polizeimeldungen aus den beiden rauszuquetschen, aber mit den Monaten hatte wohl auch er begriffen, dass er nicht mehr bekam, als alle anderen Redaktionen auch – den offiziellen Polizeibericht nämlich.

»Keine Ahnung, mein armer Held«, flüsterte Verena und ließ ihre Hand unter Thorbens Shirt gleiten. Sofort wurde ihm ein paar Grad wärmer. »Ich habe längst geschlafen.«

Verenas Finger strichen über seine Brust. Thorben rekelte sich vorsichtig. Der Hamster in seinem Mund trollte sich langsam. Jetzt erinnerte er sich auch wieder, dass er und Mike bis zur Kirche gemeinsam gegangen waren. Dann war er am Gewerbemuseum vorbei in die Wilhelmstraße abgebogen und Ritter war weiter Richtung Gartenstraße getorkelt. Vor wenigen Wochen noch hatten die beiden fast denselben Heimweg, aber Anfang des Jahres hatte Fischer sein Pensionszimmer im Kameralamt aufgegeben und war zu Verena in die kuschelige Drei-Zimmer-Altbauwohnung gezogen. Mit Balkon auf der Gartenseite übrigens – eine Seltenheit mitten in der Stadt.

»Hmmmmmm.« Thorben streckte sich. Verena knabberte an seinem Ohr.

»Wie wär's mit einem starken Kaffee?«, hauchte sie.

»Ich wüsste was Besseres«, antwortete Thorben und schlang seine Arme um Verena. Ihr Haar roch ein bisschen nach Apfel.

Verena kicherte – und verdrehte die Augen, als ihr Handy auf der Kommode ›Die Schlümpfe‹ von Vadder Abraham schmetterte.

»Das ist bestimmt deine Mutter«, stöhnte Thorben. »Geh nicht dran.«

»Meine Mutter ist in Berchtesgaden zur Kur«, entgegnete Verena und wand sich aus seiner Umarmung. »Die hat gar keine Zeit, mich anzurufen.« Auf nackten Füßen tappte sie zur Kommode und starrte auf das Display. ›Pater Pius‹, stand dort.

»Das ist Pius«, sagte sie.

Thorben ließ sich in die Kissen fallen und schloss die Augen. »Amen«, murmelte er bissig.

Verena drückte auf die grüne Taste und nahm das Gespräch an. Die Schlümpfe hörten auf zu singen. Einen Moment lang herrschte Stille. Dann sagte Verena: »Wir sind gleich da.«

Thorben hatte die Augen hinter einer Sonnenbrille verborgen, die einem US-amerikanischen Kampfpiloten alle Ehre gemacht hätte. In jeder Kurve stöhnte er theatralisch. Als Verena den Golf um die erste Haarnadelkurve lenkte, würgte er.

»Halt an, oder ich spei dir in die Lüftung!«

Verena trat auf die Bremse. Die Reifen knirschten auf dem Kies am Straßenrand. Thorben schnallte sich eiligst ab, riss die Tür auf und lehnte sich über die Leitplanke.

»Geht's?«, rief Verena aus dem Auto und drehte das Radio aus. Fischer machte einen tiefen Atemzug. Die frische Waldluft beruhigte seinen Magen und allmählich kam der zu hastig hinuntergestürzte Kaffee, der wie die Nordsee bei Sturmflut in seinem Bauch hin- und hergeschwappt war, in seinen Eingeweiden zum Stillstand.

»Geht schon wieder«, murmelte der Kommissar und stieg zurück ins Auto. Die Solarienbräune war beinahe zur Gänze aus seinem Gesicht gewichen. Den Rest des Weges legte Verena im Schritttempo zurück. Thorben hielt den Kopf aus dem heruntergekurbelten Fenster. Als die Kommissarin den Wagen auf dem Parkplatz vor dem Klosterladen parkte, sah Fischer wieder aus wie ein Mensch.

»Nie wieder trink ich mit Erich und Schorsch«, schwor er sich. Fischer versuchte, sich zu sortieren. Selbst die eiskalte Dusche hatte seine Lebensgeister nicht richtig wecken können. Was hatte der Pater am Telefon gestammelt? Eine Leiche in der Kirche?

Thorben blieb keine Zeit zum Nachdenken, denn Pater Pius sauste um die Ecke und packte Verena am Arm, ehe diese ganz ausgestiegen war.

»Komm schnell«, sagte er. »Das ist so furchtbar!«

»Pius, beruhigen Sie sich. Jetzt sind wir da, wir kümmern uns.« Verena klang wie eine Mutter, die einem Kind etwas erklärt. Thorben musste grinsen, obwohl ihm noch immer flau im Magen war und er nun auf alles Lust hatte – bloß nicht auf eine Leiche.

»Das ist gut. Das ist gut«, murmelte Pius. Gemeinsam gingen die drei über den Hof zur Kirche. Hinter den Fenstern des Klosters sahen sie die entgeisterten Gesichter der Patres und Brüder. Verena und Thorben nickten ihnen zum Gruß zu. Das Hauptportal hatte der Pater auf Verenas Anweisung hin abgeschlossen. Noch waren keine Pilger auf den Berg gekommen, aber nach dem Mittagessen würde die Sonne die Spaziergänger locken. Das Trio betrat das Gotteshaus durch die Sakristei. Pius führte die beiden Kommissare zur vorletzten Bank. Der Leichnam war halb hinter der Säule verborgen. Verena bugsierte den zitternden Pius in die nächstbeste Bank und drückte ihn auf den Sitz. Dann streiften sie und Thorben sich Plastikschoner über die Schuhe und zogen Gummihandschuhe an.

»Das ist doch Baumann.« Thorben flüsterte unweigerlich, so wie er es stets tat, wenn er in einer Kirche war. Als norddeutscher Evangelischer waren ihm die katholischen Riten zwar fremd, aber er hatte die Pracht und Fülle der hiesigen Messen lieben gelernt. Auch wenn er alles andere als ein fleißiger Kirchgänger war. Wären die Messen am Nachmittag, dann würde man Fischer öfters in der Kirche sehen. Der Sonntagmorgen aber war ihm heilig, was das Ausschlafen betraf.

»Stimmt, Alfons Baumann, Spöttinger Bräu«, bestätigte Verena und nestelte eine kleine Taschenlampe aus der Jackentasche. Sie richtete den Lichtstrahl auf das aschfahle Gesicht der Leiche. Die Glubschaugen starrten sie an.

»Sieht nach Erstickungstod aus«, sagte sie leise.

»Das sehe ich auch so«, stimmte Thorben zu. Der Kommissar beugte sich so weit über die Bank, wie es ohne Abstützen ging. Dann schaute er auf den Boden. Verena leuchtete unter den Sitz. Der geschnitzte Holzstab lag fast auf den Zentimeter genau dort, wo er vor Pius' Entdeckung gewesen war.

»Sieht nicht nach Selbstmord aus«, stellte Verena fest. Neulich erst hatten die Tuttlinger Kollegen nämlich einen ähnlich strangulierten Mann gefunden. Zunächst war die Mordkommission informiert worden, doch das starke Seil hatte nur die DNA des Toten getragen. Der Mann hatte sich offensichtlich selbst getötet – aber nicht durch Erwürgen, sondern mit einer heftigen Dosis Schlaftabletten, welche er über Monate gehortet hatte. Der Abschiedsbrief hatte einen kranken Geist offenbart, der seinen Suizid buchstäblich zelebrieren wollte.

»Aber ich bin trotzdem gespannt, was die Obduktion ergibt«, fügte Thorben hinzu. Dann griff er zum Handy.

Verena schüttelte stumm den Kopf. Fischer begriff und verließ die Kirche, um die notwendigen Anrufe draußen zu tätigen.

Verena setzte sich neben Pater Pius in die Kirchenbank. Der Mönch hatte die Hände gefaltet und die Augen geschlossen. Die Kommissarin musterte ihn von der Seite. Die einst pechschwarzen Haare hatten graue Strähnen und lichteten sich am Oberkopf, sodass es beinahe so wirkte, als trage der Pater eine Tonsur. Pius' Wangen waren von kurzen Bartstoppeln übersät. Wie gerne würde sie jetzt hören, was in dem Geistlichen vorging. Ob er zu seinem Herrn betete und Trost fand? Verena wünschte sich, sie könnte so felsenfest an Gott glauben wie die Patres hier auf dem Berg. Manches, dachte sie, wäre dann einfacher. Doch ihre Arbeit ließ sie ein ums andere Mal zweifeln, ob es da draußen wirklich eine höhere Macht gab.

Pius seufzte und bekreuzigte sich. Dann öffnete er die Augen. Unverwandt starrte er Verena an. »Und?«, fragte er schließlich.

»Thorben ruft die Kollegen. Ich werde dafür sorgen, dass die Zufahrt zum Berg erst einmal gesperrt wird.«

Pius nickte dankbar. »Beim Bauernhof könntet ihr eine Straßensperre ausleihen. ›Straße gesperrt wegen Baumbruch‹ könnte man hinschreiben«, schlug Pius vor.

»Gute Idee.« Verena legte ihm die Hand auf die Schulter. Dann stand sie auf, um ebenfalls zu telefonieren. Pius machte sich auf zu seinen Brüdern, die sicher schon ungeduldig auf seinen Bericht warteten.

»Hier ist Radio Donauwelle. Euer summer, sun & fun-Sender für den Kreis Tuttlingen. Am Mikrofon hört ihr Steven. Ich schalte gleich ins Möhringer ›s'Törle‹ und schicke meiner neuen und äußerst sympathischen Kollegin Mina einen dicken Luftikuskuss. Mina, wie ist die Stimmung in Möhringen?«

»Danke Steven. Hier ist Mina, und glaube mir oder nicht: Gerade eben nehme ich das Mikro in die Hand und

ein zitronengelber Falter, der auf dem Griff sitzt, streift mir im Vorbeiflug meine Wange. Ein luftiger Gruß?

Nun aber zurück zum Geschehen hier in Möhringen. Neben mir steht Mulo Francel, der Mann für alle Blasinstrumente des Quartetts. Mulo, wie gefällt es einer dreimal um die Welt gereisten Combo, wie ihr es seid, hier im schwäbischen Möhringen?«

»Hallo Mina. Nach ungefähr 2.000 Konzerten überall auf der Welt sind wir nun das erste Mal in Schwaben. Was soll ich nun als echter Rosenheimer sagen? Jo mei. Hier isses fast so skurril wie in meiner oberbayerischen Heimat. Nur verstand i dia Leit hier net so recht!«

»Das, liebe Hörer, war die bayerische Steilvorlage für das nächste Lied. Ihr hört nun ›Heimatlied‹ von Grachmusikoff. Ganz nach den Worten des Songs. ›Leck mich am Abendrot em Schussadaaaal‹ freu ich mich auf die nächsten Stimmen und gebe zurück zum Frühlingsfühler Steven.«

Keine dreiviertel Stunde später waren alle Parkplätze vor dem Klosterladen belegt. Pius und die Übrigen hatten sich in ihre Zellen zurückgezogen, nachdem sie gemeinsam gebetet hatten. Der Superior hoffte, dass der eine oder andere im stillen Gebet oder wenigstens in einem ausgiebigen Mittagsschlaf Erleichterung finden würde. Johannes war bei Ortwin geblieben, der sich lieber im Gemeinschaftsraum mit Gesundheitssendungen vom ZDFinfokanal berieseln ließ. Pius sah den Polizisten dabei zu, wie sie, Ameisen gleich, zwischen Parkplatz und Kirche hin- und herhetzten. Verena hatte einen Polizei-Azubi dazu abkommandiert, am Ende der Dreifaltigkeitsbergstraße die Spaziergänger und Autofahrer, welche zum Sonntagsspaziergang auf den Berg strebten, abzufangen und über die Rohrentalstraße zurück in die Stadt zu leiten. Die offizielle Version lautete in der Tat ›Baumbruch‹ und viele spekulierten, dass es Schwerverletzte gegeben haben musste, weil doch so viel Polizei auf den Berg gefahren war. Als sich dann schließlich ein Leichenwagen über die Serpentinen nach oben schlängelte, kochte die Gerüchteküche über: War womöglich einer der Patres von einem Baum erschlagen worden? Hatte ein Pilger statt des Kreuzwegs eine Abkürzung genommen und dies mit dem Leben bezahlt?

Pius in seiner Zelle ahnte von all dem nichts. Sein Geist war auch so aufgewühlt genug. Er hoffte, im stillen Gebet Ruhe und Erkenntnis zu gewinnen. Der Pater bekreuzigte sich und kniete sich auf die schlichte braune Gebetsbank. Das Brett, auf dem seine Bibel lag, war abgegriffen von den vielen Stunden und endlosen Nächten, die er betend hier verbracht hatte. Kaum hatte er die Hände gefaltet und den Blick zum Kruzifix erhoben, da spürte er schon die Ruhe und Geborgenheit, die ihm nur sein Herr geben konnte.

»Herr, warum hat es Dir gefallen, Alfons Baumann auf diese Art zu Dir zu rufen? Und warum ausgerechnet in unserer kleinen Kirche?«

Der hölzerne Heiland starrte auf Pius hinab. Ein Lächeln schien den geschnitzten Mund zu umspielen.

»Willst Du etwa …« Pius stockte der Atem. Sein Herz schlug so kräftig gegen die Brust, dass er meinte, es müsse jeden Augenblick zerspringen. Ihm wurde heiß, sofort darauf eiskalt, dann wieder heiß.

»… Ich soll den Mörder finden? Der Polizei helfen? Du erlaubst es mir?« Pius meinte, das Kruzifix nicken zu sehen. Doch ihm war klar, dass hier weniger der Heilige Geist sprach als sein detektivischer Spürsinn. Das, was er selbst wollte. Und natürlich seine Neugier. Pius schalt sich selbst oft genug ob dieses Lasters, doch er kam nicht gegen sich selbst an.

Einige Minuten blieb Pius im stillen Gebet versunken. Dann beendete er die stumme Zwiesprache mit seinem Herrn mit einem kräftigen »Amen« und rappelte sich hoch. Seine Knie knackten, als er wieder in die Senkrechte kam und sein Rücken fühlte sich steif an wie ein Brett.

»Bist nimmer der Jüngste, Pius«, sagte er zu sich selbst. Mit Mitte 50 wollten nun mal die Knochen und Gelenke nicht mehr so, wie er wollte. Aber sein Geist war wach wie eh und je – und seine Neugier stärker als in Kindertagen.

»Ich glaube, Verena kann Hilfe gebrauchen«, bestätigte er sich selbst. Dann nahm er den leichten schwarzen Mantel vom Haken und machte sich auf den Weg nach draußen.

Vor dem Klosterladen standen zwei junge Polizisten, die sich eine Zigarette teilten. Als der Pater aus der Tür trat, versteckte der größere von beiden die Kippe hinter seinem Rücken. Pius schmunzelte und ging mit einem forschen »Grüß Gott, meine Herren, wohl bekomm der Rauch« an den beiden vorbei. Der Kleinere bekam knallrote Ohren, der andere grinste.

Pius schlängelte sich an den Streifenwagen vorbei und

bog um die Ecke. Vor dem Haupteingang standen zwei weitere Polizisten, auch sie offenbar noch in der Ausbildung. Der Pater nickte ihnen zu und betrat das Gotteshaus durch die Sakristei.

Gleißend helles Licht blendete ihn: Die Spurensicherung hatte zwei starke Scheinwerfer aufgebaut, die die hintere Bankreihe ausleuchteten. Es sah aus, als sitze der tote Alfons Baumann auf einer Theaterbühne. Doch leider war das hier kein Spiel und die Männer in den weißen Anzügen keine Schauspieler. Pius sah, wie Thorben Fischer (der im übrigen Augenringe hatte, um die ihn jeder Lkw-Fahrer beneidet hätte) etwas in ein Diktiergerät nuschelte. Verena steckte mit einem älteren Herrn die Köpfe zusammen und nickte immer wieder.

Pius trat hinter sie. »Ich kann nur hoffen, dass unsere alte Sicherung nicht rausfliegt«, unterbrach er das Gespräch. »Grüß Gott, Herr Doktor Dank.« Pius streckte dem Arzt die Hand hin. Die beiden kannten sich noch aus Edgar Danks Zeit an der Kreisklinik Spaichingen. Der Oberarzt hatte Pius von zwei haselnussgroßen Gallensteinen befreit. Wenige Wochen danach hatte der Mediziner einen Herzinfarkt erlitten und legte seinen Klinikposten nieder. Doch da er noch keine 50 war, war es für den Ruhestand zu früh, und so landete er als Pathologe bei der Kripo in Tuttlingen. Die meiste Zeit aber verbrachte Dank in Tübingen an der Uni, wo er eine Professur für Anatomie innehatte.

»Grüß Gott, Pater Pius.« Danks Händedruck war fest wie eh und je. »Schade, dass wir uns unter solchen Umständen wiedersehen. Wie geht's der Galle?«

»Ich hatte nie wieder Probleme damit«, antwortete Pius. »Aber seit der Operation hat Bruder Johannes mich auch auf fettreduzierte Kost gesetzt. Meistens jedenfalls.« Pius verzog das Gesicht. Dank lachte leise. Dann bedeutete er Verena und dem Pater, ihm nach draußen zu folgen.

Die blutjungen Polizisten vor dem Hauptportal standen automatisch stramm, als sie Verena aus der Tür treten sahen. Die Kommissarin grinste. Das Dreiergespann ging zu einer der Bänke, die vor der Mauer am Abhang standen. Von hier hatte man einen herrlichen Blick über das Städtchen. An sehr klaren Tagen schienen der Feldberg und die Schweizer Alpen zum Greifen nah. Heute allerdings lag der Horizont in leichtem Dunst. Was Pius nur recht war, bedeutete das doch gutes Wetter.

Eine Weile schwiegen die drei. Dann blätterte Dr. Dank in seinen Notizen.

»Der Mann ist erstickt. Ob sein Kehlkopf eingedrückt wurde oder ob der Schal ihm die Halsschlagadern abdrückte, sodass er ohnmächtig wurde, das kann ich natürlich noch nicht sagen.«

»Hat es ... ich meine ... musste er leiden?«, fragte Pius.

Dank schüttelte den Kopf. »Nein. Der Täter wusste genau, was er tat. Jemanden zu erwürgen, ist, verzeihen Sie den Ausdruck, eine sehr sichere Sache.«

Pius fasste sich unwillkürlich an den Hals, als der Pathologe mit seinen Ausführungen fortfuhr.

»Wenn stumpfe Gewalt, also mit den Händen oder wie hier mit einem Schal, auf den Hals ausgeübt wird, dann hat das Opfer kaum eine Chance. Entweder wird es ohnmächtig, binnen Sekunden, weil der Blutfluss zum Gehirn unterbrochen wird. Oder der Kehlkopf wird zerquetscht. Schreien kann man in so einem Fall nicht mehr«, fügte Dank hinzu, als er Verenas fragendes Gesicht sah. »Und ich habe auch auf den ersten Blick keine Kampfspuren erkannt. Nicht einmal die Finger des Toten scheinen gequetscht worden zu sein. Wenn das Opfer sich gewehrt und die Hände zwischen Schal und Hals bekommen hat, müsste man das an den Fingern als blaue Flecken erkennen.«

»Das heißt«, rekapitulierte die Kommissarin, »der Mord kann ohne Weiteres während des Gottesdienstes geschehen sein?«

Pius wurde schlecht.

»Kann«, sagte Dank. »Genaueres werde ich nach der Obduktion mitteilen. Ich gehe gleich heute in die Pathologie.« Dank warf einen Blick auf seine Armbanduhr. »Nach dem Mittagessen.« Der Arzt erhob sich, schüttelte Verena und Pius die Hand und stapfte davon.

Pius war immer noch übel – wie konnte der Mann jetzt an Essen denken? Andererseits … es war sein Beruf. Im Fernsehen hatte der Pater oft genug gesehen, dass die Pathologen belegte Brötchen verzehrten, während ihre Assistenten nebenan einen Leichnam aufschnitten.

»Geht's Ihnen besser?«, fragte Verena, die bemerkte, dass Pius blass um die Nase war. Der Pater holte tief Luft und nickte.

»Wir haben unter der hinteren Bank einen Holzstab gefunden. Wahrscheinlich selbst geschnitzt«, sagte Verena und erhob sich. »Ich tippe auf Kirschbaum, aber das weiß ich auch erst heute Nachmittag.«

Pius stand nun ebenfalls auf und ließ den Blick schweifen. Am Fuß des Berges, halb hinter den Blättern der mächtigen Bäume verborgen, erkannte er die Straßensperre. Die umgelenkten Autos bogen in die Rohrentalstraße ab, wo sie zwischen den Häusern verschwanden.

»Sie sollten etwas essen«, empfahl die Kommissarin. »Und wenn etwas sein sollte, dann rufen Sie mich an.« Verena wandte sich zum Gehen. In dem Moment schwangen die Türen auf und die Angestellten vom Bestattungshaus Rothfuss bugsierten einen dunkelbraunen Sarg hinaus. Die Jung-Polizisten starrten zu Boden, als der Sarg auf einem wackeligen Stahlgestell an ihnen vorbeigerollt wurde. Die kleinen Rädchen drehten auf dem Schotter beinahe durch. Die Männer schoben den Sarg zum Leichenwagen und hievten ihn mit geübten Handgriffen in den Fond. Pius bekreuzigte sich.

»Thorben und ich fahren gleich zur Witwe. Sie weiß noch nichts«, sagte Verena. »Dürfen wir Sie anrufen, wenn sie Sie braucht?«

Pius nickte. Dann ging er zurück ins Kloster.

»Hier ist wieder Radio Donauwelle. Am Mikro ist die Mina. Ich denke gerade an das dunkle Studio in Tuttlingen und freue mich, hier im ›s'Törle‹ in Möhringen sein zu dürfen. Wie ich höre, gibt es eine aktuelle Verkehrsmeldung und ich gebe schnell ins Zentrum der Dunkelheit zurück!«

»Hallo, liebe Spaichinger. Hier ist Steven, der schon

längst die Rollläden geöffnet hat, und ich habe eine aktuelle Verkehrsmeldung vom Dreifaltigkeitsberg für euch: Die Bergstraße hoch in Richtung Kloster ist wegen Baumbruchs gesperrt. Wer das Kloster besuchen möchte, sollte sich auf einen längeren Spaziergang einstellen.

Nun aber schnell zurück zu Mina: Mina. Was ist los im ›s'Törle‹ und wie lange bist du noch vor Ort?«

»Danke, Steven: Hier spielt immer noch Quadro Nuevo und die Leute lassen es sich gut gehen. Ich misch mich mal unter's Völkle und versuche später ein paar Eindrücke weiterzugeben. Apropos später … Steven. Wie lange bist du noch im Studio? Ich bleibe nach den Interviews noch ein wenig in Möhringen, da heute Abend wieder Livemusik mit Tanz angesagt ist. Es ist Damenwahl und ich wünsche mir Mr. Shakin' Steven herbei.

Nach der Werbung hört ihr ›Ciao D' Amore‹ von den Klostertalern.«

Verena hatte den Wagen kaum um die erste Haarnadelkurve gelenkt, als Thorben sich am Haltegriff festklammerte. Die Knöchel an seiner Hand traten weiß hervor.

»Wenn du nicht willst, dass ich dir ins Handschuhfach speie, dann fahr langsamer«, hechelte er.

Verena grinste. »Ich kenn die Kurven, jede persönlich und mit Namen«, sagte sie und gab Gas. 70 oder gar 80 auf den geraden Stücken war kein Problem – zumal sie ja wusste, dass dank der Straßensperre im Tal kein Gegenverkehr zu erwarten war.

Ein langer Ast streifte das Beifahrerfenster. Thorben keuchte. »Verena!«, rief er.

»Schon gut.« Die Kommissarin drosselte das Tempo. Ein ohnmächtiger Assistent würde ihr beim bevorstehenden Besuch nichts nützen – und ein grantiger Liebhaber schon gar nichts. Im ›Seniorentempo‹, wie sie es im Stillen nannte, gondelten die beiden den Berg hinunter. Zwischen dem dichten Buschwerk blitzte immer wieder die Sonne hindurch. Es war der perfekte Tag, um über die Wiesen zu schlendern, Schlüsselblumen zu pflücken und sich des Frühlings zu freuen. Je weiter sie nach unten kamen, desto mehr entspannte Thorben sich. Als Verena die Straßensperre erreichte, hielt sie kurz an, ließ die Scheibe herunter und streckte den Kopf aus dem Fenster.

»Tag!«, rief sie dem Polizisten zu, der eben einen ungläubig dreinschauenden Rentner mit Handbewegungen dazu zu bringen versuchte, seinen Daimler zu wenden.

Der Rentner kurbelte nun seinerseits die Scheibe herunter und blökte den Polizisten an: »Wieso darf die da fahren und ich nicht?«

Verena brüllte zurück: »Weil *die da* von der Polizei ist!«

Der Rentner zog den Kopf ein wie eine Schildkröte, der man kaltes Wasser über den Kopf geleert hat. Der Motor des Daimlers heulte auf, als der Mann Gas gab und abbog.

»Lauter solche heute«, knurrte der Polizist.

Verena lächelte entschuldigend. »Tut mir leid«, sagte sie.

»Sie könnet ja nix dafür, dass heut älle schbinned«,

antwortete der Beamte im breitesten Schwäbisch. Dann tippte er sich an die Mütze und winkte Verena vorbei.

»Wie lange wird denn gesperrt bleiben?«, fragte Thorben. Verena zuckte die Achseln. Schweigend fuhren die beiden die Dreifaltigkeitsbergstraße hinab. Auf der Hauptstraße war kaum Verkehr, sodass die Kommissarin ohne die übliche Warteschlange nach rechts auf die Hauptstraße einbiegen konnte. Selbst die neu installierten Ampelanlagen des Städtchens schienen in Frühlingslaune zu sein: Die grüne Welle funktionierte zum ersten Mal, seit Verena wieder in Spaichingen lebte. Sie wertete das als ein gutes Zeichen und lenkte den Wagen an der Kirche und der Stadthalle vorbei. Dann bog sie ab in Richtung Krankenhaus. Hier, in einem der nobelsten Wohngebiete der Stadt, reihten sich zum Stadtrand hin imposante Einfamilienhäuser aus den 1980er-Jahren. Vor einem davon stellte Verena den Wagen in die frisch gepflasterte Einfahrt. Das Tor der Doppelgarage stand offen. Ein EOS-Cabrio mit geöffnetem Verdeck stand darin, der Platz daneben war leer.

»Was ist eigentlich mit Baumanns Wagen?«, fragte Thorben.

»Gute Frage. Vielleicht parkt der auf dem hinteren Parkplatz am Kloster?« Das Auto des Opfers war jetzt wirklich ihr geringstes Problem. Verena wurde mulmig, als sie an die undankbare ›Mission‹ dachte, die vor ihr lag.

»Du machst das schon«, flüsterte Thorben ihr zu. Er legte den Arm um ihre Schultern und küsste sie kurz auf den Mund. Verena wurde sofort ruhiger. Thorben nickte ihr aufmunternd zu. Dann stiegen die beiden aus und gingen über einen mit akkurat gestutzten Buchsbäumen gesäumten Weg zur Haustür. Die polierte Messingklingel glänzte in der Sonne. Verena drückte den Knopf. Im Inneren des Hauses schlug ein Glockenspiel an.

»Wow«, flüsterte Verena, die angesichts des pompösen Klingeltons den schieren Luxus in der Villa erwartete. Und sie sollte recht behalten: Als Augenblicke später der Summer ertönte und sie gegen die Tür drückte, sah sie sich einer imposanten Eingangshalle gegenüber.

»Wow«, sagte jetzt auch Thorben und starrte auf die zweiflügelige Treppe, die sich rechts und links der marmorgefliesten Halle nach oben schwang. In der Mitte des Raums lag ein roter Teppich, in dessen Zentrum ein fein geschwungenes Tischchen stand. Verena befürchtete, das Schnitzwerk könnte jeden Moment unter der Last des gewaltigen Blumengebindes zusammenbrechen. Die Kommissare waren so gefangen vom Anblick des Mammut-Straußes, dass sie die Frau erst bemerkten, als diese direkt neben ihnen stand.

»Sven ist oben, geht ruhig hoch«, sagte sie und deutete auf die Treppe.

Thorben musterte die Erscheinung im knappen Bikini: Er schätzte die Dame auf Anfang 50, die Stirn unter dem blonden Pony mit Sicherheit Botox-gepflegt – die Augen waren hinter einer riesigen Sonnenbrille verborgen – und das Dekolleté von teuren Kaviarcremes fast noch faltenfrei. Die schlanken Beine waren makellos braun, der Bauch ein wenig schlaff, die Zehen perfekt rot lackiert. Verenas Blick blieb an den Schuhen der Frau hängen.

Echte Manolos. 400 Dollar für ein Stückchen Leder mit Riemen und einer handgehäkelten Blüte. Mindestens.

»Ihr kennt euch ja sicher aus«, fügte die Frau hinzu, als keiner der Gäste Anstalten machte zu gehen.

»Frau Baumann?« Verena fasste sich als Erste.

»Ja? Was hat mein Sohn wieder über mich erzählt?« Ein gekünsteltes Lachen folgte.

»Nichts. Also ... wir sind keine Freunde Ihres Sohnes«, klärte Verena die Dame des Hauses auf. »Mein Name ist Verena Hälble, das hier ist mein Kollege Thorben Fischer, Kripo Tuttlingen-Spaichingen.«

Verena registrierte eine leichte Farbänderung des sonnengebräunten Teints. Frau Baumann fuhr sich mit den manikürten Händen durch die Haare.

»Was hat Sven angestellt?«

»Nichts, Frau Baumann«, beruhigte Thorben sie.

Die Angesprochene atmete auf. »Dann ist ja gut. Ist was in der Brauerei? Wurde eingebrochen? Man liest ja so viel in der Zeitung«, schwadronierte Karin Baumann und wandte sich um. »Ich zieh mir rasch etwas über«, rief sie den Kommissaren zu. »Gehen Sie einfach gerade aus auf die Terrasse, ich bin gleich bei Ihnen.«

Die Hausherrin huschte die Treppe hinauf. Verena und Thorben sahen sich an. Fischer zuckte mit den Schultern. Dass sie Witwe geworden war, sagte er Karin Baumann ohnehin lieber, wenn diese mehr als nur ein Fetzchen Stoff am Leib trug.

»Also dann«, seufzte Verena und nahm den gewiesenen Weg. Hinter der Halle lag das Wohnzimmer, das eher den Begriff ›Saal‹ verdient hatte. Vor einer bodentiefen Fensterfront, die sich offensichtlich über die komplette Länge des Hauses erstreckte, standen wuchtige Sofas und Sessel. Der linke Teil des Raumes wurde von einem schwarzglänzenden Flügel dominiert.

»Steinway.« Thorben pfiff durch die Zähne. Verenas Blick blieb an den Bücherregalen hängen. Den ledernen Buchrücken nach standen dort nur alte Schinken. Ganz sicher pervers teuer – aber langweilig. Dekorativ waren die Bücher aber, genauso wie der ausladende Esstisch auf der rechten Seite des Raumes. Auch er wurde von einem opulenten Blumenstrauß geziert, im Vergleich zu dem in der Halle aber fast schon mickrig.

Die Kommissare traten auf die Terrasse hinaus. Das gleißende Licht wurde von einer gelb-weiß gestreiften Markise gemildert. Ein künstlich angelegter Teich in der Mitte des Rasens reflektierte die Sonnenstrahlen. Die Fontäne im Zentrum des Naturschwimmbades plätscherte.

»Wow«, sagte Verena.

»Boah«, machte Thorben. »Mit Bier kann man Geld machen.« Der Kommissar seufzte. Dies war einer jener Momente, in denen er einen sofortigen Berufswechsel in Betracht zog. Mit seinem Salär würde er nie und nimmer ein Haus wie die Baumann'sche Villa finanzieren können. Und bis seine Eltern das Zeitliche segnen und ihm das Doppelhaus am Hamburger Stadtrand vermachen würden, könnten gut und gerne noch 30 Jahre ins Land ziehen. Thorben war Norddeutscher genug, um nicht auf einen Lottogewinn zu bauen – eher schon auf die schwäbische Sparsamkeit seiner Liebsten und die stille

Gewissheit, dass Verena mit Sicherheit einen Bausparvertrag abgeschlossen hatte. Wobei ihm bei ihr – zum ersten Mal in seinem Leben – völlig egal war, wie dick Verenas Sparschwein war. Thorben rieb sich die Augen. Zum einen der Sonne wegen, zum anderen, um das Traumbild eines Häuschens, in dem Verena mit ihm lebte, wegzuwischen. Das war Zukunftsmusik. Jetzt musste erst einmal Karin Baumann vom Tod ihres Mannes erfahren.

Kaum hatte der Kommissar an jene gedacht, erschien die frischgebackene, aber ahnungslose Brauer-Witwe auch schon auf der Terrasse. Sie hatte sich ein flatterndes Sommerkleid übergeworfen. Verena registrierte neidvoll, dass sie jetzt Sandaletten trug, die mit Sicherheit nicht aus Spaichingen stammten. Solche schicken Schühchen gab es nicht einmal in Stuttgart!

»Setzen Sie sich doch«, sagte Karin Baumann und ließ sich ihrerseits auf einen der gelb-weiß gepolsterten Tropenholzstühle gleiten. »Mein Mann ist leider nicht im Haus, aber vielleicht kann ich Ihnen helfen?« Sie langte nach der Wasserkaraffe, in der halb geschmolzene Eiswürfel klimperten.

»Wasser?«

»Danke, Frau Baumann, nein«, entgegnete Verena und setzte sich neben die Hausherrin. Thorben nahm neben Verena Platz.

»Wir müssen Ihnen etwas Schlimmes sagen«, begann Verena. Gott, wie sie diese Situationen hasste! Da konnte man in der Polizeischule noch so viel lernen über Psychologie und noch so oft mit den Kollegen Trauergespräche üben, die Realität war etwas ganz anderes.

»Ihr Mann ist tot«, presste Verena hervor. So. Jetzt war es raus. Sicher nicht auf die psychologisch korrekte Art. Aber es war gesagt.

Angekommen bei der Witwe waren die Worte offensichtlich noch nicht. Karin Baumann schenkte sich in aller Ruhe das Glas voll, nahm einen Schluck und ruckelte dann an der farblich bestens zum weißen Kleid passenden Sonnenbrille. Dann ließ sie den Blick durch den großen Garten schweifen. Irgendwo hinten in der üppiggrünen Ligusterhecke tschilpte ein Vogel.

»Ein Infarkt? Ein Unfall?«, fragte sie dann mit teilnahmsloser Stimme. Es klang, als würde sie beim Metzger ein Pfund Aufschnitt bestellen.

»Ihr Mann wurde ermordet«, schaltete sich nun Thorben ein, der bemerkte, dass Verena auf ihrem Stuhl hin und her rutschte.

Jetzt wandte sich Karin Baumann dem Kommissar zu. Auch wenn die Brille ihre Augen verbarg, konnte er so etwas wie Erstaunen in ihrem Gesicht ablesen.

»Ermordet?«

»Er war in der Messe auf dem Berg. Einer der Patres fand ihn nach dem Gottesdienst. Ihr Mann ist erwürgt worden«, erklärte Thorben.

»Erwürgt?«

»Mit einem Schal, seinem Schal, nehmen wir an.«

»Ach, hat er wieder so getan, als hätten wir Herbst? Die alte Frostbeule«, sagte Karin Baumann und lachte einmal laut auf. Dann hielt sie sich die Hand vor den Mund.

»Alfons ist also tot.«

Die Kommissare nickten stumm.

Karin Baumann blickte von Thorben zu Verena. Dann sprang sie auf. »Ich muss Sven wecken!«, rief sie und stürzte ins Haus.

Thorben sah Verena fragend an. Sie beugte sich zu ihm und flüsterte: »Der Sohn des Hauses. Ist eigentlich längst erwachsen, wohnt aber noch zu Hause. Ich kenne ihn vom Gymnasium, der war zwei Klassen unter mir. Ein verwöhnter Pinkel, von Beruf Sohn. Aber einer der Ersten, die mit 18 ein Cabrio vor der Tür stehen hatten. Und angeblich an jedem Finger ein anderes Mädchen.«

»Aha«, machte Thorben und grinste. So einer konnte bei Verena natürlich nicht punkten!

»Sven Baumann hat BWL studiert, mit mäßigem Ergebnis«, fuhr Verena flüsternd fort. »Nach dem Studium in Konstanz ist er sofort nach Spaichingen zurückgekommen. Heute fährt er Porsche oder sowas und ist sofort in die Chefetage bei Spöttinger Bräu eingestiegen. Dabei weiß der nicht mal, wie man Bierkisten stapelt, nur saufen, das kann er wohl.«

Fischer grinste, machte aber sofort wieder ein ernstes Gesicht, als Karin Baumann auf die Terrasse zurückkehrte. Hinter ihr erschien, gewandet in einen seidenglänzenden Morgenmantel, der Sohn des Hauses.

»Was ist mit meinem Vater?«, herrschte Sven Baumann die Polizisten an. »Meine Mutter konnte es mir nicht sagen, oder sie wollte nicht. Was ist los?«

»Ihr Vater ist tot, Herr Baumann«, entgegnete Verena und erhob sich.

»Ach, du bist doch die Verena!«, rief Baumann junior, als habe er das eben Gesagte nicht gehört. »Dich kenn ich noch von der Schule.«

»Stimmt«, antwortete Verena knapp. »Bitte setzen Sie sich, Herr Baumann.« Das ›Herr‹ betonte Verena extra deutlich.

Der Angesprochene zuckte mit den Schultern und ließ sich auf den Stuhl neben seiner Mutter plumpsen. Die goss ihm ungefragt ein Glas Wasser ein, das Sven in einem Zug leerte.

»Gut, Frau Hälble, Sie sind also geschäftlich hier«, sagte er dann mehr als spöttisch.

»Herr Baumann«, mischte sich Thorben ein. »Ihr Vater wurde ermordet. Frau Hälble und ich haben die Ermittlungen übernommen.«

Sven Baumann seufzte, hörte dann aber sehr genau zu, als Thorben ihm die bisher bekannten Fakten schilderte. Als der Kommissar geendet hatte, griff Karin Baumann nach der Hand ihres Sohnes. Ihre Knöchel traten weiß hervor, so fest drückte sie zu. Sven Baumann stierte auf eine Fliege, die über die Tischdecke krabbelte.

»Mein Vater lebt also nicht mehr«, sagte Baumann junior schließlich tonlos. Die Fliege strich mit den dürren Beinen über ihre Flügel. Dann summte sie davon.

Als Verena meinte, den beiden genug Zeit gegeben zu haben, räusperte sie sich. »Wir müssen Ihnen ein paar Fragen stellen«, hob sie an.

»Ja, ja, das ist Ihre Pflicht«, nickte Sven Baumann. »Ich habe bis gerade eben geschlafen, falls Sie nach meinem Alibi suchen. Alleine. Ich war gestern in Konstanz auf dem Tanzschiff. Zeugen gibt es Hunderte. Nach Hause gefahren bin ich alleine.«

»Das wollte ich nicht wissen, aber gut«, unterbrach Verena ihn. »Da wir schon dabei sind – Frau Baumann, was haben Sie heute Vormittag gemacht?«

»Meine Mutter war im Garten«, antwortete Sven Baumann.

»Das kann Ihre Mutter uns sicher selbst sagen«, mischte Thorben sich ein. »Frau Baumann?«

»Das stimmt. Ich war hier. Ich wollte mir eben die Nägel lackieren.« Karin Baumann hielt den Kommissaren die Hände hin. Am rechten Zeigefinger war etwas vom roten Lack abgeplatzt. »Sonntags kann ich ja nicht zur Maniküre.«

»Wann hat Ihr Mann das Haus verlassen?«, insistierte Verena.

Karin Baumann zuckte mit den Schultern. »Das weiß ich nicht. Wir schlafen getrennt. Und ehe Sie etwas vermuten, was da nicht ist: Alfons schnarcht. Schnarchte. Hat geschnarcht.« Unvermittelt begann Karin Baumann zu zittern. Es war, als werde ihr eben erst bewusst, dass sie Witwe war. Sie schlug die Hand vor den Mund. »Oh mein Gott«, flüsterte sie.

»Schon in Ordnung«, sagte Verena und legte der Frau beruhigend die Hand auf den Arm. Die Seide knisterte leise unter der Berührung.

Karin Baumann atmete tief ein, ehe sie weitersprach. »Ich habe bis gegen zehn geschlafen. Da war er wohl schon weg. Der Gottesdienst fängt ja um halb zehn an.«

Thorben, der alles notiert hatte, starrte die Witwe an. Das heißt: Er starrte auf sein Spiegelbild in ihrer Sonnenbrille. Sein Gesicht war durch die Krümmung der Gläser zwar verzerrt, dennoch meinte er, eine leichte Blässe und Augenringe zu erkennen. Ihm wurde allein bei der Vorstellung, krank zu sein, schwindelig. Der Kugelschreiber in seinen Finger begann zu flattern. Thorben schluckte trocken. Das Schreibgerät flutschte ihm aus der Hand und landete klackernd auf den Fliesen.

»Entschuldigung«, murmelte der Kommissar und beugte sich unter den Tisch. Er fischte nach dem Kuli. Als er wieder hochkam, erhaschte er, noch halb gebückt, einen Blick unter Karin Baumanns Sonnenbrille. Das war kein Schatten – das war ein veritables Veilchen! Thorben rückte seinen Stuhl zurecht. Dann tippte er sich selbst gegen das rechte Auge.

»Sagen Sie, Frau Baumann, was haben Sie da?« Die Angesprochene zuckte fast unmerklich zurück.

Verena sah den Kollegen fragend an.

»Wie bitte?« Karin Baumanns Stimme war ein, zwei Töne zu hoch.

»Die Verletzung. Am Auge«, sagte Thorben und zeigte nun noch deutlicher auf sein eigenes Auge.

»Das? Ach, also, ich bin gestolpert. Gegen den Türrahmen«, sagte die Witwe lahm. Wie in Zeitlupe nahm sie die Brille ab. Zum Vorschein kam ein perfekt geschminktes linkes Auge. Das rechte steckte zwar unter einer ähnlich dicken Schicht Lidschatten, aber der konnte das Hämatom kaum verbergen – und schon gar nicht den blutverkrusteten Riss entlang der Augenbraue.

»Nichts Dramatisches«, haspelte Karin Baumann. »Ist schon wieder gut.«

»Sie sind gestolpert?«, insistierte nun auch Verena. Karin Baumann setzte schnell die Brille wieder auf.

»Meine Mutter ist über eine hochstehende Teppichkante gestolpert, das sagte sie doch eben.« Sven Baumann klang genervt. »Dabei ist sie mit der Stirn gegen den Türrahmen geschlagen. Das ist alles und hat ganz bestimmt nichts mit dem Tod meines Vaters zu tun. Und falls Sie dafür Zeugen brauchen,« setzte er spöttisch hinzu, »dann konsultieren Sie doch unseren Hausarzt, Herrn Dr. Kirschner.« Er griff nun seinerseits nach der Hand seiner Mutter.

»Wenn Sie keine Fragen mehr haben, wir wären jetzt gerne alleine.«

»Das verstehe ich, doch wir würden gerne noch wissen, ob in der letzten Zeit irgendetwas Ungewöhnliches vorgefallen ist. War Alfons Baumann nervös, deprimiert oder irgendwie anders, als sonst?« Verena versuchte, den geschäftsmäßig kühlen Ton zu wahren, doch in ihrem Kopf ratterte es. War Karin Baumann wirklich so eitel, dass sie eine harmlose Verletzung verbarg, oder steckte mehr dahinter als der Sturz gegen einen Türrahmen?

»Nicht, dass ich wüsste«, sagte Sven Baumann patzig.

Verena merkte, dass sie nichts weiter erfahren würde. Nicht jetzt. »Gut«, sagte sie und erhob sich. »Wir bleiben in Verbindung.« Sie nickte den beiden zum Abschied zu. Thorben stand ebenfalls auf.

»Wo ist mein Mann jetzt?«, fragte Karin Baumann. »Kann ich ihn sehen?«

»Er ist in Tübingen in der Gerichtsmedizin, Frau Baumann«, erklärte Thorben. »Wir benachrichtigen Sie, sobald die Obduktion abgeschlossen ist.«

Karin Baumann nickte stumm. Und dann drang ein erstes, leises Schluchzen aus ihrer Kehle.

»Hier ist Radio Donauwelle, euer Sender für den Kreis Tuttlingen. An einem wunderbaren Frühlingsmittag begrüßt euch euer Steven. Meine reizende Kollegin Mina hat mich heute Abend ins ›s'Törle‹ in Möhringen zum Tanz eingeladen. Ist das die Aufforderung zu einem Date? Was meint ihr dazu? Soll ich die Einladung annehmen? Schickt mir eure Meinungen per E-Mail. Bis die ersten Schreiben eingehen, will ich noch einen herzlichen Geburtstagsgruß an unseren zweiten Außenkorrespondenten Horst-Dieter Radke loswerden und ihr hört nun ›Dancing with myself‹ von Billy Idol.«

»Lackaffe«, schimpfte Thorben und ließ sich auf den Beifahrersitz plumpsen.

Verena startete den Motor und fuhr los.

»Eingebildeter Schnösel, der. So ein Warmduscher. Schattenparker. Der hat doch mehr Öl auf seinen Haaren, als ein Daimler im Motor!«

Verena grinste. »Ich hab dir doch gesagt, dass das ein spezieller Typ ist.«

»Du hast aber nicht gesagt, was für ein Brezelbieger der ist.«

»Du hast Grasdackel und Halbdackel vergessen«, lachte Verena. »Wahlweise auch Handlampe oder Schlappenschugger.«

Thorben lachte schallend. »Ich liebe euch Schwaben!«, rief er. »Da wird sogar aus einem Vollpfosten wie Sven Baumann ein netter Mensch.«

»Genau.« Verena grinste. »Der Sitzpinkler, Hockbronzer auf Schwäbisch, hat garantiert Dreck am Stecken. Und den finden wir auch. Mir kam die ganze Situation komisch vor.« Verena steuerte den Wagen auf die Hauptstraße. Nur eine Handvoll Spaziergänger machte Schaufensterbummel. Wer einen Garten oder eine Terrasse hatte, der genoss den warmen Tag lieber zu Hause. Einzig vor dem Eiscafé hatte sich eine Schlange gebildet. Verena stieg auf die Bremse und scherte etwas zu schwungvoll in einen der Parkplätze gegenüber vom ›Venezia‹ ein.

»Mit einem gepflegten Sonntagsessen wird's heute nichts«, sagte sie und zog den Zündschlüssel ab. »Aber ein Eis geht immer.«

Thorben lachte und drückte seiner Liebsten einen Kuss auf die Wange. »Und für eure unkomplizierte Art lieb ich euch Schwaben auch.«

»Nur dafür?«

»Hm ... mal sehen ... vielleicht fällt mir noch was ein«, flüsterte er und zog Verena zu sich. Nach einem langen Kuss lösten sich die beiden voneinander und gingen – entgegen aller Verkehrsregeln – 50 Meter vor der Fußgängerampel über die Hauptstraße. Ein aus Richtung Rottweil heranbrausendes Cabrio kam den beiden gefährlich nah. Der Fahrer hupte.

»Schnauze, Fury!«, rief Thorben.

Der Fahrer trat in die Eisen. Reifen quietschten. Dann setzte der Wagen zurück und hielt direkt neben den Kommissaren.

»Willsch Ärger?« Der Typ hinterm Lenkrad hatte Arme wie Baumstämme – aber offensichtlich auch einen IQ, der dem von Holz nahe kam.

»Aufpassen, junger Mann«, sagte Verena.

»Fresse halten, Tussi!«

»Jetzt langt's aber«, rief Thorben und lehnte sich über die Fahrertüre. »Du warst sicher schneller als 50.«

»Hol doch die Polizei, Arschloch«, knurrte der Baumstamm.

»Die ist schon da,«, flötete Verena und hielt ihm den Dienstausweis unter die Nase.

Der Kerl riss den Mund auf und klappte ihn dann so schwungvoll wieder zu, dass die gebleichten Zähne aufeinanderkrachten.

»An deiner Stelle würde ich jetzt weiterfahren, Kumpel, die Lady hat Handschellen dabei.«

»Okay, okay«, sagte der Kerl und gab Gas. Der Wagen machte einen Satz nach vorne und ging dann aus.

»Ich frage mich, ob der Herr überhaupt einen Führerschein hat«, säuselte Verena.

»Schatz, du sollst nicht immer fremde Männer verhaften, lass den armen Kerl in Ruhe.«

Verena seufzte theatralisch und wandte sich zum Gehen.

Thorben hob die Hand zum Gruß. »Hasta la vista, baby!«

Der Kerl legte den ersten Gang ein und ließ den Wagen anrollen.

»Ich weiß, wo dein Haus wohnt!«, rief er den beiden zum Abschied zu.

Verena lachte schallend und verstaute den Dienstausweis wieder in ihrer Hosentasche.

»Stracciatella oder Nuss?«, fragte sie Thorben und grinste.

»Beides!«

Die zwei reihten sich in die Warteschlange am Straßenschalter ein. Die Tische vor dem Venezia waren fast alle belegt. Kein Wunder, galt das Spaichinger Eiscafé doch seit Generationen als eines der besten in der Region. Nicht nur Einheimische wussten die selbst gemachten Eisspezialitäten zu schätzen, auch aus den umliegenden Gemeinden kamen Schleckermäuler nach Spaichingen, um sich an Schokoladenbechern, Früchtekreationen und den sagenumwobenen Joghurtbechern gütlich zu tun. Einen Sitzplatz im Venezia zu ergattern, glich an warmen Tagen einem Hauptgewinn im Lotto. Klar, Verena und Thorben hätten sich auch nach drinnen setzen können, doch seit die beiden eines Abends auf einen Eisbecher hereingeschneit waren und sich zwei Dutzend Teenagern gegenübersahen, zogen sie den Straßenverkauf vor. »Ich will ja nicht den Altersschnitt heben«, hatte Verena verkündet.

Nachdem beide mit je zwei Kugeln Eis in der Waffeltüte ausgestattet waren, bummelten sie die Hauptstraße entlang. Thorben blieb am Schaufenster eines Immobilienmaklers hängen. Rasch überflog er die angebotenen Häuser. Für sein Budget waren sie zu teuer.

»Schau mal«, sagte Verena und tippte mit dem Finger gegen die Scheibe. »Nette Wohnung!«

Thorben las die Ausschreibung. Drei Zimmer, oberster Stock, stadtnah. Zwei Balkone. Und ein frisch renoviertes Bad mit Wanne.

»Ich glaub, vom hinteren Balkon aus kann man den Berg sehen«, meinte Verena und legte den Kopf schief. Die Fotos verrieten leider nicht, ob die abgebildete Einbauküche im Mietpreis enthalten war.

»Jo, doch«, kommentierte Thorben und knabberte ein Stück Waffel ab. »90 Quadratmeter.«

Beide dachten dasselbe – zu zweit wäre die Wohnung perfekt und auch die 700 Euro Warmmiete locker zu stemmen.

»Schau mal, Tiefgaragenplatz und Parkplatz sind dabei«, sagte Verena.

Thorben nickte. »Hmmmm«, machte er.

»Hmmmm«, setzte Verena nach. Sollte sie den Vorschlag machen? Oder wäre das nicht Thorbens Job als Mann?

»Wir schauen mal im Internet, vielleicht haben die noch mehr im Angebot«, sagte Thorben unwillkürlich. Ihm wurde heiß. Hatte er damit gerade Verena vorgeschlagen, eine gemeinsame Wohnung zu mieten? Aus den Augenwinkeln sah er, dass Verena lächelte. Sie hatte es verstanden.

»Ja«, sagte sie. »Das machen wir.« Dann schob sie ihre Hand in seine. Thorben fiel ein mächtig großer Stein vom Herzen – diese Frau war unglaublich … und bestand nicht auf viele Worte.

»Aber jetzt komm«, unterbrach Verena seine Gedanken und zog ihn zur Fußgängerampel. »Da drüben ist die Praxis von Dr. Kirschner. Der hat heute Sonntagsdienst. Wie praktisch!« Verena zeigte zum alten Rathaus, in dem unten eine Apotheke und in den oberen Stockwerken verschiedene Arztpraxen untergebracht waren. Ein großes Schild wies auf die geöffnete Praxis des Allgemeinmediziners hin. Thorben schob sich das letzte Stück Eiswaffel in den Mund und drückte den Warteknopf für Fußgänger. Aus Richtung Rottweil brauste ein Auto heran und blieb dann mit quietschenden Reifen vor der roten Ampel stehen.

»Ach, das ist ja unser Freund«, grinste Verena und warf dem sichtlich genervten Fahrer eine Kusshand zu. Die Ampel sprang vom roten auf das grüne Männchen. Das Paar schlenderte im Schneckentempo bis zur Straßenmitte. Thorben legte die Arme um Verena und küsste sie. Lang und ausgiebig. Das rote Männchen leuchtete auf, der Fahrer hatte wieder Grün. Aus den Augenwinkeln sah Thorben, wie er nervös mit den Fingern auf das Lenkrad trommelte. In Slow Motion löste er sich von Verena. Dann schlurften die beiden weiter. Kaum hatten sie den Gehweg erreicht, gab der Typ Gas und bog ohne zu blinken in die Angerstraße ab.

Im Aufzug des Ärztehauses stibitzte Thorben sich noch einen Kuss von Verena. Doch als die Kabinentür lautlos aufglitt, hatten die beiden in stillem Einvernehmen umgeschaltet auf ›Kommissare im Dienst‹. Als solche standen sie wenige Momente später vor dem Tresen, hinter dem eine blondierte Mittvierzigerin über eine Zeitschrift gebeugt saß. Die Arzthelferin blickte nicht auf.

»Ich brauch Ihr Kärtchen«, leierte sie gelangweilt.

Verena rollte mit den Augen, zog den Dienstausweis hervor und ließ ihn direkt auf die Seite mit zwei magersüchtigen Models vor einem viel zu grellen Sonnenuntergang fallen. Die Blondine zuckte zusammen, starrte erst auf den Ausweis, dann auf die Kommissare.

»Des isch aber koi AOK-Kärtle«, stammelte die Frau.

»Nö. Aber besser als privatversichert«, konterte Verena. »Wir müssen Dr. Kirschner sprechen.«

»Des geht jetzt aber net, der hat Patienda«, entgegnete die Arzthelferin und klappte schwungvoll das Frauenmagazin zu. Verena gelang es eben noch, den Ausweis zu erwischen. »Nehmet Se doch em Wardezimmer Blatz!«

»Wie lange wird's denn dauern?«, mischte Thorben sich ein. Allein der spezifische Geruch der Praxis, diese Mischung aus Schweiß (Patienten), labbrigem Papier (ausgelegte Zeitschriften) und Sterillium (Arzt) verursachte ihm Übelkeit. Er konnte gar nicht anders, als im Schnelldurchlauf geistig seine Körperfunktionen auf eventuelle Unregelmäßigkeiten zu scannen.

»Kann ich net saga«, brummte die Blondine, die nun demonstrativ nach dem Terminbuch griff. »Patienda ganget vor, oder send Sie an Nodfall?«

»Na komm«, sagte Verena und schob Thorben sanft Richtung Wartezimmer. »Wir wollen doch nicht schuld am Zusammenbruch des Gesundheitssystems sein.«

Die Arzthelferin und Thorben rollten beide mit den

Augen. Erstere, weil sie nicht ganz verstanden hatte, was die Kommissarin meinte, und Zweiter, weil er alles wollte – nur nicht, sich in einen Raum mit bazillenschleudernden Menschen zu setzen. Thorben machte denn auch ein Gesicht wie ein Lamm, das zur Schlachtbank geführt wird. Mit großer Wirkung: Der einzige Patient im Wartezimmer nickte dem Kommissar mitfühlend zu.

Thorben seufzte gequält, als er die rotglühende Nase des älteren Herrn sah, und steuerte den Stuhl an, der immerhin eine Raumlänge Abstand zum Virenträger hatte. Dass das vergebliche Liebesmüh war, wusste Thorben in dem Moment, als der Mann heftig nieste. Man konnte förmlich sehen, wie die Tröpfchen durch das Zimmer flogen.

»Gesundheit«, sagte Verena.

Thorben sagte nichts und wandte sein Gesicht ab. Er tat so, als würde er intensiv das Plakat lesen, mit dem für die Grippeimpfung geworben wurde. In Wahrheit aber fragte er sich, wie lange er nicht einatmen durfte, um ja keinen Bazillus an seine Nasenschleimhaut zu lassen.

Der Grippepatient krächzte ein »Danke« und schnäuzte sich geräuschvoll und mit viel Schmackes. Das labbrige Papiertaschentuch stopfte er zurück in die Hosentasche. Verena langte nach der zwei Wochen alten Ausgabe der ›Bunten‹ und vertiefte sich in die Hofberichterstattung. Sie liebte Wartezimmer – waren das doch die Hochburgen, um sich auf den neuesten Stand in Sachen Klatsch und Tratsch bei Königs zu bringen. Sie kam gerade eben so dazu, sich die neuesten Roben von Schwedens Victoria anzusehen, die mit ihrem angetrauten Fitnesstrainer bei der Hochzeit einer blaublütigen Großcousine siebten Grades abgelichtet worden war. Dann knarzte der Lautsprecher über der Tür und die verzerrte Stimme des Empfangs-Blondchens schmiss ein ›Frau Hälble, bitte‹ in den Raum.

Verena und Thorben erhoben sich. Der Grippepatient wedelte mit einem noch trockenen Tempo durch die Luft.

»Ich war aber zuerst da«, hustete er und zog geräuschvoll die Nase hoch.

»Schon,« antwortete Thorben. »Aber wir sind ein Notfall.«

Der Alte murrte etwas in seinen nicht vorhandenen Bart. Thorben drückte mit dem Ellbogen die Klinke herunter und stieß die Tür mit dem Fuß auf. Um keinen Preis würde er diesen Bazillenlagerplatz mit bloßen Händen berühren!

Die Arzthelferin zeigte auf einen schmalen Gang, an dessen Ende die Tür zu einem der drei Behandlungsräume offen stand. Dr. Kirschner wartete hinter einem imposanten Eichenschreibtisch, der mit einem PC und Bergen von Papier und Büchern beladen war. Vor dem Tisch standen zwei mit grünem Cord bezogene Polsterstühle, auf die der Arzt deutete. Verena und Thorben setzten sich.

»Grüß Gott«, sagte Kirschner und streckte erst Verena, dann Thorben die Hand hin. Letzterer schlug nur ungern ein – er wollte gar nicht wissen, welche Bakterien an den Fingern eines Weißkittels klebten. Wobei Kirschner gar keinen Kittel trug, sondern ein Kurzarmhemd mit blauen

Karos. Einzig das Stethoskop, das der Mann um den Hals trug, wies ihn als Mediziner aus.

»Was kann ich für Sie tun?«, fragte der Arzt und schob ein Nierenschälchen mit offensichtlich benutzten hölzernen Mundspateln zur Seite.

»Sie sind der Hausarzt von Familie Baumann?«, fragte Verena. »Alfons und Karin Baumann?«

Kirschner nickte.

»Herr Baumann wurde heute Morgen ermordet«, fuhr Verena fort. Der Arzt verzog keine Miene. Wahrscheinlich, dachte Thorben, gehören schlechte Nachrichten zu seinem täglichen Brot. »Allem Anschein nach wurde er erwürgt. Nun, wir haben ein paar Fragen, die seine Witwe, Karin Baumann, betreffen.«

»Wie soll ich Ihnen da weiterhelfen können, Frau Hälble? Alles, was Frau Baumann zu mir führte, waren medizinische Gründe. Und Sie wissen ja …«

»… die Schweigepflicht des Arztes, ja. Wir wären Ihnen aber dankbar, wenn Sie uns dennoch helfen könnten.«

Kirschner blickte demonstrativ auf seine Armbanduhr. »Ich habe heute Notdienst, allzu lange habe ich keine Zeit.«

»Wir werden es kurz machen«, versprach Verena. »Lassen Sie mich gleich zum Punkt kommen. Vorhin waren wir bei Karin Baumann. Sie behauptete, die Verletzung am Auge, die sie hinter einer Sonnenbrille verbarg, rühre von einem Sturz gegen den Türrahmen her. Ich frage Sie ganz direkt, Herr Doktor: Stimmt das?«

Kirschner lächelte schief. »Dann antworte ich Ihnen

ganz direkt, Frau Hälble: Auch das darf und werde ich Ihnen nicht sagen.« Verena seufzte innerlich.

»Gut. Dann frage ich anders. Gibt es irgendwelche Vorkommnisse innerhalb der Familie Baumann, die darauf hindeuten könnten, dass es zwischen den Eheleuten Schwierigkeiten gab?«

Kirschner tippte etwas in den PC. Dann erhob er sich.

»Wissen Sie was, Frau Hälble, ich kümmere mich jetzt mal um die anderen Patienten. Auf Wiedersehen«, sagte er und nahm den weißen Kittel vom Haken neben dem Waschbecken.

Thorben machte ein fragendes »Äh?«.

Verena hingegen hatte verstanden. Kaum war der Arzt verschwunden, setzte sie sich auf dessen Platz. Richtig! Am Bildschirm waren die Patientendaten von Karin Baumann aufgerufen. Verena musste nicht lange suchen. Der letzte Eintrag lag nur vier Tage zurück. ›Hämatom, Arnica-Globuli, Kühlung‹ stand da neben ein paar Kürzeln, die die Kommissarin nicht zuordnen konnte. Entweder waren das medizinische Fachbegriffe oder Abrechnungsformeln für die Krankenkasse. Sie scrollte nach oben. Karin Baumann war alle fünf, sechs Wochen bei Dr. Kirschner gewesen, entnahm sie den Eintragungen. Migräne, grippaler Infekt und immer wieder Hämatome. An Schläfe, Handgelenken, Brust oder Schienbein.

»Da scheint Frau Baumann aber oft gegen Türen zu rennen«, kommentierte Thorben, der sich hinter Verena gestellt hatte.

»Entweder braucht sie eine neue Brille, oder wir sind

auf einer guten Spur.« Verena grinste und klickte das Datenblatt weg.

Hinter ihr holte Thorben tief Luft – und nieste. »Oh nein«, klagte er. »Geht schon los.«

Verena strich ihm tröstend über die Wange. »Nimm es wie ein Kerl und jammere«, scherzte sie.

Was Thorben in dem Moment alles andere als witzig fand.

»Hier ist Mina von Radio Donauwelle. Ich bin im ›s'Törle‹ und bei mir ist Frank. Sag mal, Frank, wie findest du das Frühjahrsopening hier im Möhringer Kultbiergarten?«

»Woisch Mina, des isch so geil, dass endlich wieder Frialing wird. Sonne, Tango und Friaschoppa ... I be scho ganz wuschig.«

»Danke, Frank, und bevor du weiter ins Detail gehst, gebe ich zurück an Steven, der mit einer weiteren Verkehrsmeldung wartet.«

»Danke, Mina. Ich bin's wieder, euer Verkehrsleitfaden von Radio Donauwelle, der Steven. Soeben erreicht uns eine weitere Meldung aus Spaichingen. Ein Cabriofahrer hat beim Beschleunigen mit seinem ausbrechenden Heck einen vorbeifahrenden Streifenwagen der Polizei gerammt. Als diese den Rowdy anhalten wollte, gab der Gas und ist seitdem flüchtig. Der selbst ernannte Rennfahrer liefert sich seitdem eine Verfolgungsjagd mit der Polizei. Wir bitten euch, in Spaichingen und Umgebung vorsichtig zu sein und die Augen offen zu halten.

Eure Meinungen zu Minas Verabredungsoffensive

gibt's gleich nach den Nachrichten. Bis dahin hört ihr ›Race Against Myself‹ von Offspring.«

Bruder Sunil schloss leise die Tür. Pius hatte kaum wahrgenommen, dass dieser einen Strauß frischer Blumen von der Wiese hinter dem Konvent auf seinen Schreibtisch gestellt hatte. Der Superior saß in seiner Zelle im Sessel am Fenster und starrte ins Tal. Die Holzperlen des Rosenkranzes klackerten leise in seinen Fingern. Durch das geöffnete Fenster strömte warme Frühlingsluft in den Raum. Auf dem Dach des Vogelhäuschens nahe des Aussichtspunktes hockte eine fette schwarze Amsel und tschilpte den stahlblauen Himmel an. Unwillkürlich musste der Pater lächeln. Gottes Schöpfung war schön. Wunderschön. Da konnten die Menschen noch so böse sein, Pius liebte diese Welt. Freilich wäre ihm ein Leben ohne Mord und Totschlag um Längen lieber. Doch der Superior wusste, dass Gottes Himmelreich voller Fragen und Rätsel für die Menschen war. Pius beendete sein stummes Gebet und langte nach Block und Bleistift vom Schreibtisch, auf dem sich unbeantwortete Briefe der vergangenen Woche stapelten. Die Anfragen von Pilgern und die Botschaften aus den Bruderkonventen mussten warten – Pius juckten die Finger … er konnte nicht anders, er musste die Ereignisse des Morgens sortieren.

In seiner akkuraten Handschrift machte der Pater sich Stichworte. Strich manches sofort wieder aus, setzte hinter anderes ein dickes Fragezeichen. Langsam klärte sich das Bild: Alfons Baumann war Pius zum ersten Mal vor nun fast 32 Jahren begegnet. Pius, damals noch ein einfacher Pater, war frisch auf den Dreifaltigkeitsberg entsandt worden. Viel lieber wäre er als Missionar nach Afrika gegangen, doch das Mutterhaus des Ordens hatte anderes mit ihm vor. Der junge Pius fügte sich – wenngleich sein Innerstes rebellierte. Direkt nach seiner Ankunft in Spaichingen begab er sich in Klausur. Nach strengen Exerzitien, in denen er weinte, hoffte und schließlich erkannte, dass sein Herr ihn an genau diesem Platz haben wollte, schien auf einmal alles klar und Pius konnte sich auf Spaichingen und seinen Missionsauftrag auf dem Dreifaltigkeitsberg einlassen.

Alfons Baumann war einer der Ersten, die Pius kennenlernte. Um Baumann kam keiner in Spaichingen herum, war er doch als Inhaber der Spöttinger Brauerei einer der reichsten Männer im Ort. Und einer, der auf keinem Fest fehlte, an dem sein Bier ausgeschenkt wurde. Das übrigens, wie Pius schnell feststellte, mächtig süffig war. Baumann galt als Gönner, unterstützte den Bau des Altenheims mit einer stattlichen Summe, und auch die Patres auf dem Berg profitierten von der Spendierlaune des jung verheirateten Unternehmers. Alfons und Karin Baumann waren regelmäßige Besucher der sonntäglichen Messen auf dem Berg, und als der kleine Sven vom damaligen Superior getauft wurde, saß Pius neben den Brüdern im Chorgestühl und bewunderte das prachtvolle Taufkleid mit Brüsseler Spitzen. Noch Wochen nach der Taufe waren das Dior-Kostüm und der wagenradgroße Hut der jungen Mutter *das* Gesprächsthema in der Stadt.

Es musste kurz nach der Einschulung des Juniors gewesen sein, als die Besuche der Familie Baumann auf dem Berg seltener wurden. Gerüchteweise hatte Pius das eine oder andere aufgeschnappt, was der ›Landfunk‹ der von Pius heimlich als ›Betschwestern‹ titulierten Witwen, die scheinbar in der Kirche auf dem Berg zu wohnen schienen, bis zu ihm hinauf getragen hatte. Angeblich sei Karin Baumann in tiefe Depressionen verfallen, weil sie ein Kind im siebten Monat verloren habe. Eine andere Betschwester wollte wissen, dass der kleine Sven an einer unheilbaren Krankheit litt. Von Affären Baumanns war die Rede, von Liebschaften seiner Frau aber ebenso. Das meiste hatte der Superior als Klatsch und Tratsch abgetan, doch einige Bruchstücke aus der damaligen Gerüchteküche notierte er nun. Vielleicht könnte er Verena helfen – wenn sie ihn ließe. Pius konnte nun mal nicht aus seiner neugierigen Haut!

»Pius?«

»Was?!« Pius schrie auf. Der Stift fiel auf den Boden. »Johannes! Musst du mich so erschrecken?«

»Entschuldige, ich habe geklopft.«

»Verzeih, ich wollte dich nicht anschreien.«

»Schon gut. Ich wollte fragen, ob du zum Essen kommst?«

Pius sah auf die Uhr. Die Stunden waren wie im Flug vergangen. Sein Magen knurrte tatsächlich.

»Natürlich«, antwortete er. »Danke, dass du mir Bescheid sagst.«

»Gerne.« Johannes lächelte, als er die ausgerissenen und eng beschriebenen Blätter auf Tisch und Boden liegen sah. »Spielst du wieder Tatort?«

Pius lachte schallend. »Nein. Doch. Ach, ich musste

mich sortieren«, erklärte er. »Aber sag mal, welche Kommissare sind denn heute dran?« Die Patres und Brüder hatten alle eine große gemeinsame Leidenschaft: Den sonntäglichen Tatort im Wohnzimmer der Gemeinschaft schauen. Pius machte sich einen Sport daraus, die Täter vor Sendeschluss zu enttarnen. Und lag allermeistens richtig.

»Münster«, gab Johannes bekannt.

»Herrlich!« Pius strahlte. Professor Boerne war mit Abstand sein Lieblingsermittler.

Die Übrigen warteten bereits im Refektorium. Bruder Ortwin atmete erleichtert auf, als er Pius so fröhlich und gelassen sah. Wenn der Superior sich stundenlang in seiner Zelle verkroch, hatte das fast immer einen schwerwiegenden Grund. Der ja heute durchaus gegeben war. Pius ging zu seinem Platz an der Stirn der Tafel. Die Brüder erhoben sich von ihren Stühlen und senkten die Köpfe.

»Im Namen des Vaters, des Sohnes und des Heiligen Geistes«, begann Pius das Tischgebet. »Unser Herr hat uns heute einen schweren Tag beschert. Seine Wege sind unergründlich. Ich weiß nicht, was ich euch, liebe Brüder, sagen soll. Lasst mich aus der Offenbarung lesen.«

Pius verließ seinen Platz und trat an das Stehpult in der Raumecke. Er schob den Roman ›Stadt der Diebe‹, den die Brüder im Wechsel während der Mahlzeiten vorlasen, zur Seite und blätterte in der schweren Bibel. Schnell hatte er gefunden, wonach er suchte.

»Offenbarung 21«, begann er. »Und ich hörte eine große Stimme von dem Thron her, die sprach: Siehe da, die Hütte Gottes bei den Menschen! Und er wird bei ihnen wohnen und sie werden sein Volk sein, und er selbst, Gott mit ihnen, wird ihr Gott sein; und Gott wird abwischen alle Tränen von ihren Augen und der Tod wird nicht mehr sein, noch Leid noch Geschrei noch Schmerz wird mehr sein …«

»Amen«, sagten die Patres wie aus einem Mund. Pius bekreuzigte sich und die Übrigen taten es ihm nach. Den heiligen Worten war nichts mehr hinzuzufügen. Schweigend, ein jeder in Gedanken vertieft, nahmen die Brüder das Mahl ein. Johannes hatte aus den Spezialvorräten zwei Dosen hausgemachter Leberwurst geöffnet. Ein wenig Trost sollten die Schätze aus der Küche spenden – und taten es auch. Nur das Bier wollte keinem so recht munden. Pius drehte seine Flasche so, dass er das Etikett mit dem Schriftzug ›Spöttinger Bräu‹ nicht sehen konnte.

»Hallo, Leute. Ihr hört die Radio Donauwelle und ich bin Steven, der heute Abend Kollegin Mina beim Tanz aufsuchen wird. Bevor ich euch einen kleinen Auszug der Unmengen von Zuschriften vorlese, die wir bekommen haben, hier noch der Hinweis, dass sich unsere Fußballdamen des SC04 Tuttlingen am letzten Spieltag noch an die Tabellenspitze der Landesliga gesetzt haben. Herzlichen Glückwunsch unsererseits und ein lautes »Schuss … Tor, Schuss … Tor, Latte … scheiße … uuuuhhhhhh«

Okay. Wie versprochen nun also die Meinungen dazu, ob ich heute Abend ins ›s'Törle‹ nach Möhringen fahren soll:

Maja aus Wurmlingen: ›Mensch, Steven. Kannst du

nicht tanzen? Bist du ein Foxtrottel? Wie kannst du nur fragen?‹

Stefan aus Rietheim: ›Diese Anglizismen in der Namensgebung find ich echt shitty, aber gib Bescheid, wenn du nicht gehst, dann schieß ich nach Möhringen.‹

Nina aus Durchhausen: ›Der Steven, der Steven, der ist zu Haus geblieben. Wär er hingegangen, da wär was abgegangen. So hat er keine Lust und schiebt nen riesen Frust!‹

Rosalie aus Immendingen: ›Mann, Kerle. Stell dich net so an. Es ist Damenwahl, somit hasch du keine Wahl.‹

Und so weiter und so fort. Ich danke euch für eure vielen Zuschriften und die Tendenz ist mehr als deutlich. Also ist es beschlossen. Ich fahr heute Abend zum Fensterln ins ›s'Törle‹.

Bevor ich nun Feierabend mache, hört ihr von Steppenwolf ›Born to be wild‹.«

Verena hatte gefühlte 50 Mal in Tübingen angerufen. Mittlerweile kannte sie die Nummer der Pathologie auswendig. Ohne ein Obduktionsergebnis hätte sie keinen weiteren Ansatzpunkt, mit dem sie in den Feierabend gehen könnte. Sie und Thorben waren nach dem Besuch bei Dr. Kirschner ins Revier gegangen. Bei Kaffee aus dem Automaten und Keksen aus Verenas Schubladen-Vorrat hatten sie den Papierkram erledigt. Protokolle getippt, digitale Fotos vom Tatort beschriftet, die Staatsanwaltschaft informiert und wieder und wieder kleine Notizen auf die wandgroße abwaschbare Memo-Tafel geschrieben.

»Dank!«, bellte es bei Versuch 51 aus dem Hörer. Verena hob den Daumen und stellte den Lautsprecher an, damit Thorben mithören konnte.

»Hälble am Apparat«, begann Verena.

»Ach, Sie haben schon ein paarmal angerufen, hab's auf dem Display gesehen«, antwortete Dr. Dank.

»Stimmt. Ich wollte fragen, ob Sie schon …«

»… ein Obduktionsergebnis haben, schon klar«, unterbrach sie der Pathologe. »Sie sind ja schlimmer als die Fernsehkommissare!« Dank lachte in den Hörer. Verena und Thorben grinsten sich an.

»Den Bericht und die Fotos maile ich nachher noch. Ich gebe Ihnen mal die Kurzversion.«

»Danke, sehr gerne«, sagte Thorben in den Lautsprecher. Je weniger Medizinerlatein, desto besser, dachte er. Und außerdem wollte er nach Hause, denn sein Kopf wummerte und er meinte, ein Kratzen im Hals zu spüren.

»Ah, Kollege Fischer, guten Abend«, drang es aus dem Lautsprecher. »Also, dann wollen wir mal: keine Hämatome post mortem. Weder am Hals noch an den Händen. Das heißt, der Tote wurde tatsächlich am Fundort erwürgt. Ja, erwürgt, die Schlinge hat den Kehlkopf eingedrückt. War ein einziger Matsch, sage ich Ihnen.« Thorben schüttelte sich und Verena verzog angewidert das Gesicht.

»Der Mann konnte nicht mehr schreien, der hat nicht den kleinsten Mucks mehr rausgebracht. Das hat ihm sofort die Luftröhre abgedrückt.« Die Kommissare hörten Papier rascheln. »Gestorben ist er eindeutig durch

Erwürgen. Da gibt's gar keinen Zweifel. Der Todeszeitpunkt stimmt ziemlich genau mit dem Ende der Messe überein. Totenflecken gab es noch keine, die Totenstarre setzte erst im Institut ein. Was ich allerdings noch sagen wollte …« Wieder raschelte Papier. »… Ach ja! Hier steht es. Baumann hatte ältere Kratzer am Hals, links unterhalb des Ohres. Die waren unter dem Schal verborgen. Ich nehme an, dass die Wunden so etwa drei, vier Tage alt waren. Wir haben einen Abstrich gemacht, aber natürlich dauert die DNA-Analyse noch.«

»Karin Baumann«, flüsterte Verena kaum hörbar. Sie war sich sicher, dass das Ehepaar einen handfesten Streit gehabt hatte. Und mit den perfekt manikürten Nägeln konnte sie locker die Haut ihres Gatten aufkratzen.

»Können Sie uns mehr zu diesen Kratzern sagen?«

»Ich denke, dass das Fingerspuren sind. Drei etwa fünf Zentimeter lange und recht tiefe Abschürfungen. Von der Anordnung her kommt das genau hin für eine Hand, deren Mittel-, Ring- und kleiner Finger gekratzt haben. Aber wie gesagt, die Kratzer sind älter und haben mit der Todesursache nichts zu tun.«

»Danke, Dr. Dank«, sagte Verena. »Ich denke, der Bericht hat Zeit bis morgen früh. Ein bisschen Sonntag wollen Sie sicher auch noch.«

»Ganz genau«, lachte Dank. »Ich sollte seit zwei Stunden bei mir zu Hause im Garten stehen und den Grill einheizen.«

»Na, dann guten Appetit!«

»Danke. Und Ihnen auch einen schönen Abend.« Dank legte auf. Verena warf Thorben einen Blick zu.

»Denkst du dasselbe?«

»Ich denke, dass ich heim will«, krächzte Thorben und fasste sich demonstrativ an die Stirn.

»Ach, Thorben«, sagte Verena, stand auf und hauchte ihm einen Kuss auf die Wange. »Du hast dich ganz bestimmt nicht angesteckt. Komm, wir haben hier einen Fall …«

»… der bis morgen warten kann«, unterbrach Thorben. »Ich hab zwar keinen großen Hunger, aber heute können wir sowieso nichts mehr machen.«

»Da hast du auch wieder recht«, gab Verena zu und schnappte sich die immerhin schon gute 20 Seiten starke ›Akte Baumann‹. »Lesen kann ich auch zu Hause.«

Thorben nickte zufrieden und machte sich daran, seinen Schreibtisch notdürftig aufzuräumen.

»Es ist 21:06 Uhr und das waren die Nachrichten auf Radio Donauwelle. Am Mikrofon ist eure Svenja. Die nächste Stunde unterhalten wir uns mit Michel Buck, dem Oberbürgermeister von Tuttlingen. Das Thema des Gesprächs soll der Bau des Windrades auf dem Hohenkarpfen sein. Herr Buck wünscht sich zum Einstieg ins Gespräch die Scorpions mit ›Wind of change‹.«

Im Kloster starrten die Patres und Brüder nach der Tagesschau schweigend auf den Bildschirm. Als Professor Boerne sich mit seiner Assistentin um die Autoschlüssel kabbelte – wobei die von Christine Urspruch wieder ganz famos gespielte ›Alberich‹ buchstäblich den Kürzeren zog –, erhob sich Pius.

»Entschuldigt mich«, flüsterte er.

Johannes zuckte zusammen: Das hatte es in 20 Jahren nicht gegeben, dass der Superior mitten im Sonntagskrimi das Zimmer verließ! Pius musste wirklich noch geschockt sein von den Ereignissen des Tages. So wie sie alle. Zwar hatten die Patres sich nach dem Konvent zu einer Messe in die Kirche begeben, um für den Toten zu beten, doch hatte allein das Absperrband in den hinteren Bankreihen sie alle abgelenkt. Da konnten auch die Trostworte, die Pius bei den Aposteln in der Bibel fand, nichts ausrichten.

Pius schlich aus dem Raum und strebte zum Hinterausgang. Die Küche lag still da. Im allerletzten Licht der Abendsonne blitzten die gewienerten Edelstahlflächen kurz auf. Pius nahm seine Jacke vom Haken neben der Tür, langte nach der Maglite auf dem Ablagebrett und ging hinaus.

Den Weg über den schmalen Pfad durch den Wald fand Pius beinahe ohne Licht. Auch im Dunkeln schien ihm jede Wurzel des Waldwegs vertraut. Die Stufen, jüngst von einer rührigen Bürgerinitiative in Schuss gebracht, nahm er fast im Laufschritt. Die frische Luft schien seinen Kopf regelrecht durchzupusten. Einzig für die Stationen des Kreuzwegs, untergebracht in kleinen gemauerten Häuschen, hatte der Pater auf seinem Weg ins Tal keinen Blick. Ihn zog es zur ›Weißerei‹ – die Wirtschaft, auf halber Höhe am Berg gelegen, war ein beliebtes Ziel vieler Spaichinger, die gerne auf der Terrasse saßen, vesperten und den Blick aufs Städtle genossen. Jetzt allerdings lag die Terrasse verlassen da. Die Stühle waren gegen die Tische gekippt und alle Sonnenschirme geschlossen. Drinnen brannte nur noch an der Theke Licht. Pius klopfte gegen die Scheibe. Aus dem Dunkel schälte sich eine Gestalt und schlappte zum Fenster.

»Guten Abend, Pater«, rief Nikos Papandreu überrascht, als er das Fenster öffnete.

»Guten Abend, Nikos. Gibt's noch ein Bier?«

»Ich hab die Zapfanlage schon geputzt, aber eine Flasche Pils kann ich anbieten.«

Pius grinste. »Gut. Nehm ich, gern auch ohne Glas.«

Der Wirt nickte und öffnete die Terrassentür. Pius trat ein. Der unverkennbare Geruch von Fritteuse und Spöttinger Bräu lag in der Luft,

»Ich lade Sie ein, Pater«, sagte Papandreu und verschwand hinter dem Tresen. Mit zwei Bierflaschen kam er zum Stammtisch zurück, an dem Pius bereits Platz genommen hatte. »Unter einer Bedingung!« Der Wirt öffnete mit geübtem Handgriff die Flaschen und reichte eine zu Pius über den Tisch. »Sie verraten mir, was heute früh auf dem Berg los war. Die Gerüchteküche brodelt!«

»Einverstanden«, lachte Pius, setzte die Flasche an und tat einen tiefen Zug. Das kühle Pils weckte seine Lebensgeister. Pius rülpste hinter vorgehaltener Hand. Papandreu starrte ihn erwartungsvoll an. Dass er gebürtiger Grieche war, sah man ihm wirklich nicht an. Sein Haar war hellbraun, die Augen grün und außerdem sprach er ein besseres Schwäbisch als so mancher Einheimische. Nikos war gebürtiger Spaichinger, Sohn einer Deutschen und eines kurz nach der Geburt getürmten Griechen, der vermutlich längst auf einer Wolke bei Zeus wohnte. Dass er, der mit Maultaschen und Spätzle groß geworden war, ein Restaurant mit griechischer Küche betrieb, lag übrigens allein daran, dass es ein solches in Spaichingen nicht gab.

Pius begann, die Ereignisse des Vormittags in einer Kurzversion zusammenzufassen. Nikos wurde erst bleich um die Nase, dann feuerrot im Gesicht. Und dann vollflächig kreideweiß. Die Flasche in seiner Hand begann zu zittern und fiel schließlich auf die Fliesen. Sie zerbrach in zwei große Teile. Der Wirt sprang auf, tappte in die Bierlache, kam ins Rutschen und knallte mit dem Hintern auf den Boden.

»Nikos!«, rief Pius und sprang auf. Der Mann am Boden verbarg das Gesicht in den Händen. Pius kniete sich neben ihn und legte ihm die Hand auf die Schultern, die von einem Heulkrampf geschüttelt wurden.

»So schmerzhaft?«, fragte der Pater und erinnerte sich an seinen eigenen Sturz im vorvergangenen Winter. Steißbein direkt auf Eisscholle. So musste sich das Fegefeuer anfühlen.

Nikos schüttelte den Kopf und wischte sich über die Augen. Dann rappelte er sich hoch.

»Ich hole einen Besen«, schniefte er, verschwand hinter dem Tresen und kam kurz darauf mit einer blechernen Kehrgarnitur wieder. Doch anstatt die Pfütze aufzuwischen, legte der Wirt die Schaufel mitten auf den Stammtisch und setzte sich.

»Trifft dich das so?«, fragte Pius leise.

»Baumann? Nein. Doch. Ja. Ich weiß nicht«, stammelte der Wirt. Pius reichte ihm seine eigene Bierflasche. Nikos griff dankbar danach und leerte sie in einem Zug.

»Holen Sie doch aus dem Kühlschrank zwei neue, Pater«, forderte der Wirt ihn auf.

Pius tat, wie ihm geheißen, und als die beiden Minuten später vor zwei angenehm temperierten Pilsflaschen saßen, begann Nikos zu erzählen.

»Ich glaube, ich bin der Nächste, der stirbt,« sagte Nikos tonlos.

Pius erschrak.

»Nicht wörtlich, Pater«, haspelte der Wirt, als er Pius' weit aufgerissene Augen sah. »Ich will sagen, meine Existenz geht den Bach runter. Ich kann zumachen, den Zapfhahn endgültig abdrehen.« Nikos schüttelte bekümmert den Kopf. Pius knispelte am Etikett seiner Flasche und wartete, bis der Halbgrieche sich gefasst hatte und weitersprechen konnte.

»Ich hab den Baumann gehasst«, flüsterte Nikos nach langem Schweigen und beugte sich zu Pius über den Tisch. »So richtig gehasst, verstehen Sie? Ich weiß, dass man das nicht sagen sollte, aber ich kann nicht traurig sein, dass Alfons Baumann nicht mehr unter uns weilt …« Nikos hieb unvermittelt mit der Hand auf den Tisch.

Pius zuckte zusammen und bekam vor Schreck Schluckauf. Hastig trank er einen Schluck Bier, verschluckte sich am Schaum und hustete den Gerstensaft quer über den Tisch. »Entschuldigung«, stammelte der Pater, als der Hustenanfall nachgelassen hatte.

Nikos griff hinter sich und holte vom Fensterbrett einen Ständer mit Servietten. Eine reichte er dem Pater, mit den anderen wischte er den Tisch ab.

»Wissen Sie, ich bin jetzt fast zehn Jahre hier als Pächter auf der Weißerei«, erzählte Nikos weiter. »Was am Anfang auch in Ordnung war, aber Baumann hat den Pachtvertrag zum nächsten Ersten in einen Knebelvertrag erster Güte umgewandelt.«

»Moment mal, nur zum Verständnis«, hakte Pius ein. »Die Weißerei gehört zu Spöttinger Bräu?«

»Genau. Die Brauerei hat das Anwesen in den 1970ern gekauft. Und nicht nur diese Wirtschaft hier. Eigentlich gehört alles zu Spöttinger, wo draußen ein Logo mit dem Brauereiemblem baumelt.«

»Und was heißt das? Weißt du, Nikos, ich habe von sowas keinen blassen Schimmer.«

Der Wirt grinste. »Sehen Sie, und ich kenne mich in der katholischen Liturgie überhaupt nicht aus.«

Die Männer lachten.

»Moment, ich hole uns noch einen Schluck zur Stärkung«, sagte Nikos und stattete Pius mit Pilsflasche Nummer drei aus. Der hatte nichts dagegen – nach einem Tag wie diesem erlaubte er sich selbst ausnahmsweise mehr als ein Bier.

»Also, Pater, Baumann gehört dieses Haus. Und auch alles, was Sie hier drin sehen.« Nikos machte eine ausschweifende Handbewegung durch den Raum. »Tische, Theke, der Herd in der Küche, jeder kleine Kaffeelöffel und auch das Kissen, auf dem Sie gerade sitzen.«

Pius rutschte unweigerlich hin und her.

»Ich bin nur der Pächter. Jeden Monat geht ein guter Teil meiner Einnahmen an Spöttinger. Okay, ich habe den Vertrag selbst unterschrieben. Und damals hatte ich keine andere Möglichkeit, mich selbstständig zu machen. Ich hatte keinerlei eigenes Kapital. Spöttinger hat mir alles zur Verfügung gestellt.«

»Aber sicher nicht ohne Gegenleistung?«

»Ganz genau. Der Baumann war ein Geschäftsmann, wie er im Buche steht. Ein echtes Cleverle. Der hat nach und nach alle Wirtschaften und Gaststätten, die er sich unter den Nagel reißen konnte, gekauft. An gute Köche verpachtet – und im Gegenzug festgelegt, dass nur und ausschließlich Spöttinger Bräu ausgeschenkt werden darf. Tja. Und dann hat er von Jahr zu Jahr die Mindestabnahmemengen erhöht. Und die Preise gleich dazu. Ganz ehrlich, Pater, wenn ich wirtschaftlich handeln wollte, dann müsste ich die Flasche Bier für über vier Euro verkaufen.«

Pius schluckte trocken.

»Jetzt bleibt mir gerade noch genug Geld hängen, dass ich mich, die Bedienung und die Aushilfen bezahlen kann. Für die Sozialabgaben wird's schon arg knapp. Und die Qualität leidet auch. Ich kann es mir einfach nicht mehr leisten, hochwertige Lebensmittel einzukaufen. Das schmeckt man aber auch.«

»… und dann kommen automatisch weniger Gäste?«, fragte Pius.

Nikos nickte bekümmert. »Richtig. Es ging jetzt eben noch so und ich hätte im Sommer mit dem Kuchenverkauf auf der Terrasse noch ein kleines Geldpolster zurücklegen können. Aber wie gesagt – das wäre sofort von den neuen Pachtzinsen gefressen worden.« Nikos ballte die Hände zu Fäusten. »Wenn jetzt einer zur Tür reinkäme und sagt, er hat den Baumann um die Ecke gebracht … ganz ehrlich, dem würde ich ein Bier ausgeben.«

Pius bekreuzigte sich. »Versündige dich nicht, Nikos!«, rief er.

Der Wirt zuckte nur mit den Schultern. »Der hat's doch verdient. Ich befürchte aber, dass mir das alles nichts nützt. Sein schleimiger Sohn hockt bestimmt schon in den Startlöchern. Man weiß ja, was ein Porsche kostet – der Junior mit seiner Ausbildung in den Manager-Universitäten wird sicher keine Almosen verteilen.«

»Es ist 21:30 Uhr, hier ist Svenja und wir unterbrechen wegen einer Sondermeldung unser Programm:

Soeben wurden die Feuerwehren aus Balgheim und Spaichingen zu einem Einsatz in die Schulstraße in Balgheim gerufen. In einem Hinterhof steht ein Papiercontainer in Flammen und droht auf ein direkt angrenzendes Gebäude überzugreifen. Weil den Einsatzkräften zunächst ein brennender Lagerschuppen gemeldet wurde, rückte zur Sicherheit auch der diensthabende Löschzug der Spaichinger Wehr mit an. Anwohnern in der direkten Umgebung empfehlen wir, die Fenster geschlossen zu halten, da die Löschtruppen große Rauchentwicklung melden.

Hier geht's nun mit einem Song für die Einsatzkräfte

weiter. Wir spielen ›The roof is on fire‹ von der Bloodhoundgang.

Frage an die Redaktion: Wohnt nicht auch unser Morgenmann Steven in Balgheim?«

Es gibt schlimme Krankheiten. Ganz entsetzliche Leiden. Und es gibt Männerschnupfen. Und genau so einer schien sich bei Thorben anzukündigen. Dachte jedenfalls er. Verena sah das anders – sagte aber nichts. Im Gegenteil. Sie wusste, dass nichts einen Männerschnupfen so schnell heilt wie intensives Händchenhalten, mitfühlende Blicke und die unbedingte Zustimmung zum Ernst der gesundheitlichen Lage.

»Mir ist so kalt«, jammerte Thorben und zog die Bettdecke fester um sich. Seine Augenlider standen auf Halbmast. In regelmäßigen Abständen räusperte er sich und griff sich theatralisch entweder an die Stirn oder den Hals. Verena grinste in sich hinein, blieb äußerlich aber ernst. Sie hatte schon einmal einen Männerschnupfen mit Thorben durchgestanden und wusste genau, was zu tun war. In der Mikrowelle wärmte sie ein Kirschkernkissen auf, stopfte es unter die Decke auf Thorbens Bauch und setzte sich auf die Bettkante.

»Bin ich heiß?«, fragte der Kranke.

Verena legte ihm die Hand auf die Stirn. Sie war angenehm temperiert. »Nein«, sagte sie wahrheitsgemäß.

Thorben brummte etwas Unverständliches.

»Ich glaube, du solltest dich einfach so richtig ausschlafen«, schlug Verena vor. Heimlich linste sie auf den Radiowecker. Bingo. Sie hätte noch Zeit, die Wiederholung des Tatorts auf ›eins festival‹ zu gucken und direkt im Anschluss ihre heißgeliebte Lindenstraße.

Thorben wirkte ein wenig enttäuscht. »Mein Kopf«, flüsterte er matt.

Verena nickte wissend. »Ich hol dir ein Aspirin. Soll ich dir eine heiße Zitrone machen?«

Thorben nickte und schloss die Augen. Verena ging erneut in die Küche, suchte das Pulver für die heiße Zitrone und löste, während der Wasserkocher brühte, ein Aspirin plus C auf. Glas und Tasse stellte sie auf ein Tablett, legte ein Päckchen Tempos daneben und einen Wick-Inhalierstift. So ausstaffiert ging sie zurück ins Krankenzimmer. Thorben hatte sich zur Seite gerollt und starrte die Wand an. Verena platzierte das Tablett auf dem Nachttisch und strich Thorben zärtlich über den Rücken.

»Ich hab's gewusst, dass ich mir in der Bazillenfabrik beim Kirschner was hole«, schniefte Thorben.

Verena verzichtete darauf, ihm zu sagen, dass die Inkubationszeit für einen Schnupfen mehr als nur ein paar Stunden betrug. »Du solltest schlafen. Schlaf ist die beste Medizin«, wiederholte sie stattdessen die Worte ihrer eigenen Mutter. Die hatte ihre Tochter bei Fieber immer ins Bett gesteckt – was angesichts der massiven Langeweile zur enorm schnellen Genesung des kleinen Mädchens geführt hatte. Jetzt hoffte die erwachsene Verena auf einen ähnlichen Effekt. Thorben durfte jetzt nicht ausfallen, ohne ihn würde die Arbeit am neuen Fall ihr wie eine Monsterwelle über dem Kopf zusammenschwappen.

Thorben seufzte und schloss die Augen. Einen Moment blieb Verena noch sitzen.

»Die Zitrone trinke ich nachher«, murmelte Thorben. Dann wurden seine Atemzüge leiser und langsamer. Nur Augenblicke später schnarchte er leise.

Im Wohnzimmer kuschelte sich Verena in die angestammte linke Sofaecke. Das Polster der Couch, die sie sich vom ersten Gehalt als Streifenpolizistin gekauft hatte, hatte sich perfekt an ihren Körper angepasst. Ihr Rücken passte exakt in die Kuhle, die für andere Leute nur ein durchgesessenes Kissen war. Sie hangelte nach der Fernbedienung, zappte vor auf ›eins festival‹ und seufzte wohlig. Nach einem Tag wie diesem war Berieselung aus der Glotze die reinste Wohltat. Außerdem amüsierte sie sich jedes Mal wie ein kleines Kind, wenn sie den Fernsehkommissaren bei der Arbeit zusah. Sie jedenfalls hatte noch nie gehört, dass ein realer Mordfall innerhalb von anderthalb Stunden lückenlos aufgeklärt wurde.

Udo Wachtveitel stürmte eben eine ausgetretene Stiege hinauf, als ›Die Schlümpfe‹ zu singen begannen. Verena stöhnte und nahm das Telefon vom Couchtisch. Eine SMS. Von Pius:

›Check mal die Gaststätten. Spöttinger macht sie kaputt. Und geh beizeiten ins Bett!‹, las Verena.

Beizeiten ins Bett? Moment mal. Gaststätten. Spöttinger. Natürlich! Wie konnte sie sowas nur außer Acht lassen? Verena schalt sich ob ihrer eigenen Dummheit. War ihr Gehirn heute im Sonntagsmodus oder warum hatte sie ausgeblendet, dass der Tote Inhaber einer Brauerei war, deren Hintergrund verdammt noch mal auch zu den Ermittlungen gehörte? Verena schaltete den Fernseher aus und das Laptop an.

ZWEITER TAG

»Hallo, Leute. Es ist 9 Uhr und ihr hört Radio Donauwelle, die Welle, ganz nah an der Quelle. Am Mikrofon begrüßt euch euer Steven. Mina, die eigentlich hier sitzen sollte, ist heute einfach nicht erschienen. Sie wird hoffentlich nicht beleidigt sein, dass ich es gestern nicht ins ›s'Törle‹ geschafft habe. Ihr werdet es nicht glauben, aber als ich nach Hause kam, um mich ausgehfertig zu machen, brach vor meiner Wohnung die Hölle los. Anscheinend hat ein Altpapiercontainer gebrannt und die Feuerwehr kam gleich mit mehreren Löschfahrzeugen an. Als ich aus dem Fenster sah, dachte ich, ein Großbrand wäre ausgebrochen. Leider stand mein Auto mitten im Hof, sodass ich vor lauter Feuerwehrautos nicht mehr rausgekommen bin. Mina, falls du uns die Ehre erweist und gerade deiner Sendung zuhörst: ES TUT MIR LEID! Trotzdem kein Grund, nicht zur Arbeit zu erscheinen. Mädle, du bisch no in dr Probezeit.

Nun geht's erst mal weiter im Programm und ich heize euch mit ›Burning down the house‹ von den Talking Heads ein.«

Gurgelnde Geräusche rissen Verena am nächsten Morgen aus dem Schlaf. Sie war auf der Couch eingenickt. Über den Bildschirm des Laptops flimmerte der Bildschirmschoner. Sie hatte Mühe, sich aufzusetzen, ihre Beine fühlten sich steif an und ihr war kalt. Das Gurgeln wurde lauter, schwoll zu einem Jammern an, unterbrochen von lautem Stöhnen. Mit einem Mal war Verena hellwach, der Schreck fuhr ihr in alle Glieder: Thorben! Sein Vater hatte mit knapp 40 den ersten Herzinfarkt gehabt ... Bitte nicht, dachte sie und stürzte ins Schlafzimmer.

Thorben lag auf dem Rücken, die Bettdecke bis zur Nasenspitze hochgezogen. Er starrte an die Decke und stöhnte.

»Thorben!«, schrie Verena und stürzte auf das Bett zu. Mit einem heftigen Ruck zerrte sie die Decke weg.

»Nicht«, flüsterte Thorben. »Mir ist so kalt.«

Verena atmete erleichtert auf und setzte sich auf den Bettrand.

»Ich werde krank«, stöhnte Thorben. »Kopf. Weh. Hals. Kratzt.« Er sah sie an wie ein kleines Hündchen, das ein Leckerli will. Verena hielt ihre Hand gegen Thorbens Stirn. Diese war angenehm kühl.

»Fieber«, jaulte Thorben und schloss die Augen. »Das war der Kerl im Wartezimmer ...!« Der Triumph in seiner Stimme war nicht zu überhören.

»Du hast kein Fieber«, wollte Verena rufen, besann sich dann aber eines Besseren. Sie kannte diesen Zustand von ihrem Vater. Männerschnupfen, das hatte die Mutter sie gelehrt, war eine durchaus ernst zu nehmende Angelegenheit, wenn man keinen schief hängenden Haussegen riskieren wollte. Und genau das war, was die Kommissarin im Moment am wenigstens brauchen konnte – noch dazu, wenn der Haussegen direkt mit ihrem Assistenten zusammenhing. Verena verkniff sich einen Hinweis auf die heftig viele Arbeit, die auf sie und Thorben wartete. Stattdessen strich sie ihm liebevoll über die Wange.

»Ich mache dir ein Aspirin«, sagte sie und stopfte die Bettdecke um ihn herum fest. Thorben nickte dankbar.

»Schlaf noch eine halbe Stunde«, befahl Verena. »Ich wecke dich, wenn ich aus dem Bad komme.«

Thorben grunzte etwas Unverständliches. Verena grinste. Eigentlich hatte sie gar keine Zeit und müsste sofort ins Büro oder, besser noch, der Spöttinger Brauerei einen Besuch abstatten. Aber nach der fast durchwachten Nacht und dem Halbschlaf auf der Couch fühlte auch sie sich alles andere als turnschuhfit. Sie beschloss, den Morgenkaffee in der Badewanne zu schlürfen.

Als sie nach etwas über einer halben Stunde in den Bademantel schlüpfte und ins Schlafzimmer schlich, schnarchte Thorben hörbar. Verena lachte leise, zog sich Jeans und T-Shirt über und bereitete in der Küche ein Glas Wasser mit Aspirin. Dann weckte sie Thorben mit einem Kuss.

»Trink das«, befahl sie.

Thorben setzte sich mühsam auf und nippte am Aspirin. Angewidert verzog er das Gesicht, dann kippte er die Medizin in einem Schluck hinunter und rülpste leise.

Verena kramte das Ohr-Thermometer aus der Nachttischschublade – die dringend einmal ausgemistet werden müsste, neben einer Plastikperlenkette entdeckte sie eine Packung Taschentücher, einen Kamm, dem einige Zinken fehlten, und allerlei Zettel, auf die sie sich irgendwann einmal Notizen gemacht hatte. Das Thermometer piepste nach wenigen Sekunden.

»37 Komma Null!«, verkündete Verena.

Thorben atmete auf. »Gerade noch mal die Kurve gekriegt«, sagte er. »Mein Immunsystem scheint in bester Verfassung zu sein.«

»Das sehe ich genauso«, bestätigte Verena. »Also raus aus den Federn, mein Held, wir fahren jetzt erst einmal zu Spöttinger.«

»Äh … und Kaffee?«

»Bekommst du sofort. Und ein Croissant für unterwegs.« Verena ging ins Wohnzimmer und packte das Laptop und den Block, auf dem sie sich in der Nacht allerlei Notizen gemacht hatte, in ihre abgewetzte Tasche, die sie schon auf der Polizeihochschule in Villingen-Schwenningen zu den Vorlesungen begleitet hatte. Im Bad rauschte die Dusche. Verena ließ Thorben einen Kaffee aus dem Vollautomaten und brachte ihn ins Bad.

Katy Perry röhrte aus dem Radio, Verena hatte das Fenster heruntergekurbelt. Die Sonne tat ihr Bestes, um den Spaichingern einen warmen Tag zu bescheren und am Himmel waren nur ein paar träge Schäfchenwolken unterwegs. Verena fädelte sich hinter einen Lastwagen in den kleinen Kreisverkehr am Westring ein und bog dann in die Max-Planck-Straße ab. Hier im Industriegebiet reihten sich metallverarbeitende Betriebe an Autohäuser, Speditionen und kleinere Handwerksunternehmen. Die lang gezogene Straße machte eine leichte Rechtskurve – und da war er: der unverwechselbare Geruch nach Hopfen und Malz, der die Brauerei Spöttinger wie ein Mantel aus Wohlgerüchen umgab.

»Hmmmm!« Verena sog genüsslich die Luft ein. »Das riecht lecker!«

»Ich rieche nichts«, sagte Thorben und schnäuzte sich. Erfolglos. Das Taschentuch blieb trocken.

Seit Spöttinger vor über zwei Jahrzehnten an den Rand des Industriegebiets ausgesiedelt war, brauchte es einigermaßen starken Westwind, um den Brauereigeruch in die Stadt zu tragen. Die älteren Spaichinger erinnerten sich noch gerne an die Zeit, als die Baumanns ihr Bier mitten in der Oberstadt gebraut hatten. Doch die immer größere Nachfrage nach dem Spaichinger Gerstensaft hatte eine Expansion unumgänglich gemacht. Heute standen auf dem ehemaligen Brauereigelände schicke Einfamilienhäuser, die Waldhornsiedlung war eine der begehrtesten Lagen in der Stadt.

Verena steuerte den Wagen auf den Besucherparkplatz vor der mit grün schimmerndem Glas verkleideten Wand des Verwaltungstraktes.

Durch eine automatische Schiebetür betraten die Kommissare das Gebäude. Die Halle wurde von einem antiquarisch anmutenden Braukessel dominiert, hinter dem der Empfangstresen fast nicht auszumachen war. An den Wänden standen Vitrinen, in denen Hunderte Flaschen Spöttinger Bräu standen – nach Jahren sortiert, angefangen von Opas Bügelflaschen bis zur aktuellen Kollektion mit schlankem Hals und dem unverkennbaren Logo des Hauses auf dem Etikett.

»Guten Morgen«, sagte Verena zu dem Mädchen hinter dem Tresen. »Hälble, Kripo Tuttlingen. Ich will zu Herrn Baumann.«

Die Blonde sah auf und sofort traten ihr Tränen in die

Augen. ›Ulrike Renk‹, las Verena auf dem angesteckten Namensschild.

»Der Herr Baumann … der ist … verstorben«, presste das Mädchen hervor. Verena schätzte sie auf Anfang 20. Höchstens.

»Das wissen wir, Frau Renk«, entgegnete Verena. »Genau darum sind wir hier. Wir müssen mit Sven Baumann sprechen.«

»Moment bitte.« Das Mädchen nahm den Telefonhörer ab und tippte ein paar Zahlen ein.

»Ulrike hier, hallo, Jutta. Da sind zwei Polizisten, die zum Junior wollen.« Pause. Dann: »Okay, ich schick sie hoch.«

Die junge Frau legte auf, dann wies sie Verena und Thorben den Weg zum Aufzug. Der brachte die Kommissare geräuschlos in den dritten Stock, wo sie einen von Oberlichtern erhellten Flur durchschritten. Am Ende des Ganges stand eine Glastür offen.

»Direktion«, las Verena das Metallschild vor. Sie klopfte und trat dann, ohne eine Antwort abzuwarten, ein. Thorben folgte ihr.

»Guten Morgen«, grüßte die Kommissarin erneut. Eine Mittfünfzigerin mit raspelkurz geschnittenem schwarzem Haar saß hinter einem mit Papieren übersäten Schreibtisch.

»Sie sind von der Polizei?« Die Frau nuschelte und ließ ein Pfefferminzbonbon gegen die Zähne klackern.

»Genau. Verena Hälble und das ist mein Kollege Thorben Fischer. Wir müssen Herrn Baumann sprechen. Den Junior«, fügte Verena vorsichtshalber hinzu.

»Moment bitte«, sagte die Sekretärin, stand auf und klopfte an eine schwere Holztür. ›Jutta Detering‹ verriet ihr Namensschild.

Ein knurriges »Ja« kam von der anderen Seite der Tür. Frau Detering öffnete. »Die Dame und der Herr von der Kripo sind da«, sagte sie.

»Sollen reinkommen!«

Die Sekretärin gab den Weg frei. Verena ging dicht an ihr vorbei. Die Frau trug ein schweres Parfum, doch da war noch ein Geruch, den sie nicht einordnen konnte, etwas Scharfes, leicht Säuerliches.

Hinter einem wuchtigen Schreibtisch aus dunklem Holz – Eiche, wie Verena vermutete – thronte Sven Baumann in einem weich gepolsterten, fast übergroßen schwarzen Ledersessel. Vor ihm im Aschenbecher lag eine Zigarre, von der träge würzig riechender Rauch aufstieg.

»Morgen, Verena«, sagte Sven. »Setzt euch.« Mit großer Geste wies er auf die beiden Lederstühle, die ihm gegenüber auf der anderen Seite des Tisches standen. »Kaffee?«

»Danke, gerne«, erwiderte Thorben. Verena bejahte ebenfalls. Sven drückte einen Knopf am Telefon.

»Bringen Sie uns bitte dreimal Kaffee, Frau Detering«, sagte er zum Lautsprecher. Es knackte leise, als er den Knopf wieder losließ.

»Ich versuche, mir einen Überblick zu verschaffen«, begann Sven Baumann ungefragt und wies auf den Bildschirm. Verena konnte nicht erkennen, was zu sehen war, nahm aber an, dass es sich um ellenlange Zahlenreihen oder Verträge handelte. Sie ließ Baumann junior erst einmal reden – den PC würde sie, wenn es nötig schien, beschlagnahmen und von den Kollegen aus dem Wirtschaftsdezernat prüfen lassen.

»Mein alter Herr war echt vom alten Schlag. Die meisten Verträge existieren nur auf Papier, wenn überhaupt. Viele Wirte haben sich per Handschlag mit ihm geeinigt. Und er hat immer behauptet, alle Details im Kopf zu haben.« Sven Baumann lachte kurz. »Und jetzt hab ich den Salat und kann zusehen, wer wie viel Bier abnimmt. Bei den Supermärkten und Großhändlern existieren immerhin Verträge.«

Die Tür ging auf und Jutta Detering balancierte ein Tablett mit drei Tassen Kaffee herein. Sie stellte jedem eine Tasse hin, legte einzeln abgepackte Kekse, Zuckertütchen und Milchportionen daneben und verschwand wortlos. Thorben griff als Erster nach seiner Tasse und schlürfte das schwarze, heiße Gebräu.

»Und natürlich hat der Alte die Nachfolge nicht geregelt, obwohl Mutter und ich ihn mehrfach darum gebeten hatten. Wisst ihr, was er gesagt hat? Dass er mindestens so alt wird wie der Johannes Heesters.« Wieder lachte Sven trocken.

Verena wickelte ihren Keks aus. »Sven, entschuldigen Sie, Herr Baumann … wir müssen in alle Richtungen ermitteln. Dazu gehören natürlich auch die geschäftlichen Verbindungen. Und die Position Ihres Vaters innerhalb der Firma.«

»Sie meinen, wie der Alte mit den Mitarbeitern zurechtkam?« Baumann junior drehte die Zigarrenspitze im Ascher, sodass die Glut erlosch. »Er prima. Die anderen … gar nicht. Er war ein Chef der alten Schule. Sein Wort war Gesetz.«

»Nervig, oder?«, mischte Thorben sich ein.

»Das können Sie so sagen, Herr …«

»Fischer.«

»Ja, Herr Fischer, Entschuldigung. Mein Vater war keiner, der viele Worte gemacht hat, wenn es ans Eingemachte ging. Er hat gute Arbeit mit gutem Lohn bezahlt, aber wer Murks gemacht hat, der war auch schnell weg vom Fenster. Und ihm war es dann völlig egal, wenn er eine saftige Abfindung zahlen musste. Wer nicht zur Spöttinger-Familie passte, der musste gehen.«

»Wie viele Mitarbeiter haben Sie augenblicklich?«, fragte Thorben, der sich bereits einige Notizen gemacht hatte.

»An die 90. Kann ich so genau nicht sagen, da sind auch Fahrer, Aushilfen und die Putzweiber dabei.«

»Wir müssten die Personalliste einsehen«, sagte Verena.

»Soso«, sagte Baumann und nippte an seinem Kaffee, in den er Milch und Zucker gerührt hatte. »Na, da muss Ihnen die Personaltante helfen. Frau Detering kann sie nachher zu Monika Mülich bringen.«

»Danke.«

»Mit welchen Mitarbeitern hatte denn Ihr Vater den meisten Kontakt?«, insistierte Thorben.

»Mit der Detering.« Sven lachte scheppernd.

»Die Frage war durchaus ernst gemeint«, setzte Verena nach.

»Mit mir, Frau Hälble«, antwortete Baumann und grinste. »Mit dem Vertriebsteam und dem Braumeister. Nehme ich mal an. Wissen Sie, Frau Kommissar, ich bin meinem Vater nicht den ganzen Tag hinterhergestiefelt. Ich habe … hatte genug mit meinem eigenen Job zu tun.«

»Und was genau war das ›genug‹?« Thorben räusperte sich.

»Marketing. Neues Logo. Frisches Image. Der Release der Mixgetränke«, ratterte Junior Baumann herunter und verschränkte die Arme. »Spöttinger muss endlich im neuen Jahrtausend ankommen, junge Zielgruppen erschließen. Der Markt der unter 20-Jährigen bietet immenses Potenzial.«

»Aha«, sagte Verena genervt.

Thorben hatte eine Idee: »Herr Baumann, hätten Sie etwas dagegen, uns die Produktion zu zeigen?«

Verena grinste innerlich – ihr Lieblingskommissar hatte Baumann genau da erwischt, wo der nicht hinwollte: in die Niederungen des Unternehmens.

Baumann verzog das Gesicht, fing sich aber gleich wieder.

»Das könnte auch die Detering … oder die Mülich …«, haspelte er.

»Nein, Sie. Jetzt.« Thorben klappte demonstrativ sein Notizbüchlein zu und stand auf.

Baumann klappte den Mund auf. Und wieder zu. Dann erhob er sich. Auf dem Weg zur Tür brummte er etwas Unverständliches. Verena und Thorben grinsten sich hinter seinem Rücken an.

»Ich bin kurz weg«, blaffte der Juniorchef seine Sekretärin an. »In einer halben Stunde will ich die Zahlen der letzten drei Monate. Ausgedruckt!«

»Ja, Herr Baumann, ja«, stammelte Jutta Detering und begann sofort, hektisch auf der Tastatur zu klappern. Verena nahm sich vor, der Sekretärin nochmals einen Besuch abzustatten, vielleicht sogar bei ihr zu Hause. Mit dem Juniorchef in der Nähe wäre sie ganz sicher nicht in Plauderlaune.

Das Trio passierte die Eingangshalle im Stechschritt. Sven Baumann steuerte eine Stahltür im hinteren Bereich an, auf der in rotem Lack stand: ›Zutritt verboten‹. Er nestelte einen Schlüsselbund aus der Hosentasche, probierte den ersten, dann den zweiten. Der dritte passte.

»Bitte schön, die Herrschaften«, sagte er mit Gönnermiene und hielt den Kommissaren die Tür auf.

Verena und Thorben fanden sich in einem Hochlager wieder, in dem sich Bierkästen bis zur Decke stapelten. In der Luft lag ein säuerlicher Geruch. Es mussten Tausende Kästen sein, dachte Verena und sprang zur Seite, als sich aus einer der Regalfluchten beinahe lautlos ein Elektro-Stapler näherte. Der Fahrer nickte und tippte sich zum Gruß an die Stirn. Dann bog er um die nächste Ecke ab.

»Das Flaschenlager«, erklärte Baumann. »Leergutannahme, sozusagen. Von hier aus gehen die leeren Flaschen in die Abfüllung zurück.« Die Kommissare folgten ihm durch einen langen Gang und steuerten auf ein Rolltor zu. Je näher sie dem Tor kamen, desto lauter wurde es. Baumann zog an einer Schnur, die von der Decke baumelte. Das Tor öffnete sich und ein fast ohrenbetäubender Lärm schlug dem Trio entgegen.

»Die Abfüllung und Flaschenreinigung«, brüllte Baumann gegen den Lärm an. Verena versuchte, die Geräusche zu definieren: Da war das Rattern eines Fließbandes, das Klappern endloser Reihen von Flaschen, das Rauschen von Wasser. Dampf lag in der Luft. Zwischen dem Fließband, das sich in mehreren Kurven durch den gefliesten Raum schlängelte, sah sie ein halbes Dutzend Männer flitzen, die hier und da Flaschen vom Band nahmen und die Maschinen überwachten. Wer von ihnen den Juniorchef wahrnahm, als dieser im Stechschritt vorbeimarschierte, grüßte mit einem stummen Kopfnicken. Wirklich erfreut sah dabei keiner der Arbeiter aus.

Verenas Ohren klingelten, als sie endlich ein weiteres Rolltor erreichten. Wieder zog Baumann an einer Schnur. Die Kommissare traten hinter ihm ins Freie. Auf dem Hof reihten sich zwei Dutzend Lkws mit dem Spöttinger-Logo.

»Da oben fahren die Flaschen in die Abfüllung. Da können wir aber nicht hin. Also, so nicht«, erklärte Baumann und zeigte auf eine Art rundumverkleidete Brücke, die das erste mit dem zweiten Gebäude verband. »Es sei denn, die Dame und der Herr zögen sich um. Weiße Anzüge. Ganzkörperkondome, sozusagen.« Baumann ließ ein meckerndes Lachen hören.

»Schon gut«, knurrte Fischer. »Geht auch so.«

»Dann wollen wir mal ins Allerheiligste«, sagte Baumann mit Gönnermiene und führte die ungebetenen Besucher um das zweite Gebäude herum. An der Rückseite, von der Straße aus nicht zu sehen, war eine schmale Stahltür. Wieder nestelte Baumann die Schlüssel aus der Tasche. Dieses Mal passte gleich der erste. Ein Bewegungsmelder sorgte dafür, dass Neonröhren an der Decke aufflammten. Thorben blinzelte gegen das flackernde Licht an. Sie kamen in einen graugefliesten schmalen Gang, der von Spinden flankiert wurde. Verena versuchte, ein paar der Namensschilder zu entziffern, doch Baumann hastete weiter. ›Aufenthalt Mitarbeiter‹ las die Kommissarin auf einer Tür, auf einer anderen stand ›Umkleide & WC‹. Der Gang machte eine 90-Grad-Kurve. Schmale Fenster ließen Tageslicht herein. Wieder eine Tür, diesmal nicht abgeschlossen.

Baumann riss sie auf und winkte seine ungebetenen Gäste hindurch. »Bitte schön, das Herzstück der Brauerei!«

Sofort schlug den Kommissaren der würzigwarme Duft von Gerste, Malz und Hopfen entgegen. Die Luft schien geschwängert vom Geruch des Bieres.

»Lecker«, dachte Verena und freute sich automatisch auf ein Feierabendbier. Thorben schien denselben Gedanken zu haben, denn er ließ ein lautes »Hmmm« hören.

Die drei Braukessel waren größer, als Verena es sich vorgestellt hätte. Die Kupferwände waren blank poliert. Sonnenlicht fiel durch die große Fensterfront und spiegelte sich in den Kesseln. Die Schatten der drei wurden zu verzerrten Schemen, die sich langsam voranbewegten. Baumann genoss es sichtlich, dass die Kommissare beeindruckt waren.

»Reinschauen dürfen sie leider nicht«, sagte er und

ging weiter. An der Längsseite war eine Stahltreppe, die auf einem Podest endete, von dem aus man auf die Braukessel blicken konnte.

»Wollen Sie ins Rohstofflager oder erst ins Kontrollzentrum?«, fragte Baumann.

Verena entschied sich für Letzteres. Baumann ging mit schnellen Schritten auf einen gläsernen Kasten zu. Das Stahlpodest vibrierte. Thorben krallte sich am Geländer fest. Dann schwankte er hinterher. Verdammte Höhenangst!

Im Kontrollraum erinnerte nichts an das leckere Gebräu, das hier hergestellt wurde.

»Wie bei der NASA!«, rutschte es Verena raus, als sie die langen Reihen von Pulten sah, an denen allerlei Knöpfe und Hebel angebracht waren. Monitore säumten die Wände. Ein Mann hockte, den Besuchern den Rücken zugewandt, auf einem Drehstuhl und starrte auf die Bildschirme.

»Tag, Metzger«, rief Baumann und lehnte sich mit beiden Händen auf eines der Pulte.

Der Angesprochene zuckte zusammen. Langsam drehte der Mann sich um.

Verena unterdrückte einen Aufschrei, Thorben zuckte merklich zurück: Jost Metzger fehlte das halbe Gesicht. Sein linkes Auge – falls er noch eines hatte – war unter einer schwarzen Klappe verborgen. Das linke Ohr war nur noch ein kleiner Hautfetzen, eine tiefe Narbe zog sich von der Stirn über die linke Wange bis zum Hals hinab.

»Morgen«, brummte der Mann und stand auf. Er überragte Sven Baumann um eine Kopflänge, seine Schultern waren breit wie die eines Schmiedes und unter der blauen Latzhose wölbte sich ein stattlicher Bierbauch.

»Die Dame und der Herr sind von der Kripo«, stellte Sven Baumann vor. »Das ist Jost Metzger, unser Braumeister.«

Verena schauderte, als der Mann ihr die Hand zum Gruß hinhielt. Aber sie schlug ein. Metzgers Händedruck war angenehm warm und überraschend sanft. Der Braumeister schüttelte auch Thorben die Hand, dann setzte er sich wieder an sein Pult.

»Hier kann Metzger virtuell in die Kessel sehen«, merkte Sven Baumann an. »Und diese Bildschirme zeigen die Waschstraße. Der hier gehört zur Abfüllung«. Just in dem Moment, als der Juniorchef auf den Bildschirm zeigte, begann ein rotes Lämpchen zu blinken.

»Scheiße«, sagte Metzger trocken. »Schon wieder.« Er bediente ein paar Hebel, griff zu einem in den Tisch eingelassenen Hörer und brüllte hinein: »Läuft's wieder?« Offensichtlich ja, denn der Braumeister legte auf und grinste zufrieden.

»Wir würden gerne mit Herrn Metzger reden«, sagte Verena. »Allein.«

Sven Baumann grinste süffisant. »Herr Metzger kann hier nicht weg, das sehen Sie wohl!«

»Wann haben Sie Pause, Herr Metzger?«, wandte sich Thorben direkt an den Arbeiter.

»20 Minuten«, brummte der, ohne aufzusehen.

»Können wir im Aufenthaltsraum auf Herrn Metzger warten?«, fragte Verena.

»Schon«, meinte Baumann. »Der ist dann aber voll. Da kommen alle zur Frühstückspause hin.«

Verena dachte kurz nach. Zwar würden alle Mitarbeiter befragt werden müssen, doch konnte das auch ein Kollege aus dem Revier übernehmen. Außerdem hatte sie keine Lust auf viele Zuhörer. Sie erinnerte sich an die kleine Baumgruppe im Hof, wo sich zwei Parkbänke und ein großer Standaschenbecher befanden.

»Wie wäre es draußen in der Raucherecke?«, fragte sie.

Metzger nickte stumm.

Im Hof verabschiedete sich Baumann von den Kommissaren, ohne ihnen die Hand zu geben. Im Weggehen friemelte er einen Blackberry aus seiner Anzugtasche und hackte irgendetwas auf das Gerät.

»Schnösel«, sagte Thorben und ließ sich auf eine Bank fallen.

»Der war schon immer so«, lachte Verena. »Sven war der Erste am Gymnasium, der ein Handy hatte. Damals noch ein echt schwerer Knochen. Er hat in der Pause Hinz und Kunz angerufen, aber irgendwann kam er ohne seinen Protzknochen in die Schule. Wahrscheinlich hat sein Vater die Rechnung gesehen und dem kleinen Svenni Handyverbot erteilt.« Verena kicherte und setzte sich neben Thorben. Die Sonne war angenehm und im Schatten der Bäume ließ es sich gut aushalten. Beide schwiegen und beobachteten die Lkws, die auf den Hof fuhren. Das ohrenbetäubende Klappern in der Abfüllanlage war hier draußen nur gedämpft zu hören.

Drei Frauen in blauen Kitteln näherten sich der Bank. Als sie die Fremden sahen, blieben sie stehen, berieten sich kurz und trollten sich in eine Ecke. Wenig später flammten Feuerzeuge auf und die Frauen bliesen genüsslich den Rauch in die Luft. Thorben blätterte in seinen Notizen. Verena wollte ihm eben von ihren nächtlichen Internetrecherchen berichten, als Jost Metzger erschien. Langsam ging er auf die Kommissare zu. Erst jetzt bemerkte Verena, dass der Hüne hinkte.

»Setzen Sie sich doch«, begrüßte die Kommissarin den Braumeister.

Metzger nahm auf der anderen Bank Platz und nestelte eine Zigarettenpackung aus der Brusttasche seiner Latzhose. »Auch eine?«, fragte er und hielt den Kommissaren die offene Packung hin.

Verena lehnte ab. Thorben zögerte einen Moment, wollte schon zugreifen, dachte dann aber an sein Immunsystem und verneinte ebenfalls.

Metzger steckte sich eine Fluppe in den Mund, zündete sie an und inhalierte tief.

»Sie wissen, was passiert ist, Herr Metzger?«, begann Verena das Gespräch. Noch war es ja keine Befragung.

»Der Alte ist tot.« Metzger sprach langsam, betonte jede einzelne Silbe.

»Herr Baumann wurde gestern ermordet, richtig«, fuhr Verena fort. »Wir würden uns gerne ein Bild vom Verstorbenen machen. Deswegen steht natürlich die Brauerei an oberster Stelle. Sven Baumann sagte, sein Vater habe mit Ihnen wohl den meisten Kontakt hier im Betrieb gehabt?«

»Kann schon sein.« Metzger schnippte Asche auf den Boden.

»Wie lange sind Sie schon bei Spöttinger angestellt?« Thorben notierte mit.

»32 Jahre. Hab hier gelernt.«

Verena versuchte, einen Zugang zu dem Mann zu finden. »Macht Ihnen Ihr Beruf Spaß?«

»Schon. Na ja, früher war's besser. Nicht so viel Technik. Mehr Gefühl. Ich brauch keine Computer. Ich weiß, wie Bier gut wird. Hab ich im Blut.«

Verena nahm an, dass das die längste Rede war, die Metzger seit Langem gehalten hatte. Der zog an seiner Zigarette, blies den Rauch in die Luft und schnippte dann die Kippe Richtung Aschenbecher. Er verfehlte ihn. Die Kippe glomm auf dem Asphalt weiter.

»Wie war denn Alfons Baumann so? Als Chef, meine ich. Und auch als Mensch.«

Metzger stierte vor sich hin, als müsse er die Worte erst zurechtlegen. Ein Laster rollte polternd an den dreien vorbei. Als der Lkw abgebogen war, antwortete Metzger endlich. »Ein harter Hund. Der hat gewusst, was der Firma guttut. Beim jungen Baumann weiß das keiner so genau. Nur Blödsinn im Kopf. Neumodisches Zeugs.« Jost Metzger holte Luft. Verena hatte den Eindruck, dass ihn das Sprechen anstrengte. Vermutlich hatte er nicht oft Gelegenheit, mit anderen Menschen zu reden. »Der Alte war in Ordnung.« Metzger schien erschöpft zu sein.

»Keine Probleme?«, hakte Thorben nach.

»Hä?«

»Na, gab es Meinungsverschiedenheiten? Streit?«

»Das Übliche halt.«

»Was ist ›das Übliche‹, Herr Metzger?« Herrgott, dem

Mann musste man jeden winzigen Wurm aus der Nase ziehen!

»Der war halt ein Choleriker. Mehr sag ich nicht. Rede nicht schlecht über Tote.« Metzger stand auf. »Hab alles gesagt«, meinte er und nickte den Kommissaren zu.

»Wir können Sie auch aufs Revier laden«, wollte Verena rufen, ließ es dann aber bleiben. Sie und Thorben sahen Jost Metzger nach, der langsam über den Hof ging. Das linke Bein zog er merklich nach.

»Da ist noch mehr, wetten?«, flüsterte Thorben.

»Worauf du einen lassen kannst!« Verena grinste. Dann drückte sie kurz Thorbens Hand. Ein Blick auf die Uhr verriet, dass es kurz vor zwölf war. Wenn sie jetzt ins Revier gingen, kämen sie vor dem Abend nicht wieder weg – mit Sicherheit lagen dort schon allerlei Anfragen von der Staatsanwaltschaft und dem Chef aus Rottweil.

»Komm, wir gehen Essen«, schlug Verena vor.

Kurz darauf saßen sie im Auto und steuerten die Straße Richtung Dreifaltigkeitsberg hinauf.

»Es ist kurz nach 12 Uhr mittags und ihr seid immer noch bei Radio Donauwelle. Am Mikrofon spricht Mike, euer Mann für die lokalen Neuigkeiten. Hier nun eine ziemlich ungewöhnliche Story:

Neben dem Brand in Balgheim mussten die Feuerwehren aus Hausen und Spaichingen heute Morgen ein zweites Mal ausrücken. Zwei Passanten hatten von der Kreisstraße zwischen Hausen und Gunningen aus beobachtet, wie ein Gleitschirmflieger nahe des Waldes abstürzte. Nach Untersuchungen der Einsatzkräfte wurde tatsächlich ein Gleitschirm gefunden, der allerdings unbeschadet abgestellt wurde. Die Fachleute sind sich nicht einig, ob das Fluggerät wirklich abgestürzt sein könnte oder ob der Flieger ordentlich gelandet ist. Das Mysteriöse am Geschehen ist, dass der Führer des Gleitschirms nicht aufzufinden ist. Bis sich der Besitzer des Flugobjekts meldet, bleibt das Gerät unter Aufsicht der örtlichen Behörden.

Ich bedanke mich für eure Aufmerksamkeit und verabschiede mich mit ›Only you‹ von den Flying Pickets.«

Verena bog zur ›Weißerei‹ ab und parkte den Wagen neben den Müllcontainern, die auf der Rückseite des Gasthauses den Parkplatz flankierten. Die Wirtschaft schmiegte sich auf halber Höhenlage an den Dreifaltigkeitsberg.

»Komisch, keine anderen Gäste?«, fragte Verena sich selbst, als sie mit Thorben über den ansonsten leeren Parkplatz zum Eingang ging. Die Tür war verschlossen. Thorben zeigte stumm auf das Schild mit den Öffnungszeiten: ›Montag Ruhetag‹.

»Mist!« Verena schlug sich mit der flachen Hand gegen die Stirn. Bis auf den Chinesen und die Dönerbuden hatte montags keine Wirtschaft im Städtchen geöffnet.

»Na dann, ab ins Revier«, sagte Thorben und ging zurück zum Wagen.

»Warte mal«, rief Verena und ging um das Gebäude herum. Thorben folgte ihr murrend. Er wäre mit einem Döner völlig zufrieden, außerdem machten sich schon wieder leise Kopfschmerzen bemerkbar. Die Stühle auf der Sonnenterrasse waren gegen die Tische geklappt, alle Sonnenschirme geschlossen. Thorben stellte sich an den Rand der Terrasse und sah ins Tal. Die Aussicht war herrlich und einer der Hauptgründe, warum die ›Weißerei‹ an schönen warmen Tagen eines der beliebtesten Ziele für Ausflügler war. Der kleine Spielplatz lag verlassen da, eine Katze rekelte sich auf dem abgedeckten Sandkasten. An die Spielwiese schloss sich eine umzäunte Weide an. Ein halbes Dutzend Kühe stand im Schatten unter Apfelbäumen und war schwer mit dem mittäglichen Wiederkäuen beschäftigt.

Verena ging zur Terrassentür, legte die Hände gegen das Glas und spähte in den Gastraum. Eine Gestalt hockte am Stammtisch, das Gesicht in den Händen verborgen. Die Kommissarin klopfte.

»Wir haben zu!«

Verena hämmerte erneut an die Scheibe.

Nikos hob den Kopf. Es dauerte ein paar Momente, dann erkannte er die Frau, die draußen stand: Verena war schon oft in der Zeitung abgebildet gewesen, und außerdem waren sie und Thorben des Öfteren zu Gast in der ›Weißerei‹. Verena nestelte den Dienstausweis aus der Tasche ihrer Jeans und hielt ihn gegen die Scheibe. Nikos erhob sich widerwillig und latschte zur Tür. Der Riegel quietschte leise, als der Wirt ihn öffnete.

»Grüß Gott«, sagte Verena. »Hälble, Kripo Tuttlingen. Das ist mein Kollege Thorben Fischer.« Sie zeigte hinter sich auf Thorben.

»Nein, ich hab den Baumann nicht umgebracht«, sagte der Wirt lahm.

»Woher wissen Sie …?«

»Pater Pius war gestern da«, konterte Papandreu.

»Ach so«, sagte Verena und nickte. »Wir haben ein paar Fragen«.

»Bitte«, antwortete der Wirt und bat die beiden einzutreten. »Setzen Sie sich da drüben hin.« Er zeigte auf den Stammtisch. Ungefragt verschwand er hinter dem Tresen und kam mit einer Flasche Wasser und drei Gläsern wieder. Verena zeigte auf die zwei bis zum Bersten mit Papieren gefüllten Ordner, die zugeschlagen auf dem Tisch lagen. ›Buchhaltung‹ stand auf dem einen, ›Lieferanten / Rechnungen‹ auf dem anderen. Ein Taschenrechner und ein mit Zahlenkolonnen vollgekritzeltes Blatt komplettierten das Stillleben.

»Ich hasse Abrechnungen«, sagte Verena und lächelte.

»Ich auch«, polterte Nikos. »Besonders, wenn nichts dabei rauskommt.«

»Wie meinen Sie das?«, insistierte Thorben, der erst ein Taschentuch und dann sein Notizbuch aus der Jackentasche holte. Er schnäuzte sich die Nase – erfolglos – und sah den Wirt fragend an.

»Tja, Spöttinger hat die Pacht zum Jahreswechsel erhöht, der Bierpreis ist gestiegen, gleichzeitig die Abnahmemenge und es kommen weniger Gäste. Reicht das?«

»Verstanden«, murmelte Thorben. Verena hatte ihn unterwegs über ihre Recherchen und die SMS von Pius unterrichtet – ein bisschen spät, wie er fand, aber er hatte nichts gesagt, schließlich war sie die leitende Ermittlerin. Thorben konnte sich lebhaft vorstellen, dass die Finanzen der ›Weißerei‹ alles andere als rosig aussahen. Eher dunkelrot.

»Wenn das so weitergeht, dann schaufele ich mir hier mein eigenes Grab. Eigentlich kann ich mich gleich einsalzen.« Nikos schlug mit der flachen Hand auf den Tisch.

»Wo waren Sie gestern zwischen zehn und halb zwölf?« Verena musste diese Frage stellen.

»In der Küche.« Nikos sah sie zornig an. »Aber wenn ich gewusst hätte, dass dem Baumann oben in der Kirche das Licht abgedreht wird, ich wäre hinaufgegangen und hätte applaudiert. Dieser Saukerl!«

»Na, na«, rief Thorben.

»Ist doch wahr. Ich bin ganz bestimmt nicht der einzige Pächter, den Baumann bis aufs Skelett ausgenommen hat.«

»Zeugen?«, blaffte Thorben.

»Nein. Doch. Tote Schweine und Rindersteaks.« Nikos funkelte den Polizisten an. »Eine Küchenhilfe kann ich mir seit zwei Monaten nicht mehr leisten.«

»Schon gut, Herr Papandreu«, versuchte Verena, die Lage zu beruhigen. »Eigentlich wollten wir …«

»… mich gleich festnehmen? Das ist lächerlich!« Demonstrativ hielt der Wirt beide Hände nach vorne. »Na los, holen Sie die Handschellen!«

»… wir wollten eigentlich etwas zu essen«, beendete Verena den Satz.

Nikos ließ die Arme wie in Zeitlupe sinken. »Ach so«, stammelte er. »Viel kann ich aber nicht anbieten. Wir haben Ruhetag.«

»Umso besser«, sagte Thorben. »Mir ist sowieso nicht so wohl.«

Nikos dachte kurz nach, was der Kühlschrank hergeben konnte. Dann verschwand er in der Küche. Kurz darauf zog verführerischer Bratfett-Duft in den Gastraum.

»Hier ist die René. Ihr hört Radio Donauwelle und es ist Zeit für den Lokalsport vom Wochenende.

Im Rahmen der Vorbereitung für den Aesculap-Donautalmarathon am 5. Juni dieses Jahres wurde vom Organisationskomitee ›run & fun‹ ein Testlauf von Beuron nach Tuttlingen angeboten. Die etwa 30 Kilometer lange Laufstrecke forderte den Läufern einiges an Durchhaltevermögen ab. Nebel, Kälte und später dann nachmittägliche Hitze hielten die Sportler ordentlich auf Trab. Am Ziel angelangt erwartete sie ein üppiges, aber gesundes Vesper und im Anschluss ging's ins warme Nass in die ›Tuttlinger Wasserwelt‹, das gute TuWass.

Die Spaichinger ›Badgers‹ haben Angstgegner Maulbronn in die Schranken gewiesen. Livestimmen zum Spiel gibt's in der nächsten halben Stunde.

Nach den Nachrichten begrüße ich Irena König von der Spaichinger Damengymnastikgruppe. Auch wenn ihr die Biegsamkeit der Damen im Radio nicht sehen könnt, erwarten euch interessante Neuigkeiten. Zum Abschluss noch eine Frage an unseren Papst: Wann eigentlich wird St. Pauli Heilig gesprochen?

Bis dahin verbleibe ich mit musikalischen Grüßen und spiele ›Zwickts mi‹ von Wolfgang Ambros.«

Pius ließ die Finger knacken und streckte sich. Den ganzen Vormittag hatte er am Schreibtisch verbracht, der Monatsbericht an die Mutterkongregation war fällig, außerdem drängten sich die zu beantwortenden Briefe von Brüdern aus aller Welt in seinem Eingangsfach. Er war dankbar über die Ablenkung und froh, dass er den Mord erst im nächsten Monat würde berichten müssen. Zumindest schriftlich, ein Anruf wäre spätestens heute Abend fällig. Pius wollte die Mitbrüder nicht belasten, andererseits wollte er sich vom Mutterhaus Zuspruch holen. Er ließ den Kopf kreisen und versuchte, seinen steifen Nacken zu lockern. Ein Blick auf die schlichte Uhr an seinem Handgelenk verriet ihm, dass es bald Zeit für das Mittagessen war. Aber das hätte er auch so gewusst – zum einen knurrte sein Magen, zum anderen waren ihm die Gebets- und Essenszeiten im Kloster über die Jahre hinweg in Fleisch und Blut übergegangen.

Pius drückte die rechte Mousetaste. Sekunden später ratterte der Drucker und spuckte den letzten der gut zwei Dutzend Briefe aus. Pius beschloss, sie nach dem Mittagessen zu unterzeichnen und in Umschläge zu packen. Bruder Ortwin würde sich darum kümmern, dass sie zur Post gebracht würden.

»Ach, Herr«, seufzte der Superior, stand auf und starrte das Kruzifix an der Wand an. Der hölzerne Heiland blickte auf ihn herab. »Was ist nur geschehen?«, fragte Pius laut und faltete die Hände. Dann ging er vor der schmalen Gebetsbank in die Knie. Er bekreuzigte sich und senkte den Kopf.

»Oh Herr, schenke mir die Kraft, um die Brüder durch

diese dunklen Tage zu führen«, begann er seine Zwiesprache. »Dein unwürdiger Diener kann das alles nicht verstehen. Was soll ich nur tun? Soll ich nichts tun?« Das Blut rauschte in seinen Ohren. Er horchte in die Stille.

»Oder soll ich ... meinst Du ...« Draußen vor dem Fenster begann ein Vogel zu tschilpen. Pius zuckte zusammen. »War das ein Zeichen, Herr?« Pius' Herz pochte schneller und ihm wurde warm.

»Ja, ich verstehe«, flüsterte er schließlich. »Ich habe mich ja gestern schon eingemischt. Da kommt es auf ein paar heimliche Nachforschungen mehr oder weniger nicht an ...« Pius war sich sicher, dass sein Heiland da oben im Himmel sanft nickte und ihm den Segen erteilte, Verena und Thorben ein wenig unter die Arme zu greifen.

»Ich verspreche Dir, Herr, dass ich dieses Mal sehr vorsichtig sein werde«, sagte er und erinnerte sich mit Grauen an den letzten Fall. Damals war der Spaichinger Bürgermeister vom Turm gefallen. Eher gefallen worden – und Pius hatte sein Einmischen in die Polizeiarbeit mit einem kräftigen Schlag auf den Kopf, einer dicken Platzwunde und zwei Wochen Bettruhe bezahlt.

»Amen«, beendete er sein Zwiegespräch, bekreuzigte sich erneut und erhob sich. Seine Knie gaben ein knackendes Geräusch von sich, ganz so, als wollten sie den Pater daran erinnern, dass er keine 20 mehr war. Die Turmglocke schlug zum Mittagsläuten an. Pius streckte sich noch einmal, dann machte er sich auf den Weg ins Refektorium.

Die Brüder waren schon im Raum, als der Superior

eintrat. Johannes war gerade dabei, drei dampfende Schüsseln mit Maultaschensuppe auf dem langen Tisch zu verteilen. Den Kartoffelsalat hatte er in Glasschälchen portioniert und jedem neben den Platz gestellt; wer wollte, konnte sich aus einer wuchtigen Schüssel nachschöpfen.

»Grüß dich, Pius«, begrüßte Bruder Ortwin den Superior. »Du siehst geschafft aus!«

»Danke für das Kompliment.« Pius lächelte und tätschelte Ortwin die Schulter.

»So war das nicht gemeint«, sagte dieser betreten.

Pius grinste. »Ich weiß!« Mit einem Kopfnicken bat er die kleine Gemeinschaft an den Tisch. Jeder stellte sich hinter seinen Platz. Die Brüder bekreuzigten sich und Pius begann mit dem Tischgebet.

»Im Namen des Vaters, des Sohnes und des Heiligen Geistes. Wir danken Dir, Herr, für Deine Gaben, die Du Deinen unwürdigen Söhnen hast zuteilwerden lassen. Segne diese Mahlzeit und lege Deine schützende Hand über uns alle. Amen.« Die Brüder setzten sich, bis auf Pater Wolfgang, der an das Stehpult trat. Er würde später essen, denn ihm fiel heute die tägliche Lesung aus der Heiligen Schrift zu. Die Patres löffelten schweigend die Maultaschensuppe und lauschten den wohltuenden Worten aus den Korintherbriefen. Schließlich waren die Teller leer und Wolfgang setzte sich zu seinen Brüdern.

»Wie geht es dir?«, fragte Johannes in die Stille hinein.

»Gut«, sagte Pius. »Ein Haufen Arbeit wartet noch auf mich.« Als Superior nahm der Strom an Aufgaben nie ab, über Langeweile konnte Pius wirklich nicht klagen. Außerdem ratterte sein Kopf … zu gerne hätte er mehr über den Fall Baumann gewusst.

»Bitte mische dich nicht wieder in die Ermittlungen ein«, rief Bruder Sunil über den Tisch. »Beim letzten Mal …«

»Schon gut!«, unterbrach Pius den philippinischen Missionar lachend. »Ich passe schon auf mich auf!«

»War die Polizei noch einmal hier?«, wollte Pater Josef wissen.

»Bei mir nicht«, antwortete Pius.

»Doch, da waren welche in der Kirche«, gab Bruder Ortwin bekannt. »Das habe ich gesehen, als ich aus der Schule kam.« Ortwin unterrichtete am Gymnasium katholische Religion und war im Altenheim für die Seelsorge zuständig. Er war, anders als die meisten anderen, fast jeden Tag in Spaichingen unterwegs und erledigte häufig auch die Einkäufe für die Bruderschaft.

»Das war sicher die Spurensicherung«, kommentierte Johannes und stand auf, um den Schokoladenpudding vom Servierwagen zu holen. Pius schöpfte als Erster. Kaum hatte er den ersten Löffel auf der Zunge zergehen lassen, zerschnitt das Schellen der Türglocke die Stille.

»Ich gehe schon«, sagte Josef und eilte zum Haupteingang, durch den man auch in den kleinen Laden des Klosters gelangte. Hier fanden Pilger und Gläubige Kruzifixe, geistliche Literatur, schöne Postkarten und aufwendig gestaltete Kerzen. An Sonntagen war der Laden gut frequentiert – sehr zur Freude der Patres, die aus dem Verkauf einen guten Teil ihres Einkommens bestritten.

Knapp bei Kasse war der kleine Konvent dennoch chronisch; der Unterhalt der Kirche und des großen Klostergebäudes schlug heftig zu Buche.

Wenige Minuten später kam Josef wieder. Pius kratzte den letzten Rest Pudding aus seiner Schüssel. Gegen einen Nachschlag hätte er nichts gehabt, doch Josef winkte ihm zu.

»Besuch für dich, Pius«, sagte er. »Die Kommissarin und ihr Assistent.«

»Jetzt?« Pius fühlte schon die angenehme Müdigkeit, die ihn stets nach dem Mittagessen überfiel, und freute sich eigentlich auf ein halbes Stündchen Dämmerschlaf in seiner Zelle. Seufzend stand er auf.

»Sie sind im Besucherzimmer«, gab Josef bekannt.

Pius nickte den anderen zu und machte sich auf den Weg.

Die Kommissare saßen in den urbequemen Polsterstühlen und blätterten die Broschüren über den Konvent durch, die auf einem kleinen Tischchen auslagen.

»Grüß Gott!« Pius trat polternd ein. Thorben erhob sich. Pius schüttelte erst Verena, dann Fischer die Hand.

»Wir wollten uns noch einmal in aller Ruhe den Tatort ansehen«, erklärte Verena, nachdem Pius Platz genommen hatte.

»Die Kirche ist offen, da sind heute Morgen schon eure Kollegen gewesen. Was meint ihr eigentlich, wie lange die Spurensicherung noch brauchen wird? Nicht dass ich drängeln will, aber wir können die Messen und Beichtstunden nicht allzu lange ausfallen lassen.«

Verena nickte. »Ich denke, heute Abend ist das alles vorbei. Allerdings werden wir am Nachmittag eine Presseerklärung rausjagen müssen. An eurer Stelle würde ich das Gotteshaus absperren, denn mit Sicherheit kommen Neugierige und Schaulustige auf den Berg.«

Pius seufzte. »Na, mit Besuchermassen kennen wir uns aus. Wird schon gehen«, sagte er und lächelte matt.

»Funktioniert eigentlich der Bergfunk noch?«, fragte Verena und zwinkerte Pius zu.

Der verstand und lachte leise. »Doch, auf die Betschwestern und Tratschweiber ist Verlass!«

Thorben grinste. Es ging doch nichts über gute Quellen!

»Was funken die denn über Spöttinger?«, erkundigte sich Verena.

Pius dachte einen Moment lang nach. »Also, da waren einige Gerüchte über den jungen Baumann im Umlauf. Viel Blödsinn, aber vielleicht auch immer mit einem Körnchen Wahrheit.« Thorben zückte sein Notizbuch.

»Ich weiß nicht, ob es sich lohnt, das aufzuschreiben«, erklärte Pius. Trotzdem sprach er weiter. »Der alte Baumann soll seinen Filius ganz schön gegängelt haben. Der kam mit ganz irren Ideen vom Studium wieder. Da hat wohl das Moderne nicht ganz mit der Tradition zusammengepasst. Einen Mordsknall gab's wohl zwischen den beiden, als Sven Baumann einen neuen Personalplan aufgestellt hat. Da wären einige Jobs den Bach runtergegangen, aber der Alte hat sich durchgesetzt und sogar noch weitere Mitarbeiter eingestellt.«

»So gesehen war also der Senior der Gute?« Thorben war irritiert.

»Na, ganz so kann man das nicht sehen«, antwortete der Pater und knetete seine Hände. Bedächtig sprach er weiter: »Der alte Baumann war ein Hans Dampf in allen Gassen. Das schon. Aber er war auch … aufbrausend. Wenn er einmal einen auf dem Kieker hatte, dann hatte der auf gut Deutsch ausgeschissen.«

»Heißt was genau?«, wollte Verena wissen und amüsierte sich über Pius' Ausdrucksweise. Der Pater war eben doch immer wieder für eine Überraschung gut, was ihn in ihren Augen noch sympathischer machte, als er ihr ohnehin schon war.

»Ich weiß da nichts Konkretes, wie gesagt, der Bergfunk verzerrt schon manches und seit die Brauerei auf das neue Gelände umgezogen ist, arbeiten da so viele junge Leute, die mit den Tratschweibern nichts am Hut haben«, antwortete Pius. »Ich erinnere mich aber an die Geschichte mit dem Braumeister. Hab's ja quasi live mitbekommen damals.«

»Jost Metzger?«

»Genau so heißt der.«

»Und was war da?« Verena spürte dieses besondere Kribbeln im Bauch.

»Das ist schon über 15 Jahre her. Lasst mich mal nachdenken.« Pius wischte sich über die Augen. Thorben warf Verena einen bedeutungsschweren Blick zu. Die Wanduhr tickte leise und draußen zwitscherte ein Vogel munter vor sich hin.

»Also«, sprach Pius endlich weiter. »Es war noch im

alten Gebäude. Hinten war die Brauerei, vorne die Gaststätte. Damals war meine Hüfte noch besser in Schuss und ich bin ab und zu montags zu den Keglern gegangen.«

Thorben riss erstaunt die Augen auf – er hätte nicht gedacht, dass ein Mann, der sich dem Klosterleben verschrieben hatte, zum Kegeln geht.

»An dem Abend lief es nicht besonders für mich. Hab einen Pudel nach dem anderen geschoben. Nach dem Spiel saßen wir noch zusammen, ich glaub, der Schorsch und der Erich waren auch dabei.«

Verena grinste in sich hinein – das Gespann war legendär für sein Sitzfleisch.

»Plötzlich gab es einen dermaßen lauten Knall, der ganze Tisch hat gewackelt und die Fensterscheiben haben geklirrt. Wir sind sofort aufgesprungen und ums Haus zur Brauerei gerannt. Wie gesagt, damals war ich noch flotter unterwegs. Die Tür war zum Glück nicht abgeschlossen – und das hättet ihr mal sehen sollen: Der kleine Kessel war oben rum zerfetzt wie ein aufgeplatztes Frühstücksei. Metzger lag am Boden, mit dem Gesicht nach unten, in der einen Hand ein großes Thermometer, in der anderen ein Reststück von einer Aluleiter. Alfons Baumann war keine Viertelstunde später vor Ort. Da war Metzger schon im Krankenhaus. Die haben ihn nach Freiburg gefahren, aber das Auge hat er trotzdem verloren. Er war ganz schön lange in der Klinik, und seit dem Unfall hört er auch nicht mehr so gut.«

»Und Alfons Baumann?«, unterbrach Verena.

»Der hat getobt wie nicht ganz sauber«, erzählte Pius weiter. »Hat den Braumeister mit allen möglichen Flüchen bedacht, die ich jetzt wirklich nicht wiederholen will. Jedenfalls hat er Metzger dafür verantwortlich gemacht, dass der Kessel explodiert ist. Als der wieder aus der Reha kam, musste er als Erstes zum Anwalt. Der Baumann wollte ihm die ganzen Kosten aufs nicht mehr vorhandene Auge drücken. Den Kessel, die Schäden am Gebäude und den Einsatz der Feuerwehr. Das waren, wenn ich mich recht erinnere, über 300.000 Mark.«

»Und?« Thorben rutschte aufgeregt auf seinem Sessel herum.

»Das ging aus wie das Hornberger Schießen.«

»Bitte?« Der Norddeutsche sah den Pater verständnislos an.

»Auf gut Deutsch: Es blieb alles beim Alten«, erklärte Verena.

»Genau«, bekräftigte Pius. »Keine Ahnung, was die hinter den Kulissen gemauschelt haben, aber der Metzger hat seinen Posten wieder angetreten. Er ist eben ein hervorragender Braumeister, so einen findet man nicht so schnell. Außerdem ist er jetzt schwerbehindert und sein Arbeitgeber bekommt kräftige Zuschüsse, wenn er ihn beschäftigt.«

Verena stieß die Luft aus. In ihrem Bauch kribbelte es noch heftiger. Thorben machte sich eine Notiz: ›Zeitungen Unfall »Spöttinger« vor etwa 15 Jahren recherchieren.‹

»Sollten die Lautsprecher eurer Stereoanlage etwas dumpf klingen, dann prüft bitte zunächst, ob dieselben noch verpackt sind. Ihr hört Radio Donauwelle und hier ist Ste-

ven, der sich inzwischen ernsthafte Sorgen macht. Meine neue Kollegin Mina, die ich unverschuldet gestern Abend versetzen musste, hat sich bisher immer noch nicht bei uns gemeldet. Ihre WG-Mitbewohnerin, welche am Abend gemeinsam mit ihr unterwegs war, berichtete, dass sie sich beim abendlichen Tanz im ›s'Törle‹ in Möhringen mit einem groß gewachsenen Mann gestritten hatte, der sie auch vor die Tür abgeschleppt hat. Seitdem wurde sie nicht mehr gesehen. Alba, die Mitbewohnerin, war auch ganz schön angesäuert, weil Mina offensichtlich mit ihrem WG-Austin Mini weggefahren ist und sie sich ein Taxi nehmen musste. Normalerweise plauschen wir nicht so viel Privates, aber hier im Studio sind wir alle ratlos und hoffen, dass es unserer Kollegin gut geht. Mina melde dich! Bei uns im Programm geht's nun weiter und die 80er-Rock-Heros Queen spielen ›The show must go on‹.«

Es half alles nichts – Verena und Thorben mussten irgendwann ins Revier. Wie sie geahnt hatten, stapelten sich die Papiere auf ihren Schreibtischen. Verena stöhnte, Thorben löste sich sofort ein Aspirin aus seinem Schreibtischvorrat auf. Dann machten die Kommissare sich an die ersten Berichte – die Staatsanwaltschaft drängelte – und sortierten das Chaos auf den Tischen und in ihren Köpfen. Nach einer guten Stunde war das geschafft und gemeinsam brüteten sie über der Presseerklärung, die heute noch raus musste. Das heißt: Sie stellten Stichworte zusammen und gaben die an die Pressestelle in Tuttlingen durch. Keine 20 Minuten später hatte der für die

Öffentlichkeitsarbeit zuständige Obermeister Scholz eine Presseinfo gezimmert. Verena öffnete die E-Mail und las Thorben vor:

Polizeidirektion Tuttlingen
Information für die Presse

Mord in Spaichingen:
Polizei verfolgt erste Spuren
Spaichingen (pm).

Während der Sonntagsmesse kam es in der Kirche auf dem Spaichinger Dreifaltigkeitsberg zu einem dramatischen Zwischenfall: Ein Mann wurde ersten Erkenntnissen der Polizei zufolge während des Gottesdienstes erwürgt.

Aus ermittlungstechnischen Gründen kann die Polizei keine weiteren Einzelheiten zum Tathergang geben. Der Mann, ein 58 Jahre alter Spaichinger Unternehmer, hatte in einer der hinteren Bankreihen Platz genommen. Er war bekleidet mit einem Jackett und einem dunklen Rollkragenpullover.

Wann und wie der Täter die Tat begangen hat, ist noch unklar. Die Polizei bittet Zeugen und Besucher des Gottesdienstes, die Beobachtungen gemacht haben, sich unter der Telefonnummer 07424/424-20 zu melden.

»Puuuh«, murmelte Verena. »Der hat auch schon besser geschrieben.« Trotzdem öffnete sie ein neues Fenster, verfasste eine E-Mail und sandte diese an den gespeicherten Presseverteiler.

»Ich gebe ihm fünf Minuten«, sagte Thorben und räusperte sich.

»Wem?«

»Mike Ritter!«

»Ja, der rasende Mike … Gleich wird das Telefon klingeln«, prophezeite auch Verena. »Sag mal, hast du Halsschmerzen?«

»Wieso?«

»Du fasst dir die ganze Zeit an die Kehle, Thorben.«

»Ich weiß auch nicht so genau. Ist mein Hals rot?« Fischer sperrte den Mund auf, streckte die Zunge raus und machte »Aaaah«.

»Das kann ich von hier aus nicht sehen.« Verena hatte Mühe, ernst zu bleiben.

Thorben stand auf, umrundete den Schreibtisch und wiederholte die Prozedur.

Verena starrte einige Sekunden lang in seinen Schlund. Dann strich sie ihm beruhigend über die Wange. »Sieht für mich ganz normal aus.«

»Hm.« Thorben klang unzufrieden und suchte ein Bonbon in seiner Schreibtischschublade. Er hatte den Drops gerade eben ausgewickelt, als Verenas Telefon bimmelte.

»Bingo! Unter fünf Minuten«, rief sie und hob ab. »Hälble?«

»Ja sag mal, wieso erfahr ich das nicht früher?«, polterte der Reporter des Bergboten los.

»Was denn?«, säuselte Verena und stellte den Lautsprecher an. Thorben grinste und lutschte auf seinem Bonbon.

»Na, der Tote auf dem Berg! Leute, lernt ihr's denn nie? Das ist *die* Story und jetzt guck mal auf die Uhr, ich hab bald Redaktionsschluss!«

»Dann sollten wir nicht lange plaudern«, konterte Verena süßlich.

»Moment! Ich hab schon ein paar Fragen!«

»Ich weiß aber nicht, ob ich auf alle Antworten habe.«

»Unsere Leser haben ein Recht auf Information«, pampte Ritter. »Wenn ich diese magere Meldung veröffentliche, dann steht das ganze Städtle Kopf. Ein bissle mehr Futter brauch ich schon.«

»Also gut, meinetwegen«, tat Verena gönnerhaft. Sie war zwar längst entschlossen, die Bevölkerung ein wenig intensiver zu informieren, aber das musste sie dem rasenden Mike ja nicht auf die Nase binden.

»Wer ist der Tote?«

»Tut mir leid, dazu kann ich …«

»… nichts sagen. Schon klar. Frag ich eben anders: Hat der ein medizintechnisches Unternehmen?«

Verena schwieg.

»Transportunternehmer?« Ritter ging die Unternehmer der Stadt im Geiste durch. Allzu viele waren nicht im angegebenen Alter, und als die Kommissarin wieder nicht reagierte, schoss er los: »Baubranche? Autohaus? Apotheke? Architekt, Versicherungen?«

»Ich kann mich dazu nicht äußern«, sagte Verena. »Aber ich würde heute Abend mal ein Spöttinger trinken …«

Sie konnte es förmlich am anderen Ende der Leitung rattern hören.

»Der Baumann?«, platzte Ritter nach einigen Sekunden heraus. »Ach du Scheiße, das gibt Arbeit«, fluchte er. »Muss das ganze Blatt umstellen. Erfahre ich von Ihnen noch was, oder kann ich mir die Plauderei sparen?«

»Ich denke, Sie können woanders weiterrecherchieren«, entgegnete Verena. Ihr Abschiedsgruß kam nicht an, Ritter hatte längst aufgelegt.

»Sie wollte Mozart hören, er Beethoven. Dann gab es Händel. Aus diesem Grund verbeaten wir die Klassik. Hier ist eure gute alte Donauwelle, ich bin Steven und zunächst gibt es zwei aktuelle Meldungen. Die erste Nachricht schockiert uns alle und wir fragen uns, was da los ist im Kloster in Spaichingen. Schon wieder hat es einen Mord gegeben. Dieses Mal ist ein bisher unbekannter Mann während der Sonntagsmesse erwürgt worden. Noch haben wir keine weiteren Informationen, geben diese aber direkt an euch weiter, sobald die Polizei mehr bekannt gibt.

Die zweite Meldung betrifft einen Aufruf der Verkehrspolizei Spaichingen. Der flüchtige Cabriofahrer, über den wir gestern berichtet haben, konnte bisher nicht festgesetzt werden. Sein beschädigter Wagen wurde heute Morgen in Möhringen sichergestellt. Die Polizei beschreibt den Mann als groß und überaus muskulös. Sachdienliche Hinweise könnt ihr an uns melden oder euch direkt an die örtliche Polizeidienststelle wenden.

Genug nun der schlechten Nachrichten. Nach dem aktuellen Verkehrsdienst hört ihr Sound von echt starken Jungs. Wir spielen ›Wheels of fire‹ von Manowaaaaar!«

Pius kuvertierte seine Korrespondenz und zog sich seine schweren Wanderstiefel an. Die hatten auch schon mehr als ein Jahrzehnt auf dem Buckel, doch mit der erst zwei Jahre alten Ersatzsohle waren sie quasi wie neu – und außerdem perfekt eingelaufen. Pius brachte die Briefe zur Pforte und legte sie in den Kasten mit der Aufschrift ›Ausgang‹. Erleichtert stellte er fest, dass der Eingangskasten leer war. Dann meldete er sich bei Ortwin, der im geschlossenen Klosterladen saß und ein Sudoku löste, ab. »Ich gehe mal ein bisschen raus!«

»Wie lange wirst du weg sein?« Ortwin kaute auf dem Kugelschreiber.

»Nicht lange. Übrigens, Ortwin … dreh den Stift um, du hast schon ganz blaue Lippen!«

Der Pater zuckte zusammen und wischte sich über den Mund. Pius tippte sich gegen die Stirn und trat durch die Ladentür ins Freie. Sofort streichelte ein warmer Lufthauch über seine Wangen. Er sog tief die Luft ein und war dankbar, dass die Straße auf den Berg noch immer gesperrt war. Irgendwer war immer auf dem Dreifaltigkeitsberg unterwegs, seien es Wanderer, Ausflügler oder ganze Pilgergruppen. Dann hatte Pius Mühe, mehr als zehn Schritte zu gehen, ohne angesprochen zu werden. Die meisten wollten nur ein kleines Pläuschchen mit dem Pater führen, doch manche schütteten ihm ihr ganzes Herz aus und er hatte im Lauf der Jahre schon viele Tränen getrocknet, die auf den Schotterboden gekullert waren.

Pius umrundete die Kirche und überquerte die große, von Bäumen wie von einer grünen Mauer eingefasste

Wiese auf dem Hochplateau. Früher hatten die Patres hier noch Getreide und Gemüse zur Selbstversorgung angebaut. In Zeiten von Supermärkten lohnte sich das nicht mehr und der früher stattliche Klostergarten war auf ein handliches Format geschrumpft. Johannes hegte und pflegte dort nur noch ein paar Himbeerbüsche, Zwiebeln und Kräuter, mit denen er die Klosterküche aufpeppte.

Mitten auf der Wiese blieb Pius stehen und sah in den Himmel. Das Blau erinnerte ihn an die Augen des Jesuskindes in der Kirche. Das Holzbaby zappelte auf dem Arm seines Vaters und Josef sah ein bisschen gestresst aus, wie Pius manchmal schon gedacht hatte. Am Horizont lungerten ein paar fluffige Wolken.

»Deine Welt ist so schön, Herr«, sagte Pius und hockte sich in das saftig grüne Gras. »Wieso sind die Menschen nur so dumm?« Der Pater zupfte einen Grashalm ab und wickelte ihn sich um den linken Zeigefinger. Als er ihn wieder abrollte, hielt er eine grüne Locke in der Hand.

»Du meinst, Baumann musste wegen einer Frau sterben, Herr?« Pius kratzte sich am Kopf. »Wolltest Du mir das sagen? Aber nein, das glaube ich nicht. War er dazu nicht schon zu alt? Ich denke, da war jemand enttäuscht. Von Alfons Baumann, oder vielleicht hat es mit der Brauerei zu tun?«

Pius legte sich flach auf den Boden. Das Gras kitzelte ihn an den Ohren. Er lachte leise. Dann schloss er die Augen und dämmerte ein.

Komischer Vogel, dachte er verschlafen. Der quietscht ja richtig. Pius wollte noch ein paar Minuten an seinem

Nickerchen festhalten, aber der Vogel schrillte weiter. Endlich begriff er, dass das Piepen aus seiner Hosentasche kam. Stöhnend fummelte er sein Handy heraus und setzte sich auf. Seine Zunge pappte am Gaumen und er musste dreimal trocken schlucken, ehe er abhob.

»Pater Pius, Gott zum Gruße«, murmelte er schläfrig.

»Mike Ritter, Grüß Gott, Hochwürden!«

Wie oft hatte Pius dem Redakteur schon den Unterschied zwischen ihm und einem Pfarrer erklärt? Na, solange er ihn nicht Eminenz nannte …

»Störe ich Sie?«

Ja!, hätte Pius am liebsten gerufen. Stattdessen brummte er etwas Unverständliches.

Ritter ratterte auf der Stelle los. »Der Alfons Baumann ist bei Ihnen in der Kirche um die Ecke … äh … zu Tode gekommen. Und da hätte ich ein paar Fragen, besonders was die Auffindesituation der Leiche angeht …«

»Moment, Moment, bevor Sie weitersprechen, ich kann und werde Ihnen dazu nichts sagen. Bitte verstehen Sie, dass das alles Sache der Polizei ist.«

»Ja, aber so ein paar Kleinigkeiten …«

»Nein!« Pius rappelte sich auf und klopfte sich ein paar trockene Grashalme von der schwarzen Hose. »Herr Ritter, bitte …«

»Dann sagen Sie mir wenigstens, was Sie persönlich über den Fall denken.«

»Es ist schlimm«, rutschte es Pius heraus. Eigentlich hätte er gar nichts sagen wollen.

»Und weiter?«

»Nichts weiter.«

»Pater, so ganz ohne ist das doch für den Konvent auch nicht?«

»Was wollen Sie eigentlich?«

»Den Namen des Mörders am liebsten.« Ritter lachte scheppernd.

Pius hielt das Handy ein Stück vom Ohr weg. »Da sind Sie sicher nicht der Einzige!«

»Na gut, mit ein paar Fotos wäre ich auch zufrieden«, lenkte Ritter ein.

»Die haben Sie doch zu Hunderten im Archiv«, entgegnete Pius und ging langsam zum Kloster zurück.

»Ich bräuchte schon was Aktuelles«, erklärte Ritter.

»Die Straße auf den Berg ist gesperrt!«

»Das hat mich eh schon gewundert, jetzt weiß ich ja, warum.«

Pius sah eine einzelne watteweiche Wolke, die genau über dem Kreuz auf dem Klosterturm schwebte. Ihm kam ein Gedanke. »Handeln Sie?«, fragte er Ritter.

»Wie bitte?« Der Reporter war hörbar perplex.

»Ich mache ein Foto von der Kirche und maile es Ihnen. Dafür suchen Sie mir alles raus, was Sie in Sachen ›Spöttinger‹ jemals im Blatt hatten.«

Ritter schwieg einen Moment.

»Ich bräuchte eine Innenaufnahme. Am besten vom Tatort.«

»Innenaufnahme von mir aus. Aber nicht direkt die betreffende Bankreihe.«

»Gut. Was genau wollen Sie?« Ritter hatte vor, einen freien Mitarbeiter, am besten einen Gymnasiasten, ein paar Artikel raussuchen zu lassen. In der Redaktion lagerten die Zeitungen des laufenden Jahres.

»Alles aus den vergangenen 15 Jahren.«

»Wie bitte? Das ist …«

»Das oder kein Foto.«

Ritter stöhnte. Das würde ihn eine Stange Geld aus dem ohnehin knapp bemessenen Etat für die Honorare der freien Mitarbeiter kosten: Die Zeitungen waren im Keller, und 15 Jahre waren … verdammt lang.

»Fangen Sie vorne an, die aktuellen Sachen brauche ich nicht so dringend«, lenkte Pius ein.

»Seit wann arbeiten Sie für die Polizei?« Der Reporter hatte Witterung aufgenommen.

»Ich arbeite für Unseren Herrn«, konterte Pius.

»Also gut, Foto gegen Archiv«, sagte Ritter. Er würde sich von allem Kopien ziehen. Denn dass der Pater sich aus Jux und Dollerei mit der Firmengeschichte von Spöttinger beschäftigte, das glaubte er in hundert Jahren nicht. Ritter wurde zittrig … scheinbar war er an einer ganz großen Kiste dran.

»Im Studio sind die Uhren ausgefallen. Am Mikrofon ist immer noch Steven und im Hinblick auf die baldige Umstellung auf Sommerzeit üben wir schon heute, wie es ist, mit Unglauben auf die Uhr an der Wand zu starren. Wisst ihr übrigens, dass unsere russischen Freunde den Mut besitzen, aus der Liga der Zeitsprungnationen auszuscheiden und nur noch dieses eine Mal die Zeit umzustellen? In Russland herrscht ab sofort nur noch Sommerzeit, und ehrlich gesagt, ich beneide sie dafür! Ist der

Name Mina nicht auch den östlichen Regionen entsprungen? Ich schweife schon wieder ab. Zu Ehren unserer russischen Freunde und mithilfe unseres Partnersenders Radio Olga von der Wolga spielen wir ganz exklusiv ›Po ulitse mastavoi shla dyevitsa‹ zu Deutsch ›Über die Straße ging ein Mädchen‹.«

»Das darf ja wohl nicht wahr sein!« Verena trat auf die Bremse. Thorben schnallte sich ab und riss im selben Moment die Beifahrertür auf. Er sprang aus dem Wagen, noch ehe der ganz zum Stillstand gekommen war.

»Runter da!«, brüllte er Mike Ritter an, der schwankend auf der Mauer vor dem Baumann'schen Anwesen balancierte und mit der Kamera in den Garten zielte. »Sofort!«

Ritter geriet ins Ungleichgewicht. Er wandte sich um.

Jetzt erreichte auch Verena die beiden. »Sind wir hier in Hollywood?«, schrie sie.

»Ich … äh …«, stammelte der Reporter und wollte sich umdrehen. Ritter verlor den Halt. Mit der rechten Hand reckte er die Kamera nach oben, mit der linken fuchtelte er durch die Luft. Sein rechtes Bein rutschte von der gut anderthalb Meter hohen Mauer nach hinten. Eine knappe Sekunde später folgte der Rest des Fotografen. Die Kommissare hörten einen Schrei, das Knacken von Ästen und Blätterrascheln. Sie stürzten zur Mauer und sahen hinüber. Mike Ritter lag, einem Käfer nicht unähnlich, auf dem Rücken. Seine Kamera hielt er noch immer nach oben. Der üppige Buchsbaum, welcher seinen Sturz gebremst hatte, war ziemlich platt. Kleine Blätter stieben wie grüne Federn durch die Luft.

»Das ist doch sicher mit Frau Baumann abgesprochen?«, fragte Verena grinsend.

»Äh … öh …«, stammelte der rasende Mike und rappelte sich hoch. Dann stöhnte er und hielt sich mit der freien Hand den Rücken.

»Ja. Nein. Ist doch egal, das ist öffentlicher Grund!« Ritter zeigte mit der Kamerahand auf die Straße. Sofort schnappte Thorben sich das Gerät.

»Hey!«

»Nix hey, noch nie was von Pietät und Anstand gehört?«

»Ach kommt, jetzt seid nicht so«, versuchte es Ritter, stieg über den demolierten Designerbusch und kam zum Gartentor heraus.

»Mike, deine geplante Story in allen Ehren, aber was bringt den Lesern ein Foto vom Haus?«

Ritter seufzte. »Okay. Ich lass es«, lenkte er ein. »Kann ich meine Kamera wiederhaben?«

»Moment!« Fischer drückte auf alle möglichen Knöpfe. Es gab eine Menge davon. Endlich erwischte er den richtigen, die gespeicherten Fotos erschienen auf dem Display. Er klickte sich durch Gruppenbilder, Fußballfotos aus dem Unterbach-Stadion und eine Serie von der Kletterwand in der Alten Halle. Der Kommissar erinnerte sich an die Reportage über die Klettergruppe, die vor zwei Tagen im Bergboten stand. Die letzten sieben Aufnahmen zeigten das Haus der Familie Baumann. Thorben verschob sie in den Papierkorb.

»Bitte schön«, grinste er und gab Ritter die Kamera zurück. »Schönen Tag noch, in der Redaktion brennt sicher die Luft.«

Ritter brummte, dann stapfte er davon. Ein bisschen schief, wie Verena fand. Hoffentlich hatte er sich ordentlich den Steiß geprellt!

Dieses Mal gingen die Kommissare gleich ums Haus. Aus dem Garten hörten sie Stimmen – die einer Frau und eines Mannes. Die Terrasse lag verlassen da. Fischer und Verena folgten den Stimmen in den hinteren Teil des Anwesens und landeten hinter einer dichten Wand aus hochgewachsenen Büschen, hinter der sich ein Pavillon verbarg. Karin Baumann saß in einem der beiden hölzernen Klappstühle – den anderen belegte Jost Metzger.

»Ach«, rief die Witwe, als sie die Polizisten entdeckte.

Metzger riss sein eines Auge auf.

»Grüß Gott«, sagte Verena und ließ sich ihre Verwunderung nicht anmerken. »Machen Sie einen Kondolenzbesuch, Herr Metzger?« Sie musterte den Brauer. Er trug, wie am Vormittag, eine blaue Latzhose. Diese hier wies deutliche Grasflecken auf. Seine Füße steckten in verdreckten gelben Gummistiefeln. Jetzt bemerkte sie die Hacke und den Rechen, die an der Wand des Pavillons standen.

»Herr Metzger hilft uns bei der Gartenarbeit«, antwortete Karin Baumann. »Er wollte gerade gehen.«

Metzger sah seine Gastgeberin irritiert an. Vor den beiden auf dem Tisch stand eine beschlagene Flasche Mineralwasser, von der das Kondenswasser tropfte. In zwei vollen Gläsern perlte Sprudel. Verena registrierte den sehnsuchtsvollen Blick, den der Braumeister seinem Glas zuwarf. Doch Metzger stand auf, tippte sich mit der Hand zum Gruß an den Kopf, schnappte sich die Gartengeräte und verschwand wortlos.

»Was kann ich für Sie tun?« Karin Baumann trug eine quietschgelbe Brille, die exakt die Farbe ihres kurzen Sommerkleides hatte.

»Darf ich mich setzen?«, fragte Verena.

»Sicher. Für Ihren Kollegen habe ich leider keinen Stuhl hier.«

»Macht nichts«, sagte Thorben und lehnte sich an die Wand des Pavillons. Verena nahm Platz. Fischer nestelte erst ein Bonbon, dann seinen Block aus der Hosentasche. Das Kratzen im Hals war stärker geworden und er fror ein bisschen.

»Da zieht es, Herr Fischer«, sagte Karin Baumann.

»Ah«, machte der Angesprochene und trat einen Schritt nach links. Sofort war es angenehmer.

»Wissen Sie mittlerweile, wann die Leiche meines Mannes freigegeben wird?«, fragte Karin Baumann und trank einen Schluck Wasser, ohne den Besuchern etwas anzubieten.

»Nein, tut mir leid.«

»Frau Hälble, mein Sohn sagte mir, dass Sie heute Morgen in der Brauerei waren. Vermuten Sie unter den Angestellten den Täter?«

»Wir vermuten erst einmal alles, Frau Baumann«, erklärte Verena. »Wir stehen ganz am Anfang der Ermittlungen, müssen uns vom Umfeld Ihres Mannes ein umfassendes Bild machen. Dazu gehört selbstverständlich auch die Brauerei.«

»War das jetzt ein ›Ja‹ oder ein ›Nein‹?«, bohrte die Baumann und wischte einen Wassertropfen vom Tisch.

»Weder, noch.«

»Gibt es irgendetwas Neues?« Karin Baumann klang leicht genervt. »Ich habe zu tun, es gibt viel zu regeln.«

»Natürlich. Ich meine, natürlich haben Sie viel zu tun.« Herrgott, warum ließ sie sich von dieser Frau verunsichern, fragte sich Verena im Stillen. Lag es an den Designerklamotten? Der Brille? Dem prunkvollen Haus?

»Den exakten Bericht der Spurensicherung erwarten wir im Lauf des Nachmittags. Viel Neues erhoffen wir uns allerdings nicht, es waren zu viele Menschen in der Kirche«, sprang Thorben ein.

»Und von denen will keiner was gesehen haben?«, pampte Karin Baumann. »Ich verstehe das alles nicht. Ich will es auch gar nicht verstehen.« Sie sprang auf und wandte sich zum Gehen.

»Einen Moment bitte, Frau Baumann«, sagte Verena. Die Unsicherheit der Witwe, kaum zu merken, hatte der Kommissarin wieder Oberwasser gegeben.

»Wir würden uns gerne die Sachen Ihres Mannes ansehen.«

»Wie bitte?«

»Seine Papiere, er hat doch sicher ein Büro im Haus?«

»Ja, aber … ich verstehe nicht?«

»Vielleicht finden wir in den persönlichen Unterlagen …«

Karin Baumann fuhr Verena dazwischen. »Sie sagen

es – persönliche Unterlagen. Das sollen sie auch bleiben!«

»Frau Baumann!« Thorben trat von hinten an die Witwe und legte ihr für den Bruchteil einer Sekunde die Hand auf ihre Schulter. Verena schmunzelte in sich hinein. Das Spiel ›Guter Bulle – böse Polizistin‹ funktionierte eben immer.

»Wir können auch mit einem Durchsuchungsbefehl kommen«, knurrte Verena. »Dann bringen wir ein Dutzend Kollegen mit.«

»Bitte, wenn Sie es nicht lassen können«, keifte Karin Baumann. »Wenn Sie mir bitte folgen wollen?« Hoch erhobenen Hauptes machte sie sich auf den Weg.

Thorben zwinkerte Verena zu, ehe die beiden der Hausherrin über den geschwungenen Kiesweg zur Terrasse folgten. Der Rasen hätte jedem Golfplatz Ehre gemacht. Unter einem mächtigen Apfelbaum stand ein Liegestuhl mit weißer Auflage, daneben schüttete ein steinerner Engel Wasser in einen kleinen Brunnen.

»Schön haben Sie es hier«, schlug Verena einen versöhnlichen Ton an.

Die Baumann reagierte nicht. Auch gut, dachte Verena, dann eben anders.

»Ist Jost Metzger oft bei Ihnen?«

Karin Baumann blieb abrupt stehen. Verena wäre beinahe in sie hineingelaufen. Sie konnte gerade noch bremsen.

»Öfter, als meinem Mann lieb war«, gab die Witwe bekannt.

»Wie darf ich das verstehen?«

»Als wir das Haus gekauft hatten, haben wir keinen Gärtner gefunden. Damals gab es in Spaichingen noch keine Gartenbaubetriebe und der, den wir engagiert hatten, pflanzte die Rosen mit den Köpfen nach unten ein.«

Verena unterdrückte ein Lachen.

»Jedenfalls schleppte mein Mann eines Tages den Metzger hier an. Seitdem kommt er einmal die Woche, im Winter bei Schnee sogar jeden Tag zum Schippen.«

»Wie lange schon?«

»Achtzehn Jahre werden das bestimmt sein.«

Verena rechnete kurz – also noch vor Jost Metzgers Unfall.

»Wenn er seine Arbeit gut macht, und das macht er ja offensichtlich«, sagte Thorben und zeigte auf den Prachtgarten, »warum war Ihr Mann dann genervt?«

Karin Baumann seufzte. »Wissen Sie, Jost ist wohl in mich verschossen.«

Ach, dachte Verena. Oha, dachte Thorben. Doch beide schwiegen.

»Und nein, ehe Sie fragen, da war niemals etwas zwischen uns.« So, wie die Baumann das sagte, konnte man den nicht ausgesprochenen Nachsatz förmlich aus der Luft schneiden: ›Ich lasse mich doch nicht mit einem Mann unter meinem Niveau ein, der hässlich wie die Nacht ist.‹

Karin Baumann rückte ihre übergroße Sonnenbrille zurecht.

»Was ich noch sagen wollte, Frau Baumann«, sagte Verena, »sind Sie sicher, dass Sie gegen einen Türrahmen gelaufen sind?«

»Wie bitte?«, kam es schrill zurück.

»Nun, sagen wir es mal so … wir haben den Hinweis bekommen, dass Ihr Mann … seine Hände nicht immer im Griff hatte.«

»Was?« Die Baumann wurde unter der Solarienbräune erst kreideweiß, dann wutrot.

»Hat Ihr Mann Sie geschlagen?«, wurde Thorben deutlich.

Karin Baumann klappte den Mund auf. Und wieder zu. Dann wandte sie sich zum Haus. Mit ihrem Schweigen hatte sie den Kommissaren alles gesagt.

Im Haus war es angenehm kühl und wegen der halb geschlossenen Rollläden nicht sonderlich hell. Trotzdem behielt die Witwe ihre Sonnenbrille auf.

»Das Büro meines Mannes ist oben.«

Verena und Thorben folgten der Hausherrin durch die Halle über die geschwungene Marmortreppe nach oben. An der Wand hingen Ölschinken, die den Dreifaltigkeitsberg aus allen Blickrichtungen zeigten. Am Ende der Treppe begann ein langer Flur, der mit rubinrotem Teppich ausgelegt war. Auch hier zierten Ölbilder die Wände, allerdings zeigten sie ausnahmslos Schwarzwaldmotive: Tannen, Walmdachhäuser und Hirsche, die sich auf einer Lichtung tummelten. Karin Baumann öffnete die dritte Tür auf der rechten Seite.

»Bitte sehr.« Sie machte Anstalten, hineinzugehen.

»Wir kommen alleine zurecht«, gab Verena bekannt.

Karin Baumann wandte sich wortlos um und klapperte die Treppe hinunter.

»Dann wollen wir mal!«, rief Verena Thorben zu, der die Tür hinter sich schloss.

Alfons Baumanns Büro war … übersichtlich. Gelinde ausgedrückt. Mitten im Raum, mit Blick auf die Balkontür, stand ein simpler Schreibtisch. Darauf ein altmodischer Computer, eine lederne Schreibunterlage und ein Stifteköcher, in dem ein einzelner Bleistift stand. An der einen Wand hingen drei Clipfix-Bilderrahmen, in denen Urkunden hingen: ›Bier des Jahres‹ titelten alle. Sie waren datiert auf 1987, 1988 und 1989. Verena wusste, dass Spöttinger beinahe jedes Jahr von der Deutschen Bier-Initiative ausgezeichnet worden war. Vermutlich war Baumann die Lust ausgegangen, die Urkunden aufzuhängen?

Die andere Wand wurde von einem deckenhohen Schrank eingenommen. Thorben zählte acht Türen. Eine durchgesessene Cordcouch, die eher in eine Studenten-WG gepasst hätte, drückte sich in die Ecke. Ein Paar schwarze Socken waren achtlos darauf liegen gelassen worden und schienen auf den ersten Blick die einzigen persönlichen Gegenstände zu sein.

Verena ging zum Schrank und öffnete die erste Tür. Derweil machte Thorben den Computer an. »Der ist älter als ich«, brummte er. »Das kann ja Tage dauern, bis der hochfährt.«

»So lange kannst du *das* genießen.« Verena starrte fassungslos auf die Papierberge im Schrank. Welche Tür sie auch öffnete – überall lagen Zettel und Stapel, zum Teil zerknittert, zum Teil sorgsam aufeinandergeschichtet.

»Na bravo.« Thorben ahnte, was auf ihn zukam. Spätestens heute Abend hätte er dank schnell arbeitender Staatsanwaltschaft eine Menge Kartons mit Papierkram im Büro stehen. Verena hob hier und da ein paar Blätter an, gab es jedoch bald wieder auf.

»Da steigt ja kein Mensch durch«, brummte sie und nahm sich vor, einen Praktikanten von der Villinger Hochschule anzufordern. Der Computer gab ein schnarrendes Geräusch von sich. Dann ertönte überlaut die Windows-Erkennungsmelodie.

»Immerhin!« Thorben setzte sich auf den abgewetzten Ledersessel und wäre beinahe hintenüber gekippt, als die Lehne stärker als gedacht nachgab.

»Na, na, Schatz, Sachen mit Liegesitz bitte nur privat!« Verena lachte.

Thorben hielt sich die Hand an den Nacken. »Aua! Jetzt hab ich mir auch noch das Genick verrenkt!«

»Oh, armer Mann.« Seine Kollegin trat hinter ihn und massierte ihm die Schultern, während er sich durch die E-Mails klickte. Viele waren es nicht, von den Spams mal abgesehen. Alfons Baumann hatte zahlreiche Angebote für Potenzmittel, Penis- und Brustvergrößerungen, Glatzenmittel und allerlei andere Wundermittel im Postfach. Außerdem verkündete ihm eine spanische Lotterie einen Millionengewinn und ein nigerianischer Anwalt den plötzlichen Tod eines Erbonkels. Zwei Mails waren von Sven. In der einen erinnerte er den Vater daran, die Größe der Mülltonnen beim Landratsamt zu korrigieren (›120 Liter reichen!‹), in der anderen schickte er ein Foto von einem Spöttinger-Transporter, der an der Rothaus-Brauerei vorbeifuhr. Kommentar unter dem Bild: ›Spöttinger ist überall!‹

Thorben scrollte nach unten. Vor fünf Tagen hatte ein

gewisser Helmut Schröder gemailt; Baumann hatte die Nachricht offensichtlich vom Büro aus an seine private Adresse weitergeleitet.

Von: h.schroeder@dbi.de
An: alfons-baumann@spoettinger.de
Betreff: Berlin

Mein lieber Alfons,

ich denke nicht, dass wir alles telefonisch regeln können. Auch wenn du bereits abgesagt hast, bitte ich dich eindringlich, nach Berlin zu kommen. Ich kann dir einen Gesprächstermin am 25. anbieten. 17 Uhr bei mir im Büro.

Deine Pläne sind, gelinde gesagt, haarsträubend. Deinen Forderungen kann, will und werde ich nicht entsprechen. Du pokerst zu hoch. So mancher hat sich an diesen Themen schon die Zähne ausgebissen, lass dir das gesagt sein.

Beste Grüße
Helmut

»Aha«, sagte Verena etwas ratlos. Thorben öffnete den Explorer und startete Google.

Zum Glück hat der Baumann kein Passwort eingerichtet, dachte er und tippte ›D.B.I.‹ ein. Die Suchmaschine spuckte 1.745 Treffer aus.

»Deutsche Bier-Initiative, aha!« Thorben tippte den Link an. Wenige Sekunden später erschien ein sich von selbst füllendes Bierglas auf dem Bildschirm. Als eine perfekte Schaumkrone zu sehen war, leitete das System automatisch auf die Startseite weiter.

»Willkommen bei der Deutschen Bier-Initiative«, las er Verena vor. »Die D.B.I. ist die größte Interessenvereinigung deutscher Brauereien. Mit unseren über eine halbe Million aktiven und passiven Mitgliedern – vom Brauer über den Händler bis zum Fahrer – stehen wir für das deutsche Reinheitsgebot ein. Wir setzen Maßstäbe, indem wir technische Entwicklungen unterstützen und Rohstoffe im großen Stil einkaufen und an die Mitglieder zu günstigen Konditionen weiterleiten. Blablabla …«

»Klick mal auf ›Team‹«, forderte Verena ihn auf.

Auf dem Bildschirm erschien ein von oben fotografierter Bierkasten. Die Kommissare lachten, als sie die Überschrift sahen: ›Wir sind keine Flaschen!‹

Thorben ließ die Mouse über die Flaschen gleiten. Wenn der Zeiger eine berührte, öffnete sich der Kronkorken und ein Porträtfoto erschien.

»Hier!«, rief Verena und zeigte auf das Konterfei eines Mittfünfzigers mit Knollennase. Sie nahm an, dass Photoshop ganze Arbeit geleistet hatte, denn der Mann auf dem Bild war komplett faltenfrei.

»Helmut Schröder, Vorsitzender der D.B.I.«, las Thorben vor. Mit einem Klick auf die Nase öffnete Fischer einen Infokasten: »Helmut Schröder, Jahrgang 1965, war nach dem Studium der Jurisprudenz im Berliner Senat als Sekretär des regierenden Bürgermeisters angestellt. In den 1990er-Jahren wechselte er in die freie Wirtschaft. Seit 2002 ist er Vorsitzender der D.B.I.«

Die Kommissare klickten sich durch die weiteren ›Flaschen‹, ohne etwas Brauchbares zu entdecken. Dann öffnete Fischer die Unterseite ›Aktuelles‹. Die beiden lasen die Einladung zur Gesellschafterversammlung im Hotel Esplanade in Berlin.

»Das ist ja schon morgen!«, rief Verena.

Einer Eingebung folgend wählte sie die Nummer von Spöttinger Bräu und ließ sich mit Jutta Detering verbinden. Die Sekretärin war nach dem zweiten Klingeln am Apparat.

»Spöttinger Bräu, mein Name ist Detering, was kann ich für Sie tun?«

»Hälble, hallo, Frau Detering.«

»Ach, die Polizei.« Die eben noch forsche Stimme wurde lahm.

»Frau Detering, ich bräuchte eine Auskunft«, begann Verena. »Spöttinger ist doch Mitglied bei der D.B.I.?«

»Ja sicher, die meisten Brauereien sind das.«

»Und morgen ist in Berlin die Gesellschafterversammlung?«

»Richtig«, antwortete die Sekretärin und schluckte hörbar. »Der Chef und ich, wir sollten … wollten …«

Verena gab ihr Zeit, sich zu fangen. Sie hörte, wie Frau Detering sich schnäuzte. Thorben zog seine Nase hoch und räusperte sich theatralisch. Dann hustete er und guckte Verena jammervoll an. Sie grinste innerlich … der Männerschnupfen bahnte sich seinen Weg. Allerdings zum völlig falschen Zeitpunkt! Mitten im aktuellen Fall konnte sie nun wirklich keinen leidenden Lover gebrauchen.

»Die Tickets sind gebucht«, sagte Jutta Detering schließlich. »Das muss ich auch noch stornieren.«

»Moment bitte«, unterbrach die Kommissarin. »Ich habe da so eine Idee …«

»Vor meinen Augen die Welt. In meinen Ohren die Musik. Ihr seid bei Radio Donauwelle, ich bin Steven und vor dem nächsten Werbeblock wollte ich euch noch erzählen, dass das in Möhringen sichergestellte Fahrzeug des flüchtigen Muskelprotzes auf dem Parkplatz des ›s'Törle‹ stand. Der Fahrer ist weiterhin flüchtig. Wie Recherchen der Polizei ergaben, handelt es sich um Kolja Udarov, der bis vor Kurzem noch Bodyguard beim Bruder des verstorbenen Spaichinger Bürgermeisters Manfred Engel war. Die Gerüchteküche teilt mit, dass er sich den Mercedes seines Arbeitgebers geliehen hatte, um eine nicht genehmigte Spritztour durch das Freiburger Discotreiben zu machen. Dabei wurde er mitten in der Nacht von einer festen Radaranlage erfasst und das Foto fand so den Weg zu seinem Arbeitgeber. Liebe Hörer, falls ihr Infos zu diesem Kolja habt, meldet euch bei uns und wir geben diese gerne an die örtliche Polizeidienststelle weiter. So haben wir die Story und ihr nichts mit der Polizei am Hut. Nach der Werbung hört ihr ›Sabotage‹ von den Beastie Boys und im Anschluss meldet sich mein Kumpel Mike mit dem Nachrichtengeschehen aus der Region.«

Pius hatte sich in sein Büro zurückgezogen. Eigentlich arbeitete er am liebsten am kleinen Schreibtisch in seiner Zelle, doch die Verwaltungsangelegenheiten des Konvents erledigte er meistens in dem mit Aktenordnern und biblischer Fachliteratur vollgestopften Raum im Erdgeschoss des Klosters. In der Küche hatte er sich eine Thermoskanne mit Kaffee und seinen Lieblingsbecher geholt. Bruder Johannes hatte die Milch und den Zucker bereits in den Kaffee gemischt. Und zwar genau so, wie Pius es am liebsten mochte: hellbraun und sehr süß. Der Bruder hatte noch eine Tafel Ritter Sport Trauben Nuss in Pius' Kuttentasche gleiten lassen, als der sich mit dem dicken Umschlag, den ein Kurier aus dem Städtchen heraufgebracht hatte, in sein Büro getrollt hatte. Johannes merkte wohl, dass der Superior angesichts des großen braunen Umschlags nervös wurde. Doch er war klug genug, ihn nicht nach dessen Inhalt zu fragen. Pius würde ihn schon informieren, wenn es ihn etwas anging.

Während Johannes die Vorräte der Bruderschaft sichtete und eine Einkaufsliste für den monatlichen Großeinkauf zusammenstellte, knackte Pius die Schokoladentafel auf. Während er das erste Stück auf der Zunge zergehen ließ – dieses war ohne Nuss, dafür mit zwei Rosinen – räumte er die zu prüfenden Rechnungen zur Seite und legte sie auf den Stapel mit den Magazinen und Gemeindeblättern. Dann schenkte er sich einen Kaffee ein, steckte das zweite Stück Schokolade (fast nur Nuss, kaum Schokolade) in den Mund und nahm einen tiefen Schluck aus dem blauen Becher, auf den das Mainzelmännchen Det gedruckt war. Det hatte im Laufe der Jahre Farbe verloren, aber das listig-lustige Grinsen behalten. Der Becher war ein Geschenk eines Pilgers aus Mainz, der vor Jahren einmal den Konvent in Spaichingen besucht hatte. Pius konnte sich an den Namen des Mannes nicht mehr erinnern, wohl aber daran, dass dieser nach seinem

Besuch ein Päckchen mit vier Bechern aus der Mainzelmännchen-Kollektion geschickt hatte. Drei waren im Lauf der Jahre kaputtgegangen, doch Pius' Bürotasse hatte überlebt.

»Herr, mit Deinem Einverständnis«, flüsterte Pius und öffnete den Umschlag. Dann nahm er den Papierstapel heraus – es waren die von Mike Ritter versprochenen Kopien. Pius überflog rasch die Jahreszahlen, die handschriftlich über den Zeitungsartikeln notiert worden waren. Für knappe drei Stunden Recherche hatte wer auch immer ein ganz passables Ergebnis geliefert; doch der Pater war sich sicher, dass er noch mehr Umschläge aus dem Archiv des Bergboten bekommen würde. Ritter hatte seinen Teil der Abmachung eingehalten – Pius ebenfalls: Vor einer knappen halben Stunde hatte er ein Foto vom Innenraum der Kirche, auf dem im Hintergrund die Empore und darunter die Bank mit dem Absperrband der Polizei zu sehen war, in die Redaktion des Bergboten gemailt.

Die ersten Berichte – unverkennbar noch im alten Layout des Bergboten – gingen auf den Neubau der Brauerei ein. Das Kürzel des Journalisten konnte Pius nicht zuordnen, wahrscheinlich hatte er ihn nicht gekannt oder es war einer der Volontäre, die im Halbjahrestakt durch die Lokalredaktionen geschleust wurden.

Ein halbes Dutzend Artikel behandelte Betriebsjubilare, die 25, 30 oder noch mehr Jahre bei Spöttinger gearbeitet hatten. Die meisten von ihnen, schätzte Pius, waren mittlerweile im Ruhestand. Die Fotos gaben auch nichts her; die Kopien hatten den ohnehin damals noch grobkörnigen Aufnahmen jegliche Schärfe genommen. Pius nahm einen Schluck Kaffee, legte Schokolade nach und vertiefte sich wieder in die Artikel. Wirklich spannend war keiner, die meisten waren sogar Lobhudeleien auf einen der größten Arbeitgeber am Ort. Pius wollte schon aufhören zu lesen, als er stutzte. Ihm wurde heiß, und da war es wieder – dieses Kribbeln im Bauch. Pius las sich selbst halb laut vor:

Schrecklicher Unfall in Brauerei
Gericht verhandelt Schadensersatz

Spaichingen (kh).

Vor dem Spaichinger Amtsgericht wurde gestern die Verhandlung wegen des Arbeitsunfalles bei Spöttinger Bräu vor gut sechs Monaten (wir haben berichtet) geführt. Der geschädigte Braumeister hatte von seinem Arbeitgeber Schadenersatz gefordert. Das Gericht wies die Klage zurück.

Der Vorsitzende Richter sah es als erwiesen an, dass der Kläger fahrlässig gehandelt hatte; eine Mitschuld des Arbeitgebers konnte nicht bewiesen werden. Der Anwalt des Beklagten zeigte sich nach der Verhandlung zufrieden: »Das war ein Arbeitsunfall, an dem mein Mandant aber keinerlei Schuld trägt.«

Der Kläger hatte zuvor über seinen Anwalt ausführen lassen, dass er von schadhaften Anlagen ausgehe, und Schmerzensgeld in Höhe von 100.000.- DM gefordert. Bei dem Unfall hat er ein Auge verloren und wurde über Wochen im Krankenhaus behandelt. Die finanziellen Ansprüche des Mannes wurden nach Ansicht des Gerichts durch die Versicherung bereits abgegolten.

Pius schnalzte mit der Zunge. Jost Metzger, der beinahe ums Leben gekommen wäre, war also vor Gericht abgespeist worden. Dem Pater kamen verschiedene Stammtischgerüchte in den Sinn. Spöttinger Bräu kaufe sich die Meinungen von Politikern, die Inhaberfamilie setze ihr Vermögen gerne und oft zum eigenen Vorteil ein … Sicher war vieles das Gewäsch von Neidern, doch konnte es nicht wirklich so sein, dass Baumann sich eine weiße Weste und ein gutes Gewissen erkaufen konnte, indem er die besten und teuersten Anwälte anheuerte? Und war nicht der Richter damals – Pius fiel dessen Name nicht ein – ein Schulkamerad vom alten Baumann gewesen?

Der Pater steckte sich zwei Stück Schokolade auf einmal in den Mund und stand auf. Nervös tigerte er zum Fenster und wieder zurück. Dann setzte er sich erneut und durchforstete die Kopien. Der Pater blätterte zurück, stieß in den Kopien aber auf keinen Unfallbericht. Wahrscheinlich hatte derjenige, der das Archiv durchforstet hatte, diese Berichte nicht mit der Brauerei in Verbindung gebracht. Dennoch wusste Pius, was gemeint war – man kam ja in Spaichingen nicht umhin, die Geschichte serviert zu bekommen, wenn man irgendwo den entstellten Jost Metzger traf. Dass es damals einen Prozess gegeben hatte, das allerdings war Pius neu.

Wahrscheinlich weiß Verena das auch nicht, dachte Pius. Das Kribbeln in seinem Bauch wurde schier unerträglich. Mit zitternden Händen blätterte er in seinem Adressbuch, fand Verenas Handynummer und wollte eben zum Hörer greifen, als das Telefon klingelte. Pius fuhr der Schreck bis ins Skelett. Die Hand, die über dem Hörer schwebte, bebte.

»Herr, musst Du mich so erschrecken?«, murmelte der Pater, schluckte die Schokolade hinunter und nahm ab.

»Brüderlicher Orden, Pater Pius am Apparat.«

»Grüß Gott, Pater!«

»Verena! Dich wollte ich eben anrufen!« Pius staunte.

»Dann war ich wohl schneller«, entgegnete die Kommissarin lachend. »Was wollten Sie denn von mir?«

»Sprich du zuerst, Verena«, sagte Pius, der die Ungeduld in der Stimme seines ehemaligen Kommunionkindes förmlich greifen konnte.

»Also gut. Lachen Sie mich aber bitte nicht aus.«

»Sollte ich das?« Pius zerknüllte die Schokoladenverpackung. Wie schon oft fragte er sich im Stillen, wo die guten alten Zeiten geblieben waren, als Schokolade noch in Alufolie und Papier eingewickelt wurde. Mit der heute allgegenwärtigen Plastikfolie konnte er nichts anfangen und behauptete sogar, dass sich diese Verpackungsart auf den Geschmack auswirke.

»Was machen Sie morgen?«, fragte Verena. Ihre Stimme verriet ihre Unsicherheit und sie fragte sich, ob die Idee, die ihr im Kopf herum spukte, nicht völlig bekloppt war.

»Warum?«, fragte Pius zurück.

Verena holte tief Luft. Dann platzte sie heraus: »Wollen Sie mit nach Berlin?«

»Wie bitte?«

»Berlin. Ich würde gerne ... also ... wie soll ich sagen ...«

»Graderaus«, ermunterte der noch immer verwirrte Pius seine Anruferin.

»Gut.« Verena holte tief Luft. »Wir haben den Verdacht, dass eventuell wirtschaftliche Interessen im Fall Baumann eine Rolle gespielt haben könnten. Ich habe ...« Im Hintergrund hörte Pius ein Räuspern. »Wir haben eine Spur«, korrigierte Verena. »Also, morgen findet in Berlin die Generalversammlung der Deutschen Biergesellschaft statt und obwohl es nur ein sehr vager Verdacht ohne jegliche Indizien ist ...«

»... sagt dir dein Bauchgefühl, dass da was ist«, ergänzte Pius. Seine Hände wurden feucht vor Aufregung.

»Haargenau«, lachte Verena. »Für eine offizielle Ermittlung würde das niemals reichen, aber die Flugtickets wird die Sekretärin umbuchen und auch das Hotel ist von Spöttinger bereits bezahlt, sodass da keine Kosten für Vater Staat anfallen.«

Pius knispelte am Telefonkabel. Berlin. Der Pater war noch nie in seinem Leben in der Hauptstadt gewesen. Zum einen gab es dort keine Konvente des Brüderlichen Ordens, zum anderen nutzte er seine raren Urlaube lieber, um in die Heimat zu reisen. Einmal wäre er fast nach Berlin gefahren – mit der Schulklasse. Die Koffer waren quasi schon gepackt, als den damals 16-Jährigen die Röteln erwischten. Während seine Kameraden vom Gymnasium also die geteilte Hauptstadt unsicher machten, lag Pius daheim und litt Höllenqualen. Am liebsten hätte er sich damals die Haut runtergekratzt, doch die Mutter hatte seine Hände verbunden. Damals kam es ihm wie Folter vor, doch so hatte sie ihn vor lebenslangen Narben bewahrt.

Die Schande allerdings wurde erst perfekt, als die Mitschüler nach einer Woche wiederkamen und ihm feixend in den buntesten Farben die legendäre Diskothek ›Eden‹, das Café ›Klo‹ und die Besichtigung der Mauer schilderten.

»Berlin«, murmelte er in den Hörer und konnte nicht sehen, dass Verena Thorben mit erhobenem Daumen signalisierte, was er noch gar nicht ausgesprochen hatte. Pius vernahm aus dem Telefon ein kräftiges Niesen.

»Gesundheit!«

»Danke, Pater, ich geb's an Thorben weiter.«

»Lass mich mal schauen«, sagte Pius, der ganz hibbelig wurde. Hastig blätterte er im Terminkalender.

»Wie lange denn?«

»Nur eine Nacht, Pater Pius«, antwortete Verena.

»Gut. Morgen habe ich keine Termine eingetragen. Lass mich mit den Brüdern reden. Obwohl … ach … ja, ich komme mit.«

»Sehr gut!« Verena gab ihm die Daten und weitere Einzelheiten durch. Als sie schließlich auflegte, klatschte Pius sich mit der flachen Hand an die Stirn. Vor lauter Reisefieber hatte er vergessen, ihr von seinen eigenen Recherchen zu berichten.

»Hier ist der Mike und ihr hört Radio Donauwelle, heute mit einer skurrilen Meldung aus Trossingen. Dort kam

es nach dem gestrigen Formel 1-Rennen zu einem Streit zwischen einem Mann und seiner Lebensgefährtin. Die Gründe, warum die Frau den Mann mit einem Nudelholz angriff und ihm dabei einen Zahn ausschlug, sind noch nicht geklärt. Die Frau griff sich in der Küche einen Korkenzieher und stach diesen dem Mann in den Hinterkopf. Trotz dieser Wunden konnte der Mann sich ins Wohnzimmer retten und die Polizei rufen. Die Beamten fanden die Frau bei einer Nachbarin und brachten sie nach einer ärztlichen Untersuchung in die psychiatrische Klinik nach Rottweil. Der Partner kam mit oberflächlichen Verletzungen davon. Sein einziger Kommentar zu der Geschichte war: ›Hauptsach, dr Vettel isch als erschter ankomme. Hätt der daube Spanockel gwonna, wär i jetzt wahrscheinlich nimmer am Leba‹!

Was sagt man dazu? Einen Musikwunsch hatte der junge Mann dann auch noch. Wir wünschen ihm eine schnelle Genesung und spielen ›Formula One‹ von Primal Fear.«

DRITTER TAG

»Ich bin sozial! – Ich dreh die Musik so laut auf, dass alle dran teilhaben können! Hier ist Radio Donauwelle und am Mikro ist euer Morgen-Mittag-Abend-Mann Steven. Es ist kurz nach 5 Uhr. Die Frühaufsteher unter euch haben jetzt die Möglichkeit, einen Besuch bei unserem Partner, Stiefel-Schokolade in Tuttlingen, zu gewinnen. Der erste Anrufer nach dem anschließenden Werbeblock gewinnt eine Führung inklusive der Möglichkeit, sich durch die komplette Produktpalette zu naschen. Da bald Ostern ist, bedeutet dies richtig viel Schokolade. Ich wünsche euch viel Glück, verweise aber noch darauf, dass Hörer mit einem Cholesterinwert von mehr als 180 den Hörer am besten nicht in die Hand nehmen sollten. Passend zum Gewinnspiel hört ihr nun ›Chocolate Jesus‹ von Tom Waits.«

Der Flug sollte um 8:30 Uhr gehen und die Kommissarin und der Pater brachen um halb sechs in Spaichingen auf. Für Pius war das keine allzu ungewohnte Stunde, sodass er bereits in Plauderlaune war, als Verena ihn am Kloster abholte. Die Kommissarin allerdings kämpfte mit der Müdigkeit und wünschte sich zurück ins Bett – auch wenn da ein schwer schnarchender Thorben ihr die kurze Nacht zur Hölle gemacht hatte. Zum üblichen Holzsägen war noch der Schnupfen dazugekommen, gepaart mit regelmäßigem Stöhnen und leisem Jammern. Sie hatte ihn schlafen lassen, als der Wecker sie schließlich unbarmherzig aus einem viel zu kurzen Traum gerissen hatte. Außerdem, fand sie, war er gut versorgt: Auf dem Nachttisch standen neben Thorbens Augencreme (die sie manchmal heimlich auch benutzte) Nasenspray, Kopfschmerztabletten und Halsbonbons. Im Waschbecken-Unterschrank im Bad lagerten ausreichend Papiertaschentücher und Thorbens Schals lagen sauber gestapelt neben seinen Poloshirts im Schrank. So gesehen konnte nichts schiefgehen und den einen Tag allein im Büro würde er schon wuppen. Sie hatte ihm am Vorabend noch aufgetragen, die Kontoverbindungen von Spöttinger und Baumann privat auf Unregelmäßigkeiten zu prüfen; im Lauf des Tages würde der Obduktionsbericht eintreffen und ganz sicher würde der eine oder andere Redakteur anrufen – was ihren lieben Kollegen sonst zur Hochform auflaufen ließ.

»Ich werde nachher Thorben anrufen«, sagte Verena, als sie den Wagen von der B 27 lenkte und an der Ampel vor dem Flughafengelände zum Stehen brachte. »Vielleicht sollte er mit diesen Informationen nachher zu Metzger gehen. Am besten privat zu ihm.«

Pius nickte und wischte seine schweißnassen Hände an der schwarzen Jeans ab. Verena hatte ihm aufgetragen, in ›Zivil‹ zu reisen; das einzige Zugeständnis war die goldene Kette mit dem Kreuz, die er jetzt unter seinen grauen Pullover nestelte. Offiziell war er ab jetzt Alfons Baumann. Die Tickets hatte Verena zwar auf ihre Namen umbuchen lassen, die Hotelzimmer liefen aber auf Baumann und Jutta Detering.

Verena steuerte den Wagen ins Parkhaus 7. Als sie das

Ticket zog und die Schranke sich hob, überlegte sie, was sie der Spaß wohl kosten würde. Da sie nicht wirklich dienstlich unterwegs war, würden die knapp 40 Euro Parkgebühr an ihr hängen bleiben. Im zweiten Stock fand sie einen freien Parkplatz zwischen einem schwarz glänzenden Daimler und einem silbern blitzenden BMW.

»So«, sagte die Kommissarin und stellte die Zündung aus. Die Handbremse knackte, als sie mit Schwung den Griff zog.

Pius schluckte trocken. Jetzt gab es kein Zurück mehr …

Verena stieg aus und holte die beiden kleinen Taschen aus dem Kofferraum.

»Pater Pius? Wollen Sie nicht mitkommen?«, rief sie und knallte den Heckdeckel zu.

Pius langte nach dem Kreuz auf seiner Brust, das er durch den Pullover spüren konnte. »Bitte bleib bei mir«, flüsterte der Pater.

»Pius?« Verena riss die Beifahrertür auf und blickte in das blasse Gesicht des Geistlichen. »Ist Ihnen nicht gut?«

»Nein. Doch. Nein.« Pius stammelte und wuchtete sich aus dem Sitz. Seine Knie knackten leise. Ihm war flau im Magen. »Es ist nur …«

»Haben Sie Flugangst?«, fragte die Kommissarin direkt heraus.

»Schon. Doch.«

»Halb so schlimm, ich bin ja da«, versuchte Verena den Pater aufzumuntern.

Der hielt sich einen Moment am Dach des Wagens

fest, dann folgte er der Kommissarin zum Aufzug. Als die beiden nach unten fuhren, rutschte dem Pater beinahe das Herz in die Hose – er fühlte sich wie ein Schaf, das zum Schlachter getrieben wird. Der Schweiß brach ihm aus und die Fahrt auf den langen Rollbändern machte die Sache auch nicht besser. Sie ließen sich von den Bändern befördern und wurden von einem halben Dutzend Anzugträger mit Aktentaschen überholt, die eilig zum Terminal strebten.

»Sind Sie schon einmal geflogen?«, versuchte Verena ein Gespräch.

»Ja.«

»Und? Hat es Ihnen nicht gefallen?«

»Doch. Nein. Schon. Es war nur so ruckelig.« Der Pater erinnerte sich mit Grauen an den Flug nach Rom vor einem Jahr. Zuvor war er oft und gerne in die Luft gegangen, auf die Philippinen, nach Madrid, Mexiko, überall dorthin, wo der Brüderliche Orden Missionshäuser unterhielt. Doch der Flug über die Alpen war ein einziger Albtraum gewesen, die Turbulenzen heftig und der Pilot nicht gerade feinfühlig, da er den Passagieren nach der Landung in der ewigen Stadt per Lautsprecher mitteilte, dass sie eben beinahe abgestürzt wären, weil das Unwetter doch sehr heftig war.

»Ich verspreche Ihnen, das ist wie Busfahren«, munterte Verena ihn auf.

»Dein Wort in Gottes Ohr«, murmelte der Pater und wäre beinahe der Länge nach hingeschlagen, als die beiden das Ende des Laufbandes erreichten.

Am Checkin war fast nichts los, sodass das ungleiche Paar schon wenige Minuten später in der Wartehalle ankam. Am Gate war der Flug nach Berlin bereits aufgerufen worden und die beiden reihten sich in die Schlange der Anzugträger ein. Pius hätte gerne noch das stille Örtchen aufgesucht, denn sowohl seine Blase als auch sein nervöser Magen verlangten nach einer Sitzung. Doch der Flieger würde nicht warten und so fand er sich kurz darauf in Reihe sieben am Fensterplatz rechts wieder. Verena rutschte auf den Sitz neben ihm, nachdem sie die kleinen Taschen, die als Handgepäck durchgegangen waren, im Fach oberhalb der Sitze verstaut hatte. Pius' Herz raste.

Als er sah, wie eine der beiden Stewardessen, die die Passagiere am Einstieg mit einem rotgeschminkten Lächeln begrüßt hatten, die Tür schloss, stieg Panik in ihm auf. Er kämpfte gegen den Impuls an, aufzuspringen und den Flieger auf der Stelle zu verlassen. Die blonde Stewardess verschwand hinter einem Vorhang, die Brünette ging die Reihen entlang und kontrollierte, ob alle Passagiere angeschnallt waren.

Pius sah sie flehend an, als sie in Reihe sieben ankam. Doch die Frau, knapp 20 Jahre alt, verstand den Blick nicht und schenkte ihm nur ein stummes Lächeln. Der Pater holte tief Luft und starrte aus dem Fenster. Er konnte sich beim besten Willen nicht vorstellen, dass dieses Blechding gleich durch die Luft schweben sollte. Neben dem Lufthansaflugzeug rollte gerade ein Billigflieger in die Parkposition. Das schimmernde Blech brach die Sonne und Pius wurde geblendet. Mit einem Ruck zog er das Plastikrollo vor dem ovalen Fenster nach unten.

Verena kramte in der Tasche vor ihrem Sitz und begann, im Bordmagazin zu blättern. Pius knetete seine Hände und war beinahe froh, als das Flugzeug ruckte und sich in Bewegung setzte. Die beiden Stewardessen stellten sich vorne und hinten im Gang auf. Eine blecherne Stimme las aus den Lautsprechern die Sicherheitshinweise vor.

Kaum einer der Anzugträger riskierte einen Blick auf die jungen Frauen, die sehr hübsch aussahen, wie sie da die Gurte in die Höhe hielten und demonstrierten, wie man die Sauerstoffmaske übers Gesicht zieht. Pius' Blick klebte förmlich an der Stewardess ganz vorne und er prägte sich haargenau ein, wo die Notausgänge waren.

»Ich bin müde«, seufzte Verena und lehnte den Kopf gegen das Polster. »Sie nicht?«

Pius schüttelte wortlos den Kopf. Das Flugzeug kam zum Stehen. Der Pater fasste er all seinen Mut zusammen, schob das Rollo zur Hälfte hoch und blickte aus dem Plastikfenster. Er sah ein Stück Landebahn, Scheinwerfer, Wiese. Die Turbinen heulten auf und das Flugzeug erzitterte. Dann schoss es nach vorne, als habe jemand eine übergroße Steinschleuder betätigt. Pius wurde in den Sitz gedrückt. Er griff nach Verenas Hand, die entspannt auf der Zwischenlehne lag. Die Kommissarin ließ ein leises »Autsch« hören, bemerkte dann aber, dass ihr Mitreisender offensichtlich Höllenqualen litt. Beruhigend strich sie ihm über den Arm, als es Pius in den Bauch fuhr: Das Flugzeug hatte abgehoben, schlingerte fast unmerklich nach rechts, dann nach links und stieg höher und höher. Pius kam es vor, als würde die Maschine sich senkrecht in den Himmel schrauben, so sehr drückte ihn die Schwerkraft in den Sitz. Als die Nase des Fliegers sich langsam in die Waagerechte senkte und alles wieder ebener wurde, atmete er erleichtert auf. Unter seinen Achseln hatten sich zwei große Schweißflecke gebildet.

»Geht's?«, fragte Verena besorgt.

Jetzt erst bemerkte Pius, dass er die Finger der Kommissarin noch immer drückte. Er ließ los und fuhr sich mit den Händen übers Gesicht. »Geht«, sagte er mit staubtrockenem Mund. Dann fasste er all seinen Mut zusammen und schob das Rollo zur Hälfte hoch. Unter ihm wurde die Landschaft der Alb immer kleiner, die Autobahn sah winzig aus, die Häuser waren kaum zu erkennen. Staunend betrachtete der Pater die schnurgerade angelegten Felder, die Wälder und kleinen Dörfer. Er hatte schon jetzt keine Ahnung mehr, auf welchen Landstrich er hinuntersah – aber er musste zugeben, dass es faszinierend war, so über den Dingen zu schweben. Die Maschine lag völlig ruhig in der Luft. »Fast wie Busfahren«, sagte er, auch um sich selbst aufzumuntern.

Verena lächelte.

»Es ist 9:30 Uhr. Radio Donauwelle präsentiert die Gewinnerin unseres morgendlichen Gewinnspiels. Den Besuch bei Stiefel-Schokolade gewinnt Frau Anja Imelda aus Spaichingen. Wie sie uns mitteilte, bezeichnet sie sich als Schokoladenjunkie und freut sich auf ein Bad im Nougatkessel. Wir wünschen ihr einen guten Appetit und geben ab zu unserem Steven, der in seinem Liebeskummer am liebsten mit Frau Imelda tauschen würde. Steven, hast du Neuigkeiten von Mina?«

»Danke, Svenja. Hier ist Steven und tatsächlich habe ich News zum Verschwinden meiner lieben Kollegin. Gestern Abend rief mich noch mal Alba, Minas Mitbewohnerin, an. Sie hatte den ganzen Tag fleißig Radio Donauwelle gehört und wollte mir mitteilen, dass die Beschreibung des fahrerflüchtigen Kolja Udarov auf den Typen passt, der sich im ›s'Törle‹ mit Mina gestritten hat. Sie hat überdies die Vermutung, dass die beiden sich gekannt haben müssen, da die Tage zuvor öfter ein Kolja angerufen hatte, der Mina sprechen wollte. Alba erzählte, dass Mina jedes Mal ziemlich genervt war und ihn als ›beknackten Stalker‹ bezeichnet hat. Ehrlich gesagt bekomme ich ein immer übleres Gefühl bei der ganzen Geschichte. Ich hoffe, dass sich bald alles als harmloses Abenteuer entpuppt und spiele in guter Hoffnung ›Hope for the hopeless‹ von A Fine Frenzy.«

Als die beiden eine knappe Stunde später tatsächlich im Bus der Linie 109 von Tegel Richtung Innenstadt saßen, musste Pius ein bisschen über sich selbst lächeln. Wovor nur hatte er Angst gehabt? Der Flug war himmlisch ruhig gewesen, der Kaffee an Bord zu dieser frühen Stunde noch frisch und nicht stundenlang in der Thermoskanne warmgehalten und die Kekse hatten ihm auch geschmeckt. Pius hatte erstaunt festgestellt, wie viele Pools es in den Gärten rings um Berlin gab – und wie viel Grün die Hauptstadt umgab. Da die beiden nicht am Gepäckband warten mussten, waren sie rasch beim Bus angekommen. Pius war ein wenig verwirrt, weil auf einmal so viele Menschen um ihn herum wuselten, aber

Verena lotste ihn zur richtigen Haltestelle und löste für beide ein Tagesticket.

Der Busfahrer schien sich für Sebastian Vettel zu halten – er gab mehr Gas, als es dem Bus und den Passagieren guttat. Das überlange Gefährt mit dem schwarzknautschigen Mittelteil schoss durch die Straßen und mehr als einmal wurden die Spaichinger aus den Sitzen gehoben, als das Fahrzeug über eine Unebenheit bretterte.

»Da war der Flug ruhiger«, scherzte Pius.

Verena lächelte, froh, dass der Pater wieder in Form zu sein schien. Schließlich war das keine Vergnügungsreise, auch wenn Pius wie ein kleines Kind an der Scheibe hing und die Unmengen von Autos bestaunte, die Altbauten, die vielen Menschen auf den Straßen.

Wenn es nach Verena gegangen wäre, wären sie irgendwo ausgestiegen und hätten einen Kaffee getrunken, aber es war wohl besser, zuerst im Hotel einzuchecken. Leider hatte sie vergessen, mit welcher Linie sie zum ›Esplanade‹ kommen würden. Zum Glück fuhr der Bus bis zum Ku'Damm und die beiden stiegen beim KaDeWe aus. Die Kommissarin reizte es, wie bei jedem Berlinbesuch einen Abstecher in die Fressabteilung zu machen, aber mit einem sonst doch sehr bescheiden lebenden Pater im Schlepptau kam ihr das zu dekadent vor. Allerdings konnte sie einer Sache nicht widerstehen: Ohne Pius zu fragen, steuerte sie direkt auf eine der Fahrradrikschas zu, die vor dem weltberühmten Kaufhaus auf Fahrgäste warteten.

Während Verena und Pius sich von einem sichtlich erfreuten Studenten (»Die meisten trauen sich nicht, uns zu mieten«) in einer mit bunten Bommeln verzierten Rikscha zum Hotel gerattert wurden, erwachte Thorben in Spaichingen langsam aus seinem Genesungsschlaf. Das heißt: seine Blase wurde als Erste wach und weckte ihn mit einem unangenehmen Ziehen. Der Kommissar versuchte zwar, durch Herumrollen auf die andere Seite einen Aufschub zu erreichen, doch zum dringenden Bedürfnis gesellte sich ein heftiges Niesen. So durchgeschüttelt war es Fischer nicht möglich, noch länger den Kopf unter die Decke zu stecken. Er musste tun, was zu tun war.

Thorben taperte ins Bad, die Augen halb geschlossen. In diesem Zustand – eigentlich funktionierte nur sein Stammhirn – setzte er sich natürlich nicht auf die Brille, sondern verrichtete sein Geschäft im Stehen. Verena wäre entsetzt gewesen, aber Thorben bekam gar nicht mit, was er da tat. Mechanisch drückte er auf die Spülung, ging zum Waschbecken und wusch sich die Hände. Das kalte Wasser schien einen Teil seiner Lebensgeister zu wecken. Der Kommissar räusperte sich vorsichtig. Tatsächlich. Da war es. Ein leichtes Kratzen im Hals. Thorben streckte sich selbst die Zunge heraus und schielte in seinen Rachen. Waren die Mandeln immer so groß? Mussten sie so rot sein? Vorsichtig befühlte er seinen Hals. Die Lymphknoten kamen ihm geschwollen vor. Thorben starrte auf sein gebräuntes Gesicht. Die Bartstoppeln fand er sexy und wenn Verena nicht da war, konnte er sie auch stehen lassen – schließlich hatte er nicht vor, heute jemanden zu küssen. Das Neonlicht des Badezimmerspiegels blendete ihn. Thorben kniff die Augen zusammen. In dem Moment rollte ein Niesen mit Überschallgeschwindigkeit heran. Der ganze Kerl wurde förmlich durchgeschüttelt. Fassungslos starrte Thorben auf das Ergebnis: Am ganzen Spiegel hing ein feiner Sprühnebel.

»Oha.« Mehr brachte er nicht heraus. Erschöpft schleppte er sich zurück ins Schlafzimmer und registrierte dankbar, dass Verena ihm ein Wasserglas nebst fertig ausgepacktem Aspirin bereitgestellt hatte. Thorben warf die Tablette ins Wasser und stürzte das Gebräu hinunter, noch ehe die Medizin sich ganz aufgelöst hatte. Dann nahm er den Zettel, den seine liebste Chefin ihm auf den Nachttisch gelegt hatte, packte sich zurück ins Bett und wartete auf die Wirkung der Medizin.

›Thorben, Süßer, ich hoffe, du bist fit‹, hatte Verena mit ihrer nach links abfallenden Schrift notiert. Wie immer hatte der Adressat Mühe, das Gekritzel zur Gänze zu entziffern, eine akkurate Handschrift war nicht Verenas Sache. Ihre Gedanken flogen so schnell, da kam sie mit dem Kuli einfach nicht hinterher.

›Ich melde mich, sobald wir im Hotel sind‹, las Thorben weiter. ›Pius hat mich übrigens auf eine Idee gebracht: Jost Metzger! (Thorben: ich kann sehen, wie du die Augen verdrehst!) Also … kann es sein, dass er finanzielle Probleme hat? Oder einfach nur will, dass der Prozess neu aufgerollt wird? Irgendwie hab ich das Gefühl, da stimmt was nicht. Sei so gut und besuch ihn mal zu Hause.‹

Thorben verdrehte tatsächlich die Augen. Hatten sie nicht erst gestern in aller Ausführlichkeit mit dem Brauer geredet, ihn bei der Witwe im Garten getroffen? Wie schade, dass Verena nicht hier war, dachte Thorben, von Angesicht zu Angesicht könnte er sie vielleicht überzeugen, dass ein Hausbesuch nicht notwendig war – schon gar nicht in seinem Zustand. Thorben hustete und griff zum Handy. Natürlich hatte Verena ihr Gerät ausgeschaltet.

Er wollte nicht mit der Mailbox sprechen und las den letzten Absatz des Briefes: ›Mach der Pathologie Druck, wir brauchen was Greifbares. Und dann muss dringend ein Protokoll zur Staatsanwaltschaft‹, hatte seine Liebste notiert. Thorben salutierte und grinste schief. Die letzten Sätze allerdings versöhnten ihn mit dem Befehlston: ›Im Apothekenschrank ist noch Meditonsin; Aspirin ist in rauen Mengen im Haus und wenn ich morgen Abend wiederkomme, bist du wieder auf dem Damm. Tausend Küsse, Deine Verena.‹ Ein unbeholfenes, windschiefes Herz zierte die untere rechte Ecke des Briefes. Thorben beschloss, dass es für einen Hausbesuch zu früh und er für ein lückenloses Protokoll zu müde war. Und dem Tübinger Pathologen würde er auch noch ein, zwei Stündchen Zeit gönnen, um sich durch Baumanns Leichnam zu schnippeln. Er angelte nach der Fernbedienung der Stereoanlage, schaltete das Radio ein und döste weg.

»Ich hab ja nichts gegen das Musikantenstadl, aber ich hör lieber Musik. Und genau deswegen seid ihr hier bei Radio Donauwelle. Hier sind René und eine kurze Nachricht aus dem lokalen Sportgeschehen. Unser Männertrupp des SC 04 Tuttlingen erreicht als erste Mannschaft das Viertelfinale des Fußballbezirkspokals Schwarzwald. Sie schlugen den FC Epfendorf deutlich mit 3:2. In die-

sem Sinne ›Ho ha he, unschlagbar isch SC ...!‹ Ich gebe zurück an Svenja.«

»Danke, René, und wir hauen gleich mächtig in die Saiten und grölen kräftig mit den Toten Hosen ›Wir würden nie zum FC Bayern gehen!‹«

Pius reckte die Nase in die Luft. Die Rikscha holperte auf dem Fahrradweg das Lützowufer entlang. Hier, abseits von den stark belebten Straßen, war die Luft weniger abgasgeschwängert. Der Pater begann, die Fahrt zu genießen.

Verena, die unentwegt auf ihrem Handy herum tippte, steckte das Telefon seufzend in die Handtasche. »Der schläft sicher noch«, murmelte sie und blickte auf die Armbanduhr. Es war kurz vor zehn. Der Fahrer stellte sich aufrecht in die Pedale, um sein Gefährt über den Gehsteig zu wuchten. Von irgendwoher wehte frischer Kaffeeduft.

»Ich könnte ein zweites Frühstück vertragen«, sagte Verena. Auch wenn sie eigentlich dienstlich unterwegs war – so ein kleines bisschen Urlaubsgefühl kam dann doch auf. Warum sollte sie den Tag nicht genießen?

Pius musste zugeben, dass auch er einem kleinen Imbiss nicht abgeneigt war. Und dass auch er den Ausflug genoss. Im Stillen dankte er dem Herrn für diese unverhoffte Reise. Der Pater hatte das Gefühl, als ob der liebe Herrgott ihm die Erlaubnis gab, sich zu erholen. Vom Schreck, den der Anblick des toten Baumann ihm eingejagt hatte. Vom aufreibenden Leben mit der Seelsorge für die Spaichinger und alle, die als Pilger auf den

Berg kamen. Und für die zwei Jahre, die er ohne Urlaub verbracht hatte – von Exerzitien in Rom einmal abgesehen. Pius lächelte.

Allerdings gefror das Lächeln im nächsten Augenblick: Die Rikscha bog nach rechts von der Straße ab und kam unter dem gewaltigen Vordach vor dem durch eine Mauer von der Straße abgetrennten Eingang des ›Hotel Esplanade‹ zum Stehen. Und zwar direkt hinter einer mit getönten Scheiben versehenen Limousine aus dem Hause Daimler. Die Geschäftsleute, die sich mit einem zweiten Kaffee oder dem Börsenblatt auf den Rattansofas im Innenhof rekelten, grinsten, als Verena und der Pater aus der Rikscha kletterten. Der Livrierte am Eingang verzog keine Miene – wahrscheinlich war das kuriose Gefährt längst nicht das Absonderlichste, was er Tag für Tag von den Gästen des 5-Sterne-Hauses zu sehen bekam. Verena drückte dem jetzt schwer schnaufenden Studenten 30 Euro in die Hand. Der Fahrer quittierte die für ihn enorme Summe mit einem lauten »Hui!«. Dann trat er in die Pedale und rauschte davon – weitere Fahrgäste würde er hier eher nicht finden.

»Haben die Herrschaften kein Gepäck?«, fragte der Portier die Neuankömmlinge.

»Nein«, antwortete Verena.

Pius ließ den Blick über die wuchtigen Sofas und Sessel gleiten, die dem neuesten Schrei aus den Gartenmagazinen nachempfunden waren und eher an Wohnzimmermöbel erinnerten. Trotz des Vordachs waren weiße Sonnenschirme aufgespannt. Der Straßenlärm kam nur sehr gedämpft im Innenhof an. Ein klein wenig erinnerte ihn die Szene an die Cafés in Rom, die nur den Einheimischen ein Begriff waren. Eine Kellnerin mit blütenweißer Schürze wuselte zwischen den Tischen hin und her.

Verena und Pius traten durch die große Drehtür ins Foyer. Einen Moment standen die beiden – Verena mit dem geschulterten Rucksack, Pius mit seiner schwarzen Reisetasche – wie verloren in dem übergroßen Raum und ließen den Blick schweifen. Zu ihrer Rechten entdeckten sie eine zu dieser frühen Stunde noch geschlossene Bar. Links brannte in einem gigantischen Kamin ein gemütliches Feuer. Zwei verschleierte Frauen mit einem halben Dutzend kichernder Kinder saßen auf den Sofas vor dem Kamin und blätterten in Zeitschriften. Geradeaus schwang sich die Rezeption wie ein großer roter Bogen durch den Raum. In halbmeterhohen Glaszylindern lagen quietschgrüne Äpfel. Pius fühlte sich unbehaglich und wünschte sich zurück auf den Berg, in seine kleine, überschaubare Zelle. Verena indes steuerte auf eine blau uniformierte Blondine zu, die hinter dem Empfang stand und auf einen Computerbildschirm starrte.

»Grüß Gott«, begann die Kommissarin. »Wir haben reserviert.«

»Herzlich willkommen im Hotel Esplanade«, antwortete die Rezeptionistin und lächelte den Neuankömmlingen freundlich zu. »Ich hoffe, Sie hatten eine angenehme Reise?«

»Das war schon spannend mit der Rikscha«, setzte Pius an.

Die Blondine warf ihm einen fragenden Blick zu. »Auf welchen Namen?«, fragte sie.

»Pat …« Weiter kam Pius nicht, weil Verena ihm den Ellenbogen in die Seite rammte.

»Baumann und Detering«, rief sie.

Die Empfangsdame tippte etwas in den PC und ignorierte dabei das leise klingelnde Telefon. »Ah, Sie gehören zur Tagung«, sagte sie schließlich. »Dann brauche ich weiter nichts von Ihnen.«

Verena atmete auf – sie hätte keine Lust gehabt, statt eines Personalausweises auf den Namen Jutta Detering ihren Dienstausweis zu zücken.

Die Rezeptionistin legte zwei Plastikkarten auf den Tresen und wies zu den Aufzügen. »Ihre Zimmer sind im vierten Stock, linker Gang. Die Tagungsunterlagen sowie den Ablauf des Programms finden Sie in den Zimmern. Ich wünsche Ihnen einen angenehmen Aufenthalt.« Dann griff sie zum Telefon.

Pius und Verena begaben sich zu den Fahrstühlen. Als die Türen sich hinter den beiden geschlossen hatten und die Kabine lautlos nach oben rauschte, presste Pius ein »Entschuldigung« hervor. Ihm war es peinlich, dass er beinahe die Deckung hätte auffliegen lassen. »Baumann. Alfons Baumann«, murmelte er vor sich hin.

Verena lächelte. »Schon gut, *Herr Baumann*«, sagte sie aufmunternd. »Wir deponieren schnell unsere Sachen und dann trinken wir erst mal einen Kaffee«, schlug sie vor.

Pius war mehr als einverstanden. Seine Füße schienen in dem weichen roten Teppich, mit dem der Gang ausgelegt war, förmlich einzusinken.

»442 und 440, hier ist es!«, sagte Verena und zog die Plastikkarte durch den goldfarbenen Leseapparat neben der Tür. Ein leises Piepsen ertönte, dann knackte der Schließmechanismus und die Tür schwang auf. »Also dann, ich hole Sie in einer Viertelstunde ab.«

Pius nickte und wandte sich zum Zimmer Nummer 440. Wie hatte Verena das eben gemacht? Pius zog die Plastikkarte durch das Lesegerät und es geschah – nichts. Zweiter Versuch. Wieder nichts. Pius drehte die Karte um. Die Tür blieb verschlossen. Der Pater atmete tief durch und versuchte noch einmal, den Mechanismus zum Laufen zu bringen. Nichts. Hilflos starrte er auf die Plastikkarte in seiner Hand. Sollte er bei Verena klopfen? Aber nein – diese Blöße wollte er sich nicht geben.

»Herr, du öffnest alle Türen, dann bitte, bitte auch diese«, flüsterte er. Zog die Karte erneut durch den Schlitz und endlich ertönte der Summer. Der Pater seufzte erleichtert auf und trat in das Zimmer.

»Wow!«, rief er unvermittelt aus. Rechts befand sich ein massiver Einbauschrank, links eine Tür – und geradeaus erblickte der Pater eine Panoramascheibe, durch die sich ein fantastischer Blick auf den Landwehrkanal bot. Das allein begeisterte ihn aber nicht so sehr wie das übergroße Bett; ein Bett von solchen Ausmaßen, wie er es sonst nur aus amerikanischen Filmen kannte. Pius stellte seine Tasche auf das Bord, das vom Designer als Kofferablage gedacht war, und trat zum Fenster. Einen Moment lang genoss er die Aussicht und das Spiel der Sonne auf dem Wasser. Dann probierte er den beigefarbenen Ohrensessel aus. Der Pater sank tief in das weiche Polster und grunzte zufrieden. Er ließ den Blick durch das Zimmer schweifen. Solchen Luxus kannte er nicht.

»Muss ich ein schlechtes Gewissen haben, Herr?«, fragte er leise. »Das ist ja ganz schön teuer hier, was man mit dem Geld alles Gutes tun könnte!« Ein Sonnenstrahl kitzelte Pius an der Nase.

»Du meinst, ich soll mir das auch mal gönnen?« Pius wartete nicht auf eine weitere Antwort von oben, sondern sprang so schnell es seine vom Flug noch durchgeschüttelten Knochen erlaubten, auf und trat vor das Doppelbett.

»Soll ich rechts oder links schlafen?« Pius kratzte sich am Kopf und fuhr dann beinahe zärtlich mit den Händen über die straff gezogene wollweiße Tagesdecke. Wieder war es ein Sonnenstrahl, der ihm die Antwort schickte: Das Licht fiel einmal quer über das Bett.

»Stimmt, wenn ich schon drin liege, dann kann ich auch das ganze Bett benutzen«, sagte der Pater und ging um die Schlafstätte herum. Dann kletterte er, ohne die Schuhe auszuziehen, auf das Doppelbett, ließ sich nach hinten in die sechs Kissen sinken und schloss die Augen. Es fiel ihm schwer, wieder aufzustehen – doch es gab ja noch einen Raum zu entdecken! Wie ein kleines Kind, das nach dem Osternest sucht, sauste Pius zum Badezimmer. Er drückte den Lichtschalter. Nichts. Er drückte erneut – das Licht blieb aus. Pius betätigte alle Schalter, die er finden konnte, aber keine Lampe flammte auf. Zum Test drückte er auch auf verschiedene Knöpfe der Fernbedienung für den Flatscreen. Auch hier geschah nichts.

»Ist das ein Stromausfall?«, fragte er laut und bekam natürlich keine Antwort. Pius griff zum Telefon und drückte den Knopf mit der Aufschrift ›Reception‹.

Nach zweimaligem Tuten meldete sich eine helle Frauenstimme: »Rezeption, mein Name ist Karin Kiesel, was kann ich für Sie tun, Herr Baumann?«

»Ich bin nicht …«, wollte Pius eben sagen, als ihm einfiel, dass er ja undercover unterwegs war. Er räusperte sich. »Woher wissen Sie meinen Namen?«, fragte er stattdessen.

Die Dame ließ sich keine Irritation anhören. »Ich sehe die Nummer, von der aus Sie anrufen, Herr Baumann, und unser Computersystem weist mir die Belegung zu.«

»Ah«, sagte Pius, obwohl er nicht ganz verstand.

»Was kann ich für Sie tun, Herr Baumann?«

»Äh, also … hier ist Stromausfall«, antwortete Pius.

»Haben Sie die Karte in das Lesegerät neben der Tür geschoben?«

»Wie? Was? Nein, also doch, draußen!«

»Nein, ich meine im Zimmer. Neben der Tür befindet sich ein Lesegerät, dort hinein müssen Sie die Karte stecken, dann ist der Stromkreis aktiviert.«

»Ach so«, sagte Pius lahm und war froh, dass die Dame nicht sehen konnte, wie seine Wangen feuerrot anliefen. »Mit so modernen Sachen kenne ich mich nicht aus«, stammelte er.

»Gar kein Problem, Herr Baumann, kann ich sonst noch etwas für Sie tun?«

»Äh, nein … danke …«

Pius legte auf und tatsächlich: Als er die Karte in den Schlitz schob, flammten alle Lichter auf einmal auf. Der Fernseher sprang an und Pius las auf dem Bildschirm, untermalt von leiser Jazzmusik: ›Herzlich willkommen, Herr Baumann.‹

Pius schnappte sich die Fernbedienung und schaltete den Fernseher aus – den Namen des Toten zu lesen, nein, danach war ihm jetzt nicht. Er ging ins Bad, das nun hell erleuchtet war. Die weißen Marmorfliesen sahen sehr hübsch aus – beeindruckender fand der Pater aber das Arsenal an kleinen Fläschchen, die neben dem Waschbecken in einem Körbchen aus Seegras deponiert waren. Er nahm eins nach dem anderen in die Hand, schraubte die kleinen Deckel auf und schnupperte an Shampoo, Badeschaum und Bodylotion. Pius dachte an das Stück Seife, das in einer Plastikbox verstaut in seiner Tasche lag. Dann räumte er die wohlduftenden Fläschchen sorgsam zur Seite, packte das kleine Nähset und den Karton mit Einweg-Nagelfeilen, Duschhaube und Schuhputzzeug daneben und strahlte: Jetzt hatte er ein kleines Mitbringsel für die Brüder!

Pius drehte den Wasserhahn auf und wieder zu. Ließ die Dusche für ein paar Sekunden laufen, benutzte dann die Toilette und schüttelte den Kopf über das viellagige Papier, das mit zu einer dekorativen Spitze gefaltetem Anfang auf der Rolle hing. Schließlich wickelte er doch das winzige Stück Handseife aus, das neben dem Waschbecken lag. Würziger Kräuterduft stieg auf und der Pater staunte, als er seine Hände an einem Handtuch abtrocknete, das so weich war, wie er es noch nie bei einem Handtuch gefühlt hatte.

»Herr, womit habe ich, Dein unwürdiger Diener, dies alles verdient?«, fragte er leise.

Eine Antwort konnte er nicht mehr abwarten, denn im selben Augenblick klopfte es an die Tür: »Pater Pius? Ich bin's, Verena, sind Sie so weit?«

»Und weil es so schön war, gleich die nächste Meldung vom Sport. Am Samstag fand in Wurmlingen die 2. Deutsche Meisterschaft im Bürostuhlrennen statt. Gerd Backfisch aus Backnang konnte den Wettkampf zum ersten Mal für sich entscheiden und verwies den letztjährigen Sieger Zdenko Merkt auf Rang 2. Beim Bürostuhlrennen fegen die Piloten ihre unmotorisierten heißen Stühle mit über 30 km/h einen Berg hinab. Neben Gerd Backfisch und Zdenko Merkt beendete als einzige weibliche Pilotin Anna Dorb den Stuhlgang auf Platz 3. Hier ist Radio Donauwelle, René macht jetzt Feierabend und ihr hört ›Wicker Chair‹ von Kings of Leon.«

Als Thorben in Spaichingen endlich bereit war aufzustehen, ging der Zeiger der Uhr schon auf die Mittagszeit zu. Das Aspirin hatte beim schlafenden Kommissar ganze Arbeit geleistet und er kletterte mit einem einigermaßen klaren Kopf zum zweiten Mal an diesem Tag aus dem Bett. Zwar brauchte er sieben Tempos, bis seine Nase einigermaßen trocken war, trotzdem konnte er die mittägliche Dusche genießen. Nur nach Singen – einem Zeitvertreib, dem er nur nachging, wenn Verena nicht in der Wohnung war – war ihm an diesem Morgen nicht. Während er sich einseifte und das heiße Wasser auf seinen Körper prasseln ließ, legte er sich einen Plan für den angebrochenen Tag zurecht. Bis er nach knappen

20 Minuten aus der Dusche stieg, war das Bad gefüllt mit Wasserdampf – und sein Kopf mit allem, was er zu erledigen hatte.

Wenig später machte er sich auf den Weg ins Polizeirevier, ausgestattet mit fünf frischen Päckchen Tempo, zwei Aspirintabletten und dem Ohr-Thermometer (das nach dem Duschen übrigens 37,4 Grad angezeigt hatte).

Thorben wollte sich durch den Hintereingang bei den Garagen ins Gebäude schleichen, hatte aber die Rechnung ohne Polizeihauptwachtmeister Weidecker gemacht. Der sollte eigentlich mit einem Kollegen vorne am ›Empfang‹ sitzen und die Leitstelle betreuen, hatte aber über den Monitor gesehen, dass Fischer auf den Hof gefahren war. Als der die Tür öffnete, schnaufte Weidecker mit seinen kompletten 250 Pfund Leibesfülle gerade den Gang entlang.

»Na endlich, wird aber auch Zeit, dass sich mal einer von den Kommissaren blicken lässt«, motzte Weidecker und schnappte nach Luft. Sein Doppelkinn wackelte über dem zu engen Uniformkragen. »Brauchsch dich gar ned in dein Büro naufschleicha, Fischer! Hier rennen sie mir die Bude ein wegen dem Baumann-Mord, Heimadsogga! Ich kann doch dazu nichts sagen, Himmelarschundzwirn!«

»Mahlzeit, Weidecker«, konterte Fischer und schnäuzte sich. »Und sonst so?«

Der süffisante Ton des Kommissars entging dem Wachtmeister. »Jetzt komm erscht mal mit, ich geb dir den ganza Glumbatsch«, brummte er.

Thorben folgte ihm grinsend und staunte über die Qualität des Hosenstoffes. Da hatte sich die Polizei Baden-Württemberg nicht lumpen lassen, denn trotz des beachtlichen Ausmaßes von Weideckers Hintern saß die Hose stramm und straff. Fischer pfefferte das nasse Taschentuch in den Mülleimer unter Weideckers Schreibtisch und nahm den Stapel Briefe und Notizzettel entgegen, den der Wachhabende ihm reichte.

»Do hosch äbbes zom Schaffa«, knurrte Weidecker. Fischer wollte etwas erwidern, aber das Klingeln des Telefons kam ihm zuvor. Während Weidecker mit einer Frau, deren Katze nicht vom Baum herunterkommen wollte, verhandelte, stieg Thorben die knarrigen Holzstufen in sein Büro im zweiten Stock hinauf. Die meisten Kollegen machten offensichtlich gerade Mittag, denn die Stuben waren samt und sonders verwaist. Auch das Vorzimmer der Kriminalbeamten, in dem die Sekretärin Katja Haller ihren Arbeitsplatz hatte, war leer. Allerdings stapelte sich auch hier ein ganzer Berg Papiere in dem roten Kasten, der mit seinem Namen versehen war. Thorben schnappte sich auch diesen Wust und knallte ihn auf seinen Schreibtisch.

»War ja klar, dass ich heute alleine bin«, brummte er und fuhr den PC hoch. »Und Verena genießt das Leben in Berlin.«

Immerhin hatte Frau Haller die Thermoskanne mit Kaffee gefüllt, sodass Thorben seine in der Schreibtischschublade deponierten Butterkekse nicht trocken hinunterwürgen musste. Als der Kommissar den Plätzchenkarton, die Kaffeetasse und die Tempo-Packungen auf dem Tisch arrangiert hatte, war auch der Computer endlich so weit und der Bildschirm flammte auf.

»Langsamer als eine Schnecke«, knurrte Thorben und nahm sich vor, demnächst mal wieder einen Antrag auf einen neuen PC zu stellen. Wenn die Verbrecher da draußen schon die schnelleren Autos fuhren, dann konnte die Polizei doch wenigstens mit einigermaßen modernen Computern ausgestattet werden!

Thorben klickte sich durch die E-Mails. Die Einladung zum Polizei-Grillfest in Tuttlingen druckte er sich aus, die Berichte der anderen Polizeistationen im Landkreis schob er in den Ordner ›Später lesen‹, der, das musste er sich eingestehen, eigentlich nichts anderes als ein Papierkorb war, in dem bereits Hunderte Mails schlummerten.

Dann fand er die Nachricht von Dr. Dank. Der Pathologe hatte ganze Arbeit geleistet und einen akkuraten Bericht angehängt – leider auch mit den dazugehörenden Fotos. In Farbe. Der Anblick des aufgeschlitzten Baumann, dessen im Blitzlicht glänzenden Gehirns und diverse andere Organe sowie die Verletzungen des Toten im Halsbereich verdarben Thorben den Appetit auf die Kekse gründlich.

»Widerlich«, brummte er und versuchte, sich auf den Text zu konzentrieren. Obwohl er ja in seiner Laufbahn schon so einiges gesehen hatte – hochaufgelöste Digitalfotos von Leichenteilen mussten es nun wirklich nicht sein.

Dr. Dank schrieb:

›Baumann, Alfons, 58 Jahre, 176 cm, 91 kg. Makroskopie: Zervix, Larynx, Arteria carotis dextra et sinistra: 57 – 86 Millimeter breite striemenartige Impressionen durch Schlinge aus 60% Schurwolle, 30% Kaschmir und 10% Merinowolle. Mikroskopische Untersuchungen der Stofffasern auf der Kutis sowohl ventral wie dorsal und lateral des Larynx ergaben eine Übereinstimmung mit dem Gewebe des Schals des Toten. Dorsal des Larynx, in Höhe von C5 war zudem eine knotenförmige Impression von 45 – 47 Millimeter Durchmesser erkennbar. In Einklang mit Holzsplittern am Schal des Toten darf angenommen werden, dass der Schal dorsal fortiter et celeriter mit einem Holzstück zugedreht wurde und durch Interruptio der Blutzufuhr in den Karotiden zu schneller Amissio conscientiae geführt hat. Todesursächlich war die tiefe Impression des Larynx, die innerhalb von 60 – 90 Sekunden zum Tod durch Strangulation geführt hat. Auffällig sind manuell hervorgerufene, postmortale Impressionen auf der Kutis über den Musculi deltoidei, Polluces dorsal, Digti ventral. Makroskopie Cerebri: 1376 Gramm, kleinere Einblutungen durch Praefocatio. Übrige innere Organe makroskopisch und mikroskopisch regelrecht und unauffällig.‹

»Alles klar«, sagte Fischer zu sich selbst und griff zum Hörer. Die Nummer der Tübinger Pathologie war in der E-Mail angegeben. Nach dem zweiten Klingeln hob Dank ab.

»Fischer, ich hab gewusst, dass Sie anrufen.«

»Guten Tag, Herr Dank«, antwortete der und verzichtete demonstrativ auf das ›Dr.‹ – wer meinte, er müsse seine Berichte so verlateinert schreiben, der hatte in seinen Augen eine kleine Abreibung verdient. Aber der

Pathologe merkte das gar nicht, sondern sprach munter weiter.

»Das war, wenn ich das mal so sagen darf, eine sehr angenehme Obduktion«, erklärte er. »In den letzten Wochen hatten wir hier erstaunlich viele adipöse Leichen.«

»Äh, Herr Dank«, unterbrach ihn Fischer, »ich interessiere mich nicht für irgendwelche dicken Toten, sondern für den Obduktionsbericht.«

»Den haben Sie vorliegen?«

»Ja, natürlich.« Thorben verdrehte die Augen. »Allerdings verstehe ich da einiges nicht.«

»Dann fragen Sie, Fischer, nur zu!«

»Also, der Tod trat durch Ersticken ein, wie wir es schon beim ersten Augenschein angenommen haben.«

»Korrekt.«

»Wieso aber hat denn der Baumann nicht geschrien? Ich meine, wenigstens ein Gurgeln oder so müsste doch jemanden aufgeschreckt haben, oder irre ich mich?«

»Nun, das kommt auf die Art an, wie jemand die Schlinge um den Hals zieht. In diesem Fall war es der Schal des Opfers, wir haben auch eindeutige Faserspuren gefunden. Allerdings wurde das Tuch mittels eines als Hebel umfunktionierten Holzstabes benutzt. Auch hier haben wir übrigens Splitter sicherstellen können. Wir nehmen an, dass es sich um das Holz eines Apfelbaumes handelt.«

»Aha.«

»Zu Ihrer Frage: Der Täter muss sehr viel Kraft gehabt haben. Und einigermaßen eine Ahnung von der Anatomie. Will heißen, wenn er erstens sehr schnell den Ast gedreht und zweitens dabei auf die Schlagader gedrückt hat, dann ist der Tote im Prinzip auf der Stelle ohnmächtig geworden.«

»Ah.« Thorben fasste sich unwillkürlich an den eigenen Hals. »Und die Druckspuren?«

»Sie meinen an den Oberarmen? Postmortal. Also nach dem Tod. Wahrscheinlich ist der Mann im Todeskampf von der Bank gerutscht und wurde vom Täter wieder hingesetzt.«

»Was also, ich wiederhole, darauf schließen lässt, dass es sich um einen kräftigeren Täter handelt?«

»Ich denke schon, denn selbst wenn der Tote ziemlich schlank war, 90 Kilo hatte er eben doch auf den Rippen. 91, um genau zu sein.«

»Ein männlicher Täter?«

»Ich gehe davon aus. Allerdings konnten wir, beziehungsweise die Kollegen von der Spurensicherung, noch kein eindeutiges DNA-Material zuordnen, dazu wurden schlichtweg zu viele Haare und Hautpartikel in der Kirche festgestellt.«

Thorben atmete tief durch und dankte dem Pathologen für die Auskunft. Als er aufgelegt hatte, schnäuzte er sich erst einmal die Nase. Dann griff er zum Bericht der Spurensicherung aus Tuttlingen, der mit dem Vermerk ›Vorläufig – weitere Infos folgen‹ versehen und von den Kollegen ganz auf alte Art gefaxt worden war. Die E-Mails und Telefonnotizen, die sonst noch auf Bearbeitung warteten, ignorierte Thorben mit einem Blick auf die Uhr. Es war kurz vor zwei und er hatte keine Lust, Katja Haller oder einem anderen Kollegen zu begegnen, wenn er so rotnasig am Schreibtisch saß. Schnell löste er ein Aspirin auf und machte sich auf den Weg zu seinem Wagen.

»Es ist kurz nach 2 Uhr nachmittags und hier ist Svenja von Radio Donauwelle. Stellvertretend für Steven und den Rest der Redaktion danke ich allen Hörern, die sich gemeldet haben und uns Hinweise zum Verschwinden unserer Kollegin Mina gegeben haben. Was uns alle schwer verblüfft, ist, dass dieser Kolja Udarov bekannt sein muss wie ein bunter Hund. Zu seiner Person gingen unglaublich viele Anrufe ein. Umso erstaunlicher, dass sich die Polizei so schwertut, ihn zu finden. Es scheint, als ob die örtlichen Behörden mit der Ermordung des Brauereibesitzers Alfons Baumann mehr als ausgelastet sind. Wir, die Redaktion von Radio Donauwelle, fordern die Kripo auf, sich ebenfalls um das Verschwinden von Mina zu kümmern. Immerhin haben wir die Hoffnung, dass sie noch am Leben ist!

Für unsere Hörer nun die neuesten Fakten zum Verschwinden von Mina. Wie einige aufmerksame Hörer, die ihn persönlich kennen, uns erzählt haben, ist Udarov ein äußerst sportlicher und fast gänzlich angstfreier Mensch. Aufgrund unserer Meldung vom Absturz des Gleitschirmfliegers bei Gunningen wiesen uns einige Hörer darauf hin, dass der Gesuchte seit kurzer Zeit begeisterter Gleitschirmflieger ist. Viele von ihnen fragen sich, ob zwischen der Flucht des Herrn Kolja, dem Verschwinden unserer attraktiven Kollegin und dem Gleitschirmabsturz nicht ein Zusammenhang besteht. Leider äußert sich die Poli-

zei zu der ganzen Angelegenheit nicht. Sie verweist darauf, dass Mina eine erwachsene junge Frau ist und da bisher keine stichhaltigen Fakten auf eine Entführung hinweisen, sieht sie keinen Anlass, offiziell tätig zu werden. Während von dieser Seite anscheinend keine Hilfe zu erwarten ist, hofft die Redaktion von Radio Donauwelle auf weitere unserer Hörer. Nach dem Wetter der Region hört ihr ›Jeanny‹ von Falco.«

Als Pius und Verena aus dem Aufzug in die Lobby traten, waren zwei junge Mädchen gerade dabei, einen Pappständer mit dem Logo der D.B.I. aufzustellen. Beide trugen dunkelblaue Kostüme, die Pius an die Uniformen der Stewardessen erinnerten. Im Gegensatz zu den Flugbegleiterinnen hatten die beiden keine kleinen Hütchen, sondern überdimensional große Bierkrüge aus Stoff auf dem Kopf. Die Schaumkrone wankte bei jedem Schritt. Glücklich sahen die Hostessen beide nicht aus.

»So ein Studentenjob kann ganz schön hart sein«, kicherte Verena und steuerte auf den kleinen Tresen zu, der halb versteckt hinter der Rezeption stand. Kaum hatten die wandelnden Biergläser die beiden entdeckt, setzten sie ein gebleichtes Lächeln auf.

»Guten Tag«, sagte die Blonde. »Herzlich willkommen bei der Tagung der Bierinitiative Deutschland.«

»Deutsche Bier-Initiative!«, raunte die Brünette. Das blonde Bier lief knallrot an.

»Schon recht«, mischte sich Pius ein und erntete ein dankbares Lächeln.

»Sie wollen sich akkredi… akk…«

»Genau, wir wollen uns anmelden.« Pius lächelte dem Mädchen, das kaum 20 Jahre alt sein mochte, aufmunternd zu. Ihre Kollegin verdrehte die Augen und sortierte demonstrativ die auf einem Beistelltisch ausgelegten Umschläge neu.

»Dann bräuchte ich eben schnell Ihre Namen«, sagte das blonde Bier.

»Jutta Detering und Alfons Baumann«, sagte Verena rasch, ehe Pius sich mit seinem echten Namen verplappern konnte. Das dunkle Bier wühlte in den Umschlägen, zog zwei heraus und reichte sie den Gästen.

»Hier finden Sie die Tagungsunterlagen«, erklärte sie mit einem gekünstelten Lächeln auf dem makellosen Gesicht.

Verena wettete, dass das Mädchen BWL studierte. Oder Jura. Mindestens. Die Kollegin, der sie eher die Geisteswissenschaften zutraute, reichte den beiden Anstecknadeln, auf denen die (falschen) Namen nebst ›Spöttinger Bräu‹ aufgedruckt waren.

»Danke schön«, sagte Verena, nahm alles in Empfang und schnappte sich zwei der ausliegenden Schreibblöcke und eine Handvoll Kugelschreiber. Pius zögerte, dann griff auch er zu. Pater Josef war zwar sehr ordentlich, trotzdem kamen bei der Pforte auf merkwürdige Weise immer wieder sämtliche Kugelschreiber abhanden. Nachschub war also nie verkehrt.

Die Spaichinger steuerten die Drehtür an und suchten sich im wie ein Garten gestalteten Zufahrtsbereich des Esplanade einen Sitzplatz auf einem der weiß gepolsterten Sofas. Sie waren die einzigen Gäste. Pius schielte auf den Pappaufsteller, der neben einer Blumenvase auf dem Tisch stand. Als er die Preise sah, verging ihm auf der Stelle der Appetit. Klar, das hier war die Hauptstadt, aber für den Gegenwert eines ›kleinen Frühstücks‹ konnte er zu Hause in Spaichingen sieben Tage hintereinander in die Weißerei und sein Bierchen zischen.

»Das geht auf meine Rechnung«, sagte Verena, die Pius' kritischen Blick bemerkte. Sie wusste in etwa, was der Pater an monatlichem Taschengeld zur Verfügung hatte und dass selbst ein Tässchen Kaffee den Großteil seines Budgets auffressen würde.

»Das musst du nicht, ich habe keinen Hunger«, sagte Pius und rutschte nervös auf den weichen Polstern hin und her.

»Macht nichts, ein Kaffee geht immer, oder?«

Pius nickte. Gegen ein bisschen Koffein hatte er jetzt wirklich nichts. Nachdem die beiden die Bestellung aufgegeben hatten, öffneten sie synchron die Umschläge, nahmen die Tagungsunterlagen heraus und begannen zu lesen. Dass der Kellner zwei Tassen mit perfekter Milchschaumkrone und eine kleine Etagere mit köstlichen Keksen brachte, bekam Pius beinahe nicht mit.

»Da haben wir ja jede Menge Zeit«, freute sich Verena. »Die treffen sich erst heute Abend zum Essen!«

»Wer ist denn das?« Pius lenkte Verenas Aufmerksamkeit auf eine schwarze Limousine Stuttgarter Bauart, die eben in den Innenhof gefahren war. Nein – geglitten, das Auto glich mehr einem Schiff, denn einem Personenwagen. Der Portier öffnete die hintere Tür und ein schlankes langes Bein erschien.

»Geile Schuhe!«, quiekte Verena und hielt sich sofort die Hand vor den Mund. Doch Pius hatte gar nicht richtig zugehört, auch er starrte gebannt auf das Wesen, das sich aus dem Fond schälte. Der Pater wollte wetten, dass die Frau auf den Plateauschuhen, die mit unzähligen rosa Strasssteinen bestückt waren, keinen Meter weit gehen konnte. Doch sie konnte – und nebenbei noch die langen braunen Haare kokett über die Schulter werfen, mit der ebenfalls glitzernden Handtasche wedeln und dem Fahrer Anweisungen geben. Der flitzte um den Wagen, öffnete den Kofferraum und übergab zwei Dutzend Tüten an den Portier. Chanel, Joop, Prada … Verena seufzte. Sie hatte noch nie jemanden gesehen, der tatsächlich in diesen Nobelboutiquen einkaufte.

»Das ist Jorge«, murmelte sie.

»Wer?« Pius kniff die Augen zusammen.

»Chorche«, sagte Verena kehlig.

»Das klingt wie eine Krankheit«, rutschte es Pius heraus, als das Wesen an den beiden Richtung Eingang hin vorbeistolzierte.

»Das ist der Laufstegtrainer von Germanys next Topmodel«, klärte die Kommissarin ihren Begleiter auf.

»Ach, die *Heide Klump*?«

»Ja, genau.« Verena grinste.

»Schon toll, was man hier so alles sehen kann«, sinnierte der Pater und griff nach einem kunstvoll in sich selbst verdrehten Keks. Das Backwerk zerging ihm sofort auf der Zunge.

»Apropos sehen, Pater, wollen Sie eine Stadtrundfahrt mit dem Bus machen?« Verena hatte sich den Tipp geben lassen, dass eine Fahrt mit der Linie 100 alle Sehenswürdigkeiten der Hauptstadt beinhaltete und man per Doppeldeckerbus so die günstigste Stadtrundfahrt überhaupt machen konnte. Doch Pius schüttelte den Kopf.

»Ganz ehrlich, mir ist das jetzt schon zu viel«, gestand der Pater. »Der Flug, dann die Rikscha und das Zimmer … mir wäre nach ein wenig Ruhe.«

»Mir ehrlich gesagt auch.« Verena war erleichtert. Wenn sie schon einmal im Leben in so einem Luxusbunker war, dann wollte sie die Stunden in der Welt der Reichen und Schönen auch auskosten.

»Ich mache Ihnen einen Vorschlag, Pater Pius, wir gehen schwimmen. Hier im Hotel!«

»Ich hab doch gar keine Badehose dabei«, platzte Pius heraus.

»Ich auch nicht, aber das kann man ganz bestimmt an der Rezeption ausleihen.«

Pius atmete tief ein. Schwimmen. Am helllichten Tag. In einer fremden Badehose. Eine komische Vorstellung für ihn.

»Kommen Sie schon, geben Sie sich einen Ruck«, insistierte die Kommissarin und knuffte den Pater in die Seite.

Andererseits – ein wenig körperliche Ertüchtigung würde seinen Herrn sicher freuen. Pius nickte zaghaft … und fand sich eine knappe halbe Stunde später im Spa des Esplanade wieder.

»Hier ist immer noch Radio Donauwelle und Mike berichtet von den aktuellen Neuigkeiten aus der Region. Am

Wochenende entdeckte ein Polizist in seiner Freizeit einen 5-jährigen Jungen, der auf seinem Fahrrad mit Stützrädchen auf der Landstraße 277 zwischen Nendingen und Mühlheim an der Donau unterwegs war. Nur unter großem Protest des 5-Jährigen, konnte die herbeigerufene Streife den Jungen davon überzeugen, seine Tour d'Alb zu beenden und sich von seinem ›privaten Tourenwagen‹ nach Hause bringen zu lassen. Der anschließend durchgeführte Dopingtest bestätigte den weiterhin guten Gesundheitszustand des Buben. Die B-Probe der alleinerziehenden Mutter belegte allerdings eine große Affinität zum Alkohol und bezeugte leider auch die Vermutung des Jugendamtes, wie es zu der groben Aufsichtspflichtverletzung kommen konnte. Zu Ehren des zukünftigen Radrennprofis spielen wir ›Bicycle‹ von Queen.«

Thorben Fischer angelte gerade seinen Louis Vuitton-Schlüsselanhänger mit dem Wagenschlüssel (dessen Schloss, Karosse, Interieur und Motorisierung Herrn Vuitton aufs Tödlichste beleidigt hätte) aus den gebügelten Hosentaschen, als ihm sein Magen signalisierte, dass er außer Aspirin, Meditonsin und Kaffee und dem durch Dr. Danks Obduktionsbericht verursachten Keks-Interruptus heute noch nichts Nennenswertes zu sich genommen hatte. Wenigstens ein Weckle mit Fleischküchle – die schwäbische Form der Frikadelle im Brötchen, wie Thorben mittlerweile wusste –, sollte er sich bei der Metzgerei Hörnle holen, was er dann auch tat und sich während der Fahrt zu Jost Metzger für das bevorstehende Gespräch stärkte.

Jost Metzger wohnte in einem kleinen Siedlungshaus mit kleinem Obstgarten, kleiner Garage, kleinem Jägerzaun, kleinem Teich und kleinen Gartenzwergen im Hinteren Grund. Nachdem sich Fischer im Auto mit einem Aspirin und zwei kräftigen Schüssen Nasenspray gedopt und sich bei sich selbst nochmals mit schwersten Vorwürfen über seinen Gesundheitszustand beklagt hatte, drückte er auf die kleine Klingel an der kleinen Haustür und wartete. Nichts, keine Reaktion.

Plötzlich hörte er mehrere dumpfe Schläge, die ihren Ursprung hinter dem Haus haben mussten. Fischer schlängelte sich durch den kleinen Durchgang zwischen Haus und Garage und sah, dass der gar nicht kleine Metzger gerade mit einer gar nicht kleinen Axt auf einen Baum eindrosch und ihn eben mit einem letzten kräftigen Hieb neben einem bereits gefällten Baum derselben Sorte zu Fall brachte.

»Hallo, Herr Metzger«, machte Thorben auf sich aufmerksam, »Sie lassen Ihren Gegnern aber auch nicht den Hauch einer Chance, das ist doch ein Apfelbaum, oder?«

Metzger drehte sich langsam herum und fixierte Fischer böse. »Sie scho wieder, Sie händ doch geschdern scho mit mir gschwätzt. Was wollet Sie denn noch? Ja, des isch an Apfelbaum, und?«, giftete er Thorben an.

»Ich hätte mich gern nochmals mit Ihnen über Alfons Baumann und Ihren Unfall mit dem Braukessel unterhalten – und auch über den Apfelbaum«, zischte Thorben Fischer mühsam beherrscht, sein jammerwürdiges Schnupfenleiden machte ihn nicht gerade duldsamer. »Lassen Sie uns ins Haus gehen.«

»Des geht jetzt net, Sie sehet doch, dass ich endlich meinen Garten fit machen muss!«

»Wenn Sie nicht wollen, dass wir die Einzelheiten vor allen Nachbarn diskutieren, gehen wir jetzt ins Haus« antwortete Fischer mit der Bestimmtheit des Leidenden.

»Meinetwegen, aber viel Zeit hab i net«, sprach Metzger, warf wütend seine Arbeitshandschuhe auf den Boden und stapfte zum Kücheneingang.

Im Wohnzimmer holte ihn Fischer ein, setzte sich auf einen geblümten Sessel im vollendeten Chic der 60er-Jahre, in dem er leise fluchend immer tiefer versank, und forderte Metzger auf, es ihm auf dem Sofa gleichzutun. Während Metzger sich umständlich dazu anschickte, ließ der Kommissar seinen Blick über einen Haufen ausgebreiteter Akten auf dem Wohnzimmertisch wandern. Es waren in aller Ausführlichkeit wohl sämtliche Unterlagen des damaligen Prozesses gegen Baumann wegen des Kesselunglücks, und Thorbens Blick, vom Schnupfen ohnehin verdüstert, verfinsterte sich weiter. Die Apfelbäume, die Akten und der Schnupfen, das war zu viel für ihn.

»Seit wann vernichten Sie denn Ihre schönen alten Apfelbäume, Metzger, und warum?«

»*Herr* Metzger, so viel Zeit muss sein, *Herr* Kommissar. Seit einer Woche fäll' ich meine alten Bäume, die traget langsam nix mehr, ich muss neue pflanzen, aber was geht denn Sie des eigentlich an? Sorgt sich der *Herr* Kommissar jetzt um die Kleingärtner oder was?«

»Nein, aber um einen kleinen Knüppel aus Apfelholz, der beim toten Baumann gefunden wurde, *Herr* Metzger«.

»Jetzt werden Sie bloß net unverschämt, damit hab ich nix zu tun, aber auch gar nix, Apfelbäum gibt's hier in und um Spaichingen wirklich g'nug, des sollt au so an Halbdackel wie Sie Fischkopf mittlerweile g'schnallt han!«, tobte Metzger. Fischers Adrenalinspiegel stieg in gleichem Maße, wie seine Laune fiel: schnell und stetig.

»Lassen wir das fürs Erste, *Herr* Metzger,« entgegnete er eisig, »ich habe noch zwei weitere Fragen. Erstens, was machen die Prozessakten auf Ihrem Wohnzimmertisch?«

Metzger schoss mit der Behändigkeit einer Springmaus, die man diesem großen, schweren Mann nicht zugetraut hätte, aus dem Sofa heraus, welchem man ebenfalls nicht zutrauen würde, jemanden, den es einmal in seinen Kissen gefangen hatte, so schnell wieder freizugeben.

»Des isch mei Sach, des geht Sie gar nix an«, geiferte Jost Metzger lauthals, bei ›gar‹ überschlug sich seine Stimme so, dass jeder der derzeitigen Tenöre am großen Haus in Stuttgart ihn darum beneidet hätte. Fischers Stimme näherte sich dem Kelvin'schen Temperaturnullpunkt: »Das, *Herr* Metzger, überlassen Sie bitte uns. Wenn Sie hier Vergangenheitsbewältigung betreiben und das in einem Streitfall mit einem Mann, der gestern ermordet wurde, dann geht uns das sehr wohl etwas an. Also, was wollen Sie mit den Akten, die doch bei Ihrem Rechtsanwalt viel besser aufgehoben wären?«

Metzger stapfte durch das kleine Wohnzimmer, dass die Dielen ächzten, und schlug mit der flachen Hand auf eine der Türen der unschuldigen Wohnzimmerschrankwand, die das, da sie aus bester deutscher Eiche (Farbton

›rustikal‹) gefertigt war, nicht weiter krummnahm. Wohl aber zwei rote Kristallgläser im Vitrinenteil, die sich mit protestierendem Geklirr ihrem ursprünglichen Zweck für immer entzogen.

»Ich kann Akteneinsicht nehmen, wann ich will«, schrie Metzger, »der Baumann und sein dreckiger Anwalt haben mich damals über den Tisch gezogen, die Kessel sind schon seit über zwei Jahren nicht gewartet worden. Und der Baumann hat des ganz genau gewusst und zu mir vor der Verhandlung gesagt, wenn ich des net sag, dann zahlt er mir 100.000,- Mark, also hab ich's net gesagt, aber sein Anwalt hat in der Verhandlung mir allein die Schuld gegeben und von dem blöden Richter recht bekommen und danach hat der Baumann gar nix mehr von seinem Versprechen wisse welle. Mei Nichte, die hat Jura studiert in Tübingen und isch jetzt bei Konrad, Knigge und Partner in Stuttgart, die hat zu mir g'sagt, Onkel Jost, hat se g'sagt, des isch zwar verjährt, aber da können mir trotzdem noch was rausholen, der Baumann will sicher au heut no net, dass des rauskommt und deshalb sind mir des älles nochamal durchgegangen.« Das war vermutlich die längste Rede, die Jost Metzger seit seiner Taufe, während der er nach Empfang des Sakraments ungefähr eine Dreiviertelstunde die Kirchengemeinde zusammengebrüllt hatte, gehalten hat, und auch die Lautstärke dürfte sich in etwa in der gleichen Phonzahl bewegt haben wie soeben. ›Klatsch, klirr‹, gerade hatten sich zwei weitere Kristallgläser, diesmal von zartvioletter Farbe, für immer verabschiedet.

Thorbens Nase machte gerade wieder dicht wie ein

Sizilianer im Zeugenstand. Offenbar versagten dabei auch die Neurotransmitter seiner Großhirnrinde: »Ach, und nachdem der Baumann nicht auf Ihre Forderungen, *Herr* Metzger, eingegangen ist, haben Sie sich dazu entschlossen, *Herr* Metzger, dem Problem endgültig die Luft herauszulassen und dem Baumann selbige abzudrehen und gestern auch noch ganz schnell abzuhauen, nachdem meine Kollegin Hälble bei Frau Baumann aufgetaucht ist, was?«

›Rrrummms, klirrr‹, die verbliebenen lindgrünen Kristallgläser waren in den Kristallgläserhimmel eingegangen. Die Farbe von Metzgers verunstaltetem Gesicht näherte sich einem gefährlichen Dunkelrot, er schnappte einmal, zweimal nach Luft und stürmte aus dem Zimmer, durch die Küche und in den Garten.

Fischer, mittlerweile so sauer wie Schwefelsäure und ebenso rot wie Metzger, stieß sich unter Zuhilfenahme sämtlicher Extremitäten ruckartig aus dem einnehmenden Sessel und stürmte ebenfalls nach draußen.

»Jetzt geben Sie es doch endlich zu, Metzger …«, weiter kam er nicht, seine Kehle war von einem Augenblick auf den anderen wie ausgedörrt.

Metzger stand im Gegenlicht der Nachmittagssonne vor ihm und schwang die Axt über seinem Resthaupt. Der Kommissar warf sich zur Seite, rollte sich ab und erwischte mit seiner Rechten den knorrigen Ast eines der gefällten Apfelbäume. Mit der Wucht des Entsetzens holte er aus und schlug Metzger das 80-jährige Holz in die Kniekehlen. Der ließ seine Axt nach hinten fallen und folgte ihr unmittelbar nach. Fischer rappelte sich flugs auf, drehte sich um mehrere Achsen und ließ zwei, drei Fäuste auf Metzgers Kinn und Schädeldecke nieder. Mit einem leisen Seufzer gab sich Metzger ganz seiner dadurch verursachten Ohnmacht hin. Wieder auf den Beinen, suchte Thorben in Ermangelung von Handschellen mit wirr umherstreifendem Blick nach einer Möglichkeit, Metzger auf Dauer kampfunfähig zu machen, und fand tatsächlich, was er suchte. Dann kramte er sein Handy aus der mit ›Armani‹ beschrifteten Innentasche seines nicht mehr ganz taufrischen Jacketts und rief im Polizeirevier an.

»Weckerle?«

»Fischer, sind Sie das?«

»Wer sonst sollte mit meinem Handy anrufen, Weckerle, kommen Sie sofort zum Haus von Jost Metzger, er ist vorläufig festgenommen, holen Sie ihn ab, und zwar sofort, Ihr Leberkäsbrötle (Fischer sagte tatsächlich »Brötle«) können Sie sich auch nachher noch auf Ihre üppigen Hüften legen.«

Weckerle schob instinktiv das Leberkäsbrötle auf seinem Schreibtisch zur Seite.

»Sie finden den Metzger in seinem Garten, ich gehe jetzt nach Hause und kurier mich aus.«

Als Weckerle eintraf, fand er einen Metzger vor, dessen Hände und Füße üppig mit Blumendraht zusammengebunden und dessen Körper mit Spanngurten dreifach auf einem gefällten Apfelbaum fixiert waren. Als Weckerle ihm, der mittlerweile wieder bei Bewusstsein war, die ledernen Arbeitshandschuhe aus dem Mund zog, die ebenfalls mit Blumendraht um Metzgers Hinterkopf geschnürt waren, kam aus Jost Metzgers eigentlich trägem Mund eine Flut von derben Worten, die der Sache an sich nicht im Mindesten diente. Es war seine dritte große Rede und mit Sicherheit seine eindrucksvollste.

»Das war Frank Zander und sein ›Ententanz‹. Das Mikrofon besetzt immer noch euer Mike und ihr hört Tuttlingens Charitysender Radio Donauwelle. Am letzten Sonntag im Mai führt Radio Donauwelle in Kooperation mit der Jugendhilfe eine Veranstaltung der besonderen Art durch. Aus Tuttlingen wird Entenhausen und wir starten an der Scalabrücke ein Quietscheentchenrennen. Die Quietscheentchen können für einen kleinen Unkostenbeitrag über uns gekauft werden. Alle erworbenen Enten nehmen am Rennen teil, auch wenn der Besitzer nicht persönlich antreten kann. Die Teilnehmer können natürlich auch etwas gewinnen. Mit dem Erlös der Veranstaltung finanziert unser Kooperationspartner weitere soziale Vorhaben. Wir hoffen auf eine rege Teilnahme und schalten unsere Leitungen ab sofort frei. Denkt dran – wer mehrere Entchen am Start hat, erhöht seine Gewinnchancen.«

Pius drückte seine Stirn gegen die weiche Matratze. Seine Knie schienen tief in den Teppich einzusinken. Außer dem Rauschen der Klimaanlage war kein Geräusch zu hören – doch der Pater hätte ohnehin nichts wahrgenommen: Sein Körper war zwar im Hotelzimmer, doch mit den Gedanken war er in ganz anderen Gefilden.

Genauer gesagt schwebte sein Geist irgendwo zwischen dem Hotelpool und dem himmlischen Reich.

»Im Namen des Vaters, des Sohnes und des Heiligen Geistes.« Der Pater bekreuzigte sich, faltete die Hände zum Gebet und schloss die Augen.

»Ach Herr, was mache ich hier eigentlich? Sollte ich nicht bei den Brüdern sein? Ich fühle mich so anmaßend. Unwürdig. Ich, Dein unwürdiger Diener, hier mit all dem Luxus …« Pius stockte. Aus dem Bad hörte er das leise ›Pling. Pling.‹ Die Leihbadehose (ein Modell von adidas, wie Verena grinsend festgestellt hatte) tropfte in die Dusche, wo Pius sie ausgewaschen und klatschnass über den Brausekopf gehängt hatte.

»Du meinst, Herr, es ist gut so? Ich weiß nicht und verzeih mir meinen Zweifel.« Pius kniff die Augen so fest zusammen, dass er weiße Sternchen aufglimmen sah. »Und dann ist es doch eine einzige Lüge, Herr, ich bin doch unter falschem Namen hier. Ich dürfte gar nicht hier sein!«

Einmal machte es noch ›Pling‹ im Bad. Pius nickte, als habe er eine Antwort vernommen. »Ja, Herr, ich bin hier, um Verena zu helfen. Und natürlich hast Du recht, ich muss mich ja niemandem mit ›Baumann‹ vorstellen. Dann habe ich auch nicht gelogen.« Pius wurde leichter ums Herz. Als er voller Inbrunst das Vaterunser betete, durchflutete ihn eine warme Welle und er wusste, dass er geborgen war. Nicht nur im Luxus des Hotels, sondern in der unbezahlbaren Liebe seines Herrn.

Verena fühlte sich ein Zimmer weiter weniger geborgen denn nervös. Zum einen war Thorben nicht zu erreichen, weder per Handy noch auf dem Revier. Weckerle hatte ihr mitgeteilt, dass ›der Fischkopf‹ vor Stunden schon das Büro mit unbekanntem Ziel verlassen habe. Verena war zwar nicht sehr christlich, aber im Stillen betete auch sie. Nämlich dass Thorben keinen Blödsinn machte, wenn er Metzger aufsuchte. Der war schließlich noch immer ihr Hauptverdächtiger, auch wenn die Indizienlage mehr als dünn war. Die Kommissarin schälte sich aus dem Bademantel, unter dem sie noch immer den Badeanzug trug. Der perfekt passte. Und dessen 129.- Euro Verkaufspreis in der Boutique jeden Cent wert waren (auch wenn Verena annahm, dass ein derart knapp geschnittenes Teil im Spaichinger Freibad nicht tragbar war). Sie lächelte, als sie daran dachte, wie Pius mit spitzen Fingern die angeblich geliehene Badehose in Empfang genommen hatte. Die war ein Vorjahresmodell und deswegen auf 39.- Euro heruntergesetzt. Verena kannte Pius gut genug, um zu wissen, dass er niemals ein solches Geschenk von ihr annehmen würde, aber wenn sie ihm glaubhaft versicherte, dass die Badehose ein Geschenk des Hotels war, würde er ohne schlechtes Gewissen im Spaichinger Freibad damit plantschen. Das nämlich hatte Pius sich vorgenommen, nachdem die beiden im wohltemperierten Pool ihre Bahnen gezogen hatten. Sie waren die einzigen Gäste im Bad gewesen, hatten sich nach dem Schwimmen schwer schnaufend auf die Liegen gefläzt, in die kuschelweichen Handtücher gehüllt und den Plan für den Abend besprochen.

Verena verteilte den kompletten Inhalt des winzigen Bodylotion-Flakons auf ihrer Haut und föhnte sich die

Haare. Dann trug sie für ihre Verhältnisse ganze Tonnen von Schminke auf: Puder, Rouge, Wimperntusche und einen kirschroten Lippenstift. Die Haare schlang sie am Hinterkopf zusammen und steckte sie mit einer silbernen Spange fest. Da sie kein Abendkleid besaß, hatte sie ihre beste Jeans in Nachtblau eingepackt. Darüber trug sie ein schwarzes Top mit fast schon bedenklich großem Ausschnitt, den ein Schmetterling aus schillernden Pailletten zierte. Die Kommissarin zwängte sich in Pumps mit sieben Zentimeter hohem Absatz, schwankte kurz, ging ein paar Schritte und nickte ihrem Spiegelbild zufrieden zu. Ja, sie sah so aus, wie sie sich eine Sekretärin bei der Abendveranstaltung vorstellte.

»Sehr schick!«, kommentierte sie Pius' Aufmachung, als sie ihn abholte. Der Pater trug sein übliches schwarzes Jackett über der schwarzen Hose. Doch statt eines einfachen Hemdes war er in das – ebenfalls im Hotelshop von Verena gekaufte – anthrazitfarbene geschlüpft und hatte sich die lindgrün gestreifte Krawatte umgebunden. Verena hatte die Etiketten entfernen lassen und die Knitterfalten im Hemd hatte der Roomservice weggebügelt. Pius ging davon aus, dass es sich um Leihklamotten von Thorben handelte, obwohl er sich schon wunderte, dass er und Fischer dieselbe Hemdengröße hatten. Aber da für den Einkauf Bruder Johannes zuständig war und die Patres ihm nur durchgaben, was unbedingt ersetzt werden musste, hatte er sowieso keine Ahnung von Konfektionsgrößen.

»Das bin gar nicht ich«, murmelte Pius.

»Das sollen Sie heute Abend auch nicht sein!« Verena

zwinkerte ihm zu. »Darf ich?«, fragte sie dann und heftete das Namensschild über die Kreuz-Brosche, die wie immer am linken Revers steckte. »Dummerweise ist mir das Namensschild ins Waschbecken gefallen, jetzt ist blöd, gaaanz blöd, die Schrift verschwommen.«

Verena zwinkerte Pius zu und der atmete sichtlich auf – so zu tun, als sei man jemand anders, war eine Sache, aber den falschen Namen über dem Zeichen seines Glaubens zu tragen, das hätte er nicht fertiggebracht.

Als das ungleiche Paar vor dem Veranstaltungsraum ankam, war es ihnen, als liefen sie gegen eine Wand aus Stimmen und Gelächter. Vor dem Saal wuselten Kellner zwischen den gut 300 Gästen umher. Ein junger Kerl mit bedauernswerter Akne balancierte ein Tablett mit Sektgläsern an den Spaichingern vorbei. Verena angelte sich ein Glas, Pius verneinte. Die Herren sahen alle gleich aus, wie Pius fand. Dunkler Anzug, Hemd, Krawatte. Wie er selbst eben. Die Damen hingegen waren offenbar unterschiedlicher Ansicht, was unter ›Abendgarderobe‹ zu verstehen war.

»Holla die Waldfee«, kommentierte Verena eine Mittfünfzigerin, die in einem ausladenden Rüschenberg in Jägergrün an ihnen vorbeistolzierte. Auf dem ebenso ausladenden Dekolleté der Dame prangte eine Kette, die so aussah, als wöge sie mindestens ein Kilo. Pius versuchte, woanders hinzusehen, doch überall waren Damen, die es geradezu darauf anzulegen schienen, die Blicke der Herren auf mehr oder weniger wogende Brüste zu lenken. Und weiter unten sah es auch nicht besser aus, die meisten hatten entweder verboten kurze Kleidchen an

(Frauen unter 40) oder hoch geschlitzte Kleider (Damen jenseits der 40). Verena bemerkte grinsend, dass die komplette Modepalette der vergangenen 30 Jahre vertreten war, von den Schulterpolstern der 80er bis hin zu üppigen 90er-Jahre-Mustern. Einzig ein paar jüngere Frauen hatten Kleider an, die der neuesten Mode entsprachen. Die meisten Damen machten ein etwas dümmliches Gesicht, wie sie da standen, auf den hochhackigen Schuhen, und versuchten, schön auszusehen.

Dazwischen allerdings waren auch welche, die wie die Herren in dunkle Anzüge gewandet waren. Pius heftete seinen Blick auf eine Gruppe Männer, die laut lachten, als eine dieser Frauen etwas sagte. Vermutlich war es ein zotiger Witz und Pius musste zweimal hinsehen, um zu erkennen, dass das wirklich kein Mann war, der eben Ohrringe trug.

»Da ist Schröder«, wisperte Verena und deutete mit dem Kopf Richtung Saaleingang. Beinahe hätte sie gesagt: ›Da ist die Oberflasche‹, weil sie an das Outfit der Homepage dachte. Schröder war an seiner Knollennase auf den ersten Blick zu erkennen.

Pius, der den Mann noch nie im Leben zu Gesicht bekommen hatte, wusste trotzdem gleich, dass es sich bei dem untersetzten Herrn mit dem Stiernacken und der prallen Nase um den Vorsitzenden der D.B.I. handeln musste: »Der benimmt sich ja wie ein König!«, rutschte es ihm raus. Eine Unternehmersgattin mit frisch blondiertem Haar und klingelnden Armreifen schaute ihn pikiert an, ehe sie sich umwandte und unter Hinterlassung einer süßlichen Parfumwolke dem Saal zustöckelte.

Verena ließ ein leises »Japp« hören.

Die Dame von eben begrüßte Schröder mit Küsschen auf die Wangen, wobei sie darauf achtete, ihn nicht wirklich zu berühren. Wahrscheinlich hat die Angst, dass sie abfärbt mit ihrer Kriegsbemalung, dachte Verena. Halblaut sagte sie zu Pius: »Ich bin froh, dass ich einen normalen Job hab und so was nie machen muss.«

Pius nickte so heftig, dass sich eine seiner grau melierten Locken löste und ihm keck in die Stirn fiel. »Geht mir genauso«, gab er zu.

Die beiden warteten am Rand des Vorraumes, bis der Großteil der Gäste in den Saal gegangen war. Über die Rezeption hatte Verena vom Zimmer aus noch in Erfahrung gebracht, dass es keine feste Tischordnung gab, und so ging ihr Plan tatsächlich auf: Die meisten Gäste hatten sich an die je acht Personen fassenden runden Tische im vorderen Bereich des Saales begeben. Vor der Bühne war eine freie Fläche, wo vermutlich nach dem offiziellen Teil das Tanzbein geschwungen werden konnte. Die Band jedenfalls war bereits auf ihren Plätzen und spielte leise Jazzmusik.

Verena und Pius gingen zu einem der hintersten Tische, direkt neben dem Notausgang. Außer einem zerknitterten Senior von geschätzten 80 Jahren und seiner angesäuert dreinschauenden Gattin vermutlich gleichen Baujahrs waren sie denn auch die Einzigen, die an diesem Tisch Platz nahmen. Verena achtete darauf, dass sie weit genug von dem Pärchen weg saßen, sodass eine gepflegte Tischkonversation gar nicht erst aufkommen konnte.

Pius lächelte ihr dankbar zu. So zu tun, als sei er Mitglied der D.B.I. verursachte ihm Bauchschmerzen; umso besser also, wenn möglichst niemand mit ihm würde reden wollen oder können. Da versteckte er sich lieber hinter dem Blumengesteck, das in der Tischmitte thronte.

Die Tischdame nickte den beiden zu, der Herr an ihrer Seite faltete mit zitternden Händen die Stoffserviette auseinander und stopfte sie sich in den Hemdkragen. Seine Frau verdrehte die Augen. Pius zählte unterdessen Besteck und Gläser. Er kam auf fünf Gläser und sieben Besteckgarnituren pro Gast.

»Das letzte Mal habe ich so diniert, als der Bischof beim Landrat in Tuttlingen war«, gestand er Verena, die bereits die auf Bütten gedruckte Menüfolge studierte. Die Gäste erwartete ein ›Feuerwerk der Genüsse‹, mit Kresserahmsüppchen, Stubenküken und Angusfilets, dazu vorweg eine ›Komposition aus Meeresfrüchten‹ und zum krönenden Abschluss ›ein Traum aus einer Mousse von handverlesenen Kakaobohnen an geeisten Erdbeeren‹.

»Ich hab einen Mordshunger«, sagte Verena und tat es dem Tattergreis gleich, der sich die einzeln in Blütenform gepressten Butterstückchen auf winzigen Brötchen schmecken ließ. Wie aus dem Nichts füllten sich die Gläser der Gäste mit Wasser (wenige), rotem und weißem Wein (bei den Damen) und süffigem Bier aus der Kindl-Brauerei (fast alle Herren, Pius eingeschlossen).

Als die Kellner den Rückzug antraten, kam vorne Bewegung in den Saal. Applaus brandete auf, als Helmut Schröder auf die Bühne ging. Der Sänger der Band reichte ihm ein Mikro. Verena, die mit einer schrillen Rückkopplung rechnete, zog instinktiv die Schultern ein.

Doch Schröder war Profi. Als der Applaus abebbte, räusperte er sich nur kurz und streckte dann seine üppige Wampe in den Scheinwerfer.

»Meine sehr geehrten Damen und Herren, liebe Freunde«, begann der Vorsitzende. »Ich mache es kurz, versprochen, denn ihr werdet morgen bei der Hauptversammlung ausreichend Gelegenheit haben, mir zuzuhören.« Vereinzelte Lacher waren zu hören. Verena verzog das Gesicht. »Ich freue mich auf einen tollen Abend, jetzt lasst uns das Essen genießen und danach erwartet Euch ein Höhepunkt der Extraklasse. Unsere Marketingabteilung hat einen aus Funk- und Fernsehen bekannten Stargast engagiert, der nicht nur die Herzen der Frauen höher schlagen lässt.« Gemurmel im Saal. Schröder blickte genüsslich von links nach rechts und rief nach einer theatralischen Pause: »Prost und guten Appetit!«

Die knittrige Dame und ihr tattriger Gatte klatschten Beifall. Pius und Verena kamen gar nicht dazu, denn schon stürmte ein ganzes Heer Kellner und Serviermädchen in den Saal und platzierte große Teller mit übersichtlichem Inhalt vor den Gästen.

Pius faltete unwillkürlich die Hände zum Tischgebet und zuckte dann zusammen.

»Aua!«, rief er und langte unter den Tisch, um sich sein schmerzendes Schienbein zu reiben.

»Entschuldigung«, wisperte Verena. »Ich wollte Ihnen nicht wehtun …«

Pius sah die Kommissarin mit großen Augen an.

»Sie sind Alfons Baumann, der betet nicht bei Tisch«, zischte Verena und lächelte dabei dem Tattergreis zu, der damit kämpfte, das Innenleben der Jakobsmuschel auf seine Gabel zu pieken.

Pius schluckte. Da hätte er beinahe schon wieder die Tarnung auffliegen lassen! Er nickte stumm, bat seinen Herrn in Gedanken um Verzeihung und versprach, das Gebet später im Zimmer nachzuholen. Dann machte der Pater sich über die Meeresfrüchte her. Er wusste zwar nicht so ganz genau, welche Tiere das einmal waren, aber sie schmeckten himmlisch. Pius ließ sich jeden Gang schmecken, auch wenn ein kleines Teufelchen auf seiner Schulter zu sitzen schien, das ihn daran erinnerte, dass die Brüder daheim in Spaichingen jetzt bei Holzofenbrot und Leberwurst im Refektorium saßen.

Verena registrierte zufrieden, dass am Tisch der ganz großen Tiere reichlich Alkohol floss. Sie hatte zwar noch keinen genauen Plan, aber ein angetrunkener Schröder wäre im Zweifel einfacher zu knacken als ein stocknüchterner Stiernacken.

Als die ersten Gäste ihren Kaffee schlürften und die Raucher unter den Bierbrauern sich nach draußen verzogen, kam Bewegung auf die Bühne. Die Band spielte einen Tusch, das Licht im Saal ging aus. Aus dem Off ertönte eine Stimme: »Ladies and Gentleman, Mesdames et Messieurs, please welcome the one, the only and the most sexiest man alive – Tracy Travestic!« Eine Nebelmaschine zischte, hüllte die Bühne und die Menschen an den vorderen Tischen in eine graue Suppe. Ein einzelner Spot wurde auf die Bühne gerichtet. Die Band spielte die ersten Takte von Sinatras Klassiker ›New York, New York‹. Pius reckte den Hals – und zog ihn gleich darauf wieder ein: Eine hochgewachsene Blondine mit so tief ausgeschnittenem Kleid, dass es polizeilich verboten werden müsste, schwebte auf die Bühne und schwenkte einen rosa Spitzenschlüpfer über ihrem Kopf.

»Helmut, Süßer, das hast du in meiner Garderobe vergessen«, dröhnte die Blondine mit sehr männlicher Stimme und warf den Slip an den Vorstandstisch. Das Publikum johlte.

Pius, der eben noch voller Genuss an der zum Espresso gereichten Praline gelutscht hatte, beschloss, dass es Zeit war. »Das ist nichts für mich«, flüsterte er Verena zu.

»Finden Sie den nicht lustig? Der war neulich bei Wetten dass …?!«

»Ich bin müde«, sagte Pius und versuchte, nicht auf die Bühne zu sehen, wo Tracy Travestic soeben mit großer Geste ihre üppigen Brüste zurechtrückte. »Kommst du alleine klar?«, fragte der Pater und betete, dass Verena bejahen würde.

Was sie auch tat. Die Kommissarin klatschte begeistert mit, als die Band ›Sex machine‹ intonierte.

Pius nickte dem Tattergreis zu, der mit offenem Mund auf die Bühne starrte. Seine Frau fixierte das Blumengesteck.

»Guten Abend Donauwellenland. Am Mikrofon begrüßt euch Svenja und in der nächsten Stunde spreche ich mit Walle Krawallo von der Gleitschirm- und Drachenflugschule ›Gleitzeit‹ in Spaichingen:

Hallo, Walle. Du bist der Leiter von Gleitzeit und hast

dich bereit erklärt, live mit uns über euren Flugschüler Kolja Udarov zu sprechen.«

»Hallo, Svenja. Ja, den Udarov hab ich nur zu gut kennengelernt. Er hat bei uns seine Grundausbildung zum Gleitschirmflieger gemacht. Leider, muss ich im Nachhinein sagen. Bei der Type hatte ich ständig Zweifel, ob der auch wirklich in den Himmel soll.«

»Das hört sich nicht so begeistert an?«

»Weißt du, Svenja. Gleitschirmfliegen ist ein Sport, für den man ein gewisses Maß an Fitness mitbringen muss. Dies kann der Udarov zweifellos bieten. Nur die zweite Bedingung, nämlich Hirn, das hat dem Kerl total gefehlt.«

»Das heißt eure Schüler müssen auch theoretische Inhalte lernen?«

»Genau. Die Theorie ist die Basis für's Fliegen. Bevor bei uns einer in die Luft geht, muss er eine entsprechende Prüfung ablegen. Dieser Luftikus brauchte drei Anläufe, um diese erste Bedingung zu erfüllen.«

»Es ist noch kein Meister vom Himmel gefallen.«

»Das nicht. Aber der Kerl ist auf gut Schwäbisch ›z'domm zum Scheiba putza‹. Ich meine damit, ihn interessiert auch nix. ›Action‹ war sein Lieblingswort und alles, worauf er ständig aus war.«

»Du hast ja mitbekommen, dass wir unsere Kollegin Mina vermissen und bringen ihr Verschwinden in Verbindung mit Kolja Udarov. Nur deswegen nennen wir hier so deutlich und an den Presserichtlinien haarscharf vorbei seinen Namen. Hältst du ihn für in der Lage, jemanden zu entführen und zu verstecken?«.

»Dieser Fliegerhorst ist zu allem fähig. Im Übrigen hat er ständig von einem Mädchen berichtet, welches er ›aufgerissen‹ hätte, die aber noch nicht wüsste, welches Glück sie mit ihm habe. Gesehen habe ich die Glücklose leider nie.«

»Ich danke dir für dein Kommen.

Vom Flugunterricht zum Wetter und im Anschluss das Original des ›Fliegerliedes – So a schöner Tag‹ von DONIKKL.«

Als Thorben Fischer nach seinen erschöpfenden ›Diskussionen‹ mit Metzger nach Hause kam, fühlte er sich mies. Er hatte sich für seine eigene Wohnung entschieden – ohne groß nachzudenken. Der Mietvertrag endete in ein paar Wochen, aber noch gab es seine Junggesellenbude, wo er allerdings von mächtig muffiger Luft und einem überquellenden Briefkasten (nur Werbung, der Nachsendeantrag funktionierte) empfangen wurde. Thorben schaltete sein Handy aus, legte es auf das Eileen-Grey-Beistelltischchen im Flur, ging ins Badezimmer und schluckte zwei Aspirin mit einem kräftigen Schluck Grippostad herunter. Seine Nase verweigerte strikt die Zusammenarbeit mit dem übrigen Körper, schlimmer noch, sie überlagerte all seine Körperempfindungen und spielte sich unangemessen in den Vordergrund. Vor dem Badezimmerspiegel schaute er sich ins schnupfengeplagte Angesicht, zog sich die Lider nach oben, nahm eine leichte Rötung wahr und fühlte sich gleich noch schlechter.

»Dieser Metzger hat mir den Rest gegeben«, lamentierte er seine rote Nase vorwurfsvoll an, auf der er sehr zu seinem Entsetzen einen Pickel entdeckte, der sich eben anschickte, seine volle Hässlichkeit zu entfalten. Thorben machte diese Absicht kurzerhand zunichte, streckte sich dann die Zunge heraus und meinte, einen weißlichen Belag auszumachen. Angewidert drehte sich der leidende Fischer vom Spiegel weg, beschloss, nicht weiter in sich hineinzuhören und -zusehen und trat den Weg zum Kühlschrank an. Außer zwei Dosen Bier, einem Stück Camembert von der Konsistenz eines Granitblocks und einem Joghurt mit gefährlich gewölbtem Deckel, der in Kürze eine gewaltige Eruption vermuten ließ, war dem vereisten Kühlinstrument nichts Nahrhaftes zu entlocken. Frustriert griff Thorben nach einer Dose Bier und beschloss, sich eine Pizza kommen zu lassen:

»Aimal Pizza Diavolo mitte ohne Pepperoni abba exetra Porzione Knobblauck, kommet in fimfzähn Minute, danke fir Ihr Beschtellung, Härr Fischär«, antwortete die Thorben mittlerweile vertraute Stimme des freundlichen Opas von Federico, einem der örtlichen Pizzalieferanten, aus dem Telefon. Thorben verzog sich mit der Bierdose auf sein Rolf Benz-Sofa aus blauem Leder und schaltete seinen Bang & Olufsen Beovision 9, seinen ganzen Stolz, ein. Werbung. Nasivin. Fischers Nase machte dicht.

»Schiitkroom«, schimpfte Thorben vor sich hin und zappte weiter. ›Wick MediNait, der wirksame Erkältungssirup ohne Alkohol, der Ihre Beschwerden im Schlaf bekämpft!‹ Fischers Mandeln schwollen an, der Hals begann zu schmerzen. Thorben zappte weiter. ›Vivimed gegen Kopfschmerzen!‹ Thorben verspürte einen schnell stärker werdenden Druck an den Schläfen.

Ein Klingeln an der Haustür bewahrte Fischer vor dem virtuell verursachten völligen körperlichen Zusammenbruch. Es war Federicos Sohn Carlo mit Thorbens Diavolo.

Allein mit seiner Pizza an seinem Palisander-Küchentisch verwünschte er weinerlich Verena. Musste sie so dringend nach Berlin und ihn hier in seinem Elend alleine lassen? Was erwartete sie sich in Berlin und musste sie denn auch noch mit diesem Pater Pius, der Fischer ohnehin viel zu weltlich für einen Pater erschien, fahren? Wahrscheinlich vergnügte sie sich gerade mit Pater Pius im Friedrichstadtpalast, war vorher noch im Spa des Hotels gewesen und hatte sich irgendein fünfgängiges Sterne-Menü auf viel zu großen Tellern einverleibt. Ein graugelber Vorhang, gewoben aus Selbstmitleid und Neid, schob sich zwischen Thorbens Gehirnwindungen. Missmutig schob er sich das letzte Stück Pizza in den Mund, stand auf, stellte seinen Teller in die Spülmaschine, griff sich das zweite Bier aus dem traurigen Kühlschrank und verzog sich wieder auf die Designercouch.

Vorsichtig griff er nach der Fernbedienung des Fernsehers – und hatte Glück. Die Nachrichten waren vorbei, gerade lief der Vorspann zu einer Rosamunde Pilcher-Verfilmung. Thorben entspannte sich. Ein Hubschrauber überflog zu einer elegant dahinplätschernden Melodie ein stattliches, sonnenbeschienenes Anwesen an der Küste von Cornwall. Schnitt. Ein dunkler Range Rover mit einem gebräunten jungen, blonden Mann, rosa Poloshirt von Ralph Lauren, Seidenschal mit Karomuster, gebügelten hellen Leinenhosen (Thorben war er auf Anhieb sympathisch) brauste ernst zwischen von Mauern umzäunten Schafweiden auf eine Kreuzung zu. Von links näherte sich ein silbergraues, unverkennbar bayerisches Cabriolet mit offenem Verdeck. Am Steuer saß eine Schönheit, die ihre schwarzen Haare unter einem Hermes-Kopftuch und ihre Schönheit hinter einer überdimensionierten Sonnenbrille verbarg. Bremsen quietschten, der Range Rover wich gekonnt und haarscharf aus, die Schönheit erblasste hinter der Sonnenbrille und schlingerte mit der vollendeten Hilflosigkeit aller weiblichen Schönheiten dieser Welt in den Graben – selbstverständlich ohne dem bayerischen Luxusmodell auch nur einen Kratzer zuzufügen. Behände, polo-, cricket- und golfgestärkt sprang der junge englische Landedelmann aus seinem Wagen, eilte voll ehrlicher Besorgnis zu der Schönheit, all seine Vorwürfe verschluckend – die Schönheit hatte natürlich in ihrer entwaffnenden Weiblichkeit jedwede Vorfahrts- und Vorsichtsmaßregeln missachtet. Er legte besorgt und ganz gentlemanlike seine Rechte zartfühlend auf die Schulter der über dem Steuerrad Zusammengesunkenen, die intensiv mit dem Erzeugen herzzerreißender Schluchzer beschäftigt war. Wortlos, aber mit sorgenvoll gewellter Stirn zog der junge Beau die Fahrertür des Cabrios auf und die Schöne sanft zu sich hinaus. Schluchzend sank sie ihm gegen die Schulter, zog ein Taschentuch aus ihrer Straußenlederhandtasche, führte es gegen ihr perfekt mattiertes Näschen, erbebte leicht – und nieste gewaltig in die Spitzenklöppelei hinein.

Thorben war am Boden zerstört. Mit einem eiligen Daumendruck und unter lautem Stöhnen beförderte er den Fernseher in den Standby-Modus. Nur das Bett und die Barmherzigkeit des Schlafes konnten diesem Tag noch ein gnädiges Ende bereiten. Er stand auf, ging ins Bad, vermied jeden Blick in den Spiegel und putzte sich blind die Zähne. Nachdem er noch mit 2-prozentiger Chlorhexamed-Lösung ausgiebig gegurgelt und seine Nase mit Emser-Nasenspray und -salbe behandelt hatte, warf er ein Paracetamol ein, ging ins Schlafzimmer, stellte den Wecker auf sieben und zog sich seine Joop-Bettwäsche über den Kopf. Ein langer Seufzer, prallvoll gefüllt mit Selbstmitleid und einem tiefen Vorwurf, den er Verena nach Berlin schickte, entrang sich dabei seiner Kehle. Aspirin, Bier und Paracetamol taten pflichtschuldigst ihre Wirkung und Fischer sank sofort in einen tiefen Schlaf. Noch ahnte er nicht, dass ihn ein Traum, in dem ihn eine Horde bissiger Bakterien eine Allee von Apfelbäumen entlang auf einen axtschwingenden Jost Metzger zutrieben, lange vor dem Wecklaut aus dem Bett verjagen sollte.

»Es ist kurz vor 0 Uhr und es folgen die Schlaglichter. Unsere Rubrik für die ganz obskuren Meldungen. Hier ist Mike und euer Radio spielt Radio Donauwelle. Ein doppeltes Unglück erfuhr eine Frau aus Immendingen, als sie erst von einem Kampfhund gebissen und dann von einem zu Hilfe eilenden Polizisten angeschossen wurde. Die 32-jährige Frau war vom Pitbullterrier einer Nachbarin im Hausflur angegriffen worden. Als zwei alarmierte Poli-

zisten das Tier später mitnehmen wollten, hat der Hund erneut angegriffen. Die beiden Beamten schossen auf den Kläffer – und die 32-Jährige wurde von einem Querschläger erwischt. Ein weiterer Schuss traf einen der beiden Polizeibeamten am Hals. Der Hund wurde erfolgreich eliminiert. Das war das Schlaglicht und wir machen weiter mit Baha Men und ›Who let the dogs out‹.«

Als gegen Mitternacht die Tanzfläche unter den Pumps und Schnürschuhen der Gäste bebte, stand Schröder endlich auf und watschelte zum Ausgang. Verena hatte ihn keinen Moment aus den Augen gelassen – abgesehen von den fünf Minuten, in denen sie zur Toilette gehastet war. Die vor vier Stunden noch normale Gesichtsfarbe des Vorsitzenden hatte mittlerweile in ein sattes Rot gewechselt. Schröders Nase glänzte und seine Krawatte hing schief. Die Kommissarin rief sich innerlich ein lautes ›Bingo!‹ zu und wischte die Rosenblüten, die sie im Lauf der vergangenen zwei Stunden, nachdem die Senioren sich verabschiedet hatten, aus dem Gesteck gezupft hatte, vom Tisch. Dann schnappte sie ihre Handtasche, warf das Handy hinein – sie hatte 17 Kurzmitteilungen an Thorben geschrieben, die alle ohne Reaktion geblieben waren – und folgte Schröder.

Die Stehtische im Vorraum waren zur Hälfte belagert. Eine gut 80 Kilo schwere Wuchtbrumme lachte schrill, als einer der Krawattenträger ihr zuprostete. Schröder winkte der Truppe zu und bog dann zu den Toiletten ab. Damit hatte die Kommissarin gerechnet: Selbst der Vorsitzende der D.B.I., Deutschlands oberster Biertrinker sozusagen, musste irgendwann mal müssen. Verena, die sich mit den Getränken zurückgehalten hatte, bewunderte Schröders Fassungsvermögen. Hätte sie die ähnliche Menge Bier getrunken, wäre sie längst geplatzt.

›Apropos‹, schien just in dem Moment ihre Blase zu sagen. ›Ich wär dann auch mal voll …‹ Die Kommissarin überlegte kurz – Schröder verpassen oder eine Pfütze auf dem Marmor hinterlassen? Sie entschied sich für eine kurze Sitzung. Und war erleichtert, als sie wieder aus der Damentoilette kam und sah, dass die Zielperson eben erst den Gang entlangschwankte. Schröder steuerte Harrys New York Bar an. Verena schlenderte hinter ihm her und konnte kaum glauben, wie berechenbar dieser Mensch offensichtlich war. Denn genau so hatte sie sich das vorgestellt.

Verena ließ Schröder ein paar Minuten Vorsprung, in denen sie nach draußen zur Piazza ging. Die Luft war noch angenehm warm, die Hälfte der Tische besetzt. Die Kommissarin nickte dem Portier zu, ging ein paar Schritte auf und ab und machte sich dann ebenfalls auf den Weg in die Bar. Zwei Geschäftsleute saßen am Tresen, an einem Tisch ein junges Pärchen, das sich verliebte Blicke zuwarf. Und der Platz neben Schröder, dessen knubbeliges Gesicht sich in der blanken Marmorplatte der Theke spiegelte, war noch frei.

»Einen Screwdriver, bitte«, hauchte Verena, als sie sich auf den mit dunkelrotem Leder bezogenen Barhocker hievte. Ehrlich gesagt hatte sie keine Ahnung, was das war, aber sie fand, es klang ganz gut.

»Wollen Sie erst einen Blick in unsere Karte werfen?«, fragte die junge Frau hinter dem Tresen und reichte Verena ein grün bedrucktes Heftchen. ›Europes oldest bar‹, stand auf dem Deckblatt.

»Danke«, antwortete Verena und wollte eben nach der Karte greifen, als eine wulstige Hand nach vorne schoss.

»Die Dame braucht keine Karte«, polterte Schröder. »Ich lade Sie ein. Pussy Galore!«

»Wie bitte?« Wie kam Schröder dazu, sie nach einem Luder aus den James-Bond-Filmen zu titulieren? Verena funkelte die Zielperson an.

Schröder ließ ein schiefes Grinsen sehen. »Passt zu Ihnen«, stellte er fest.

»Pussy Galore?«

»Das denke ich auch«, mischte sich die Barfrau ein und griff nach dem Shaker.

Verena begriff, dass ›Pussy Galore‹ offensichtlich ein Drink war.

»Na dann«, sagte sie und nickte Schröder zu. »Danke für die Einladung.« Innerlich rieb sie sich die Hände. Das lief ja besser als gedacht!

»Schröder. Helmut Schröder«, nuschelte ihr gegenüber und streckte ihr die Hand hin. »Und Sie sind …?« Der Angeschickerte lehnte sich vor, um das Namensschild auf Verenas Shirt zu entziffern. Aber auch dieses war ›zufällig‹ ins Wasser gefallen und vollkommen verschwommen.

»Tina. Ich bin Tina«, haspelte Verena.

»Dem Benzing seine neue Sekretärin?«

Verena nickte. Wie schön, dass die Zielperson gleich ihre Legende mitlieferte.

»Der alte Zausel hätte ja mal sagen können, dass er so eine Granate eingestellt hat!«, platzte Schröder raus.

Im wahren Leben wäre für Verena allerspätestens jetzt der Punkt gekommen, sich zu verabschieden. »Danke«, hauchte sie stattdessen und starrte fasziniert auf das Glas, das jetzt vor ihr stand.

»Darf ich vorstellen: Pussy Galore«, lachte die Barkeeperin. »Pampero Selección 1938, Mozart Dry Chocolat, Weintrauben, Rosinensirup und Orange Water.«

»Hmmm«, machte Verena, obwohl sie den Eindruck hatte, dass ihr gerade die Innereien eines exotischen Tieres aufgezählt worden waren. Sie nippte am Drink. Tatsächlich – das Zeug schmeckte verdammt gut und wenn sie nicht im Dienst gewesen wäre, hätte sie das ganze Glas auf einmal runtergespült. Was das bisschen Flüssigkeit allerdings kostete, wollte sie sich lieber nicht vorstellen. Schröder prostete ihr mit seinem Bierglas zu.

»Und? Wie hat dir die Transe gefallen? Hab ich ausgesucht!«

Du liebe Güte … Verena hatte Mühe, Schröder nicht gegen das Schienbein zu treten. Erstens hatte sie ihm noch lange nicht das Du angeboten, nicht mal als Tina. Und zweitens fand sie Menschen, die Travestiekünstler nicht von Transsexuellen unterscheiden konnten, schlichtweg erbärmlich.

Reiß dich zusammen, mahnte sie sich im Stillen und geriet dann ins Schwärmen über das Essen, den Wein und überhaupt. Schröder sah das alles offensichtlich als seinen ganz persönlichen Verdienst an und Verena konnte sehen, wie seine Brust über dem Schmerbauch immer weiter anschwoll. Einen halben Drink später hatte er ihr bereits die Hand auf den Arm gelegt, was unangenehm schwitzig war, kurz darauf lag eben diese Hand auf ihrem Oberschenkel. Verena kämpfte mit dem Brechreiz und erinnerte sich selbst sekündlich an ihre Mission.

Zum Glück war Schröder bereits dermaßen alkoholisiert, dass es keine 20 Minuten mehr dauerte, bis er das sagte, worauf sie den ganzen Abend gewartet hatte:

»Ich hab da noch ein Fläschchen Schampus in meiner Minibar.«

Eigentlich hatte Verena alias Tina sich ein wenig zieren wollen, doch Schröder rutschte bereits vom Barhocker. Was soll's, sagte sich die Kommissarin, Augen zu und durch.

Im Zimmer 440 ging es gemächlicher zu. Pius lag, alle vier Kissen im Rücken und beide Daunendecken über sich ausgebreitet, mitten auf dem Bett und schnarchte leise vor sich hin. Die Hände hatte der Pater vor dem Bauch gefaltet. Neben ihm auf der Matratze lag die kleine, abgegriffene Bibel, die er zur Erstkommunion von seinem Patenonkel geschenkt bekommen hatte und die ihn, weil sie genau in die aufgesetzte Außentasche der Reisetasche passte, stets auf Ausflügen begleitete. Nachdem der Pater sich in den blau gestreiften Pyjama gekuschelt und die Zähne geputzt hatte, hatte er auf dem Schreibtisch unter dem hochmodernen Bild, einer Mischung aus

Malerei und Spiegel, einen provisorischen Altar errichtet, indem er seine Reisebibel und das Kruzifix nebeneinander legte, die Blumenvase mit der einzelnen orangenen Gerbera daneben stellte und die Stehlampe anknipste. Dann hatte er gebetet. Und musste lange auf dem weichen Teppich knien an diesem Abend, schließlich hatte er nicht nur das Tischgebet nachzuholen, sondern auch ein Gespräch mit seinem Herrn zu führen über all den Luxus, der ihm heute widerfahren war.

Nach dem Gebet rief Pius im Kloster an. Er ließ es zweimal klingeln und legte dann auf. Wenige Sekunden später rief Johannes zurück – so umging der Orden die horrenden Handykosten.

»Pius, schön, dass du dich meldest!«, platzte Johannes heraus. »Ich mach schnell den Lautsprecher an!«

»Im Namen des Vaters, des Sohnes und des Heiligen Geistes«, entgegnete Pius.

»In Ewigkeit, Amen«, stotterte Johannes, der vor lauter Ferngespräch glatt vergessen hatte, die Begrüßungsformel korrekt zu sprechen.

»Wie geht es euch?«, fragte der Superior, dem es auf einmal vorkam, als sei er seit Wochen nicht mehr auf dem Dreifaltigkeitsberg gewesen. Dabei war er noch keine 24 Stunden von daheim fort!

»Bestens, mein Lieber, wir sitzen hier im Wohnzimmer, Sunil ist schon im Bett, ich habe gerade mit Ortwin eine Partie Kniffel gespielt.«

»Und die …«, setzte Pius an, als Ortwin rief: »… Tageslesung haben wir auch gelesen und darüber gesprochen!«

»Sehr schön«, sagte Pius und nickte zufrieden. Offensichtlich kamen die Brüder auch mal einen Abend ohne ihn aus.

»Wie geht es dir denn?«, wollte jetzt Johannes wissen. »Gab es etwas Gutes zum Essen?«

Pius war versucht, den Brüdern die Leckereien in allen Einzelheiten zu beschreiben, dachte dann aber an die Telefonrechnung und bejahte einfach nur.

»Es ist gut, eure Stimmen zu hören«, bekannte er.

»Na, na, bloß kein Heimweh«, neckte ihn Johannes. »Hier verpasst du nichts!« Dann gab er einen kurzen Abriss der Telefonate heute, berichtete von zwei Ab- und vier Zusagen für ein Wochenendseminar kommenden Monat und informierte Pius über eine Bestattung, die der Pater am Tag nach seiner Rückkehr würde halten müssen.

»Der Stadtpfarrer ist doch noch in Reha wegen seines Kniegelenks«, sagte Johannes, »und der Witwer wollte unbedingt, dass du das machst. Ich hatte ihm angeboten, dass Sunil oder Ortwin die Predigt halten, tut mir leid, dass du dann morgen gleich Stress hast.«

»Schon gut, Johannes, wann ist denn das Trauergespräch?«

»Ich hab gesagt, du kommst irgendwann nach 14 Uhr. Dann hast du keine Hektik, wenn ihr erst um zwölf in Stuttgart landet.«

»Danke.«

»Gern geschehen. Wie laufen denn die Ermittlungen, Kommissar Pius?« Johannes lachte.

»Gut, denke ich. Verena ist noch unterwegs, nehme

ich an. Ich weiß ehrlich gesagt gar nicht so genau, was ich hier machen soll.«

»Genießen, lieber Pius!«, rief Ortwin.

Das mache ich, dachte sich Pius, wünschte den Brüdern eine gute Nacht und kroch ins Bett.

»Es ist inzwischen nach Mitternacht. Man nennt mich die Nachteule Sascha und hier ist eure Lieblingswelle von der Donau. Für den Nachtschwärmer unter euch, der mir aus folgendem als Gruß getarnten Witz die Pointe erklärt, verlosen wir einen Studiobesuch in unserer Redaktion. ›Wir gratulieren unserem Hörer Günther Grube aus Bad Godesberg zur Geburt seiner Tochter Claire!‹ Na? Ich bin gespannt und nach Chris Normans ›Midnight Lady‹ freue ich mich auf eure Antworten.«

»Ssssessshunneeeedffffünfffff«, nuschelte Schröder und lehnte schwer atmend an der Wand neben dem Aufzug. Immerhin hatte er sich dran erinnert, dass er im sechsten Stock wohnte. »Glaubbbb isss. Gumma nach, Tina.«

Verena schauderte, doch wenn sie Schröder in dessen Zimmer verfrachten wollte, musste sie wohl oder übel wissen, wo der Kerl wohnte, der hier lallend und schwitzend vor ihr stand. Die Kommissarin griff in Schröders rechte Jacketttasche. Zu ihrem großen Glück war nichts weiter darin als eine Schachtel Streichhölzer aus der New York-Bar und die Schlüsselkarte für das Zimmer.

»Sechshundertfünfzehn«, gab Verena bekannt.

»Ssssag ich doch«, meinte Schröder, stieß sich von der Wand ab, geriet ein bisschen ins Schwanken, fing sich aber wieder und folgte Verena, die es ihm abnahm, die Zimmertür zu öffnen.

»Homma Schampus«, hickste Schröder und ließ sich in einen der beiden Sessel plumpsen.

Verena grinste in sich hinein und dachte: Tja, Helmut, meine Pussy Galore hättest du nicht auch noch runterschütten müssen, die gibt dir jetzt den Rest.

Verena angelte das 0,2-Liter-Fläschchen Sekt aus der Minibar und drehte den Verschluss auf. Schröder beobachtete sie aus blutunterlaufenen Augen und leckte sich über die Lippen.

»Willst du dich mal eben frischmachen?«, schlug Tina-Verena vor. »Ich mein, man weiß ja nicht …«

Schröder machte kugelrunde Augen.

»Weissmannich«, nickte er und hievte sich hoch. Dann torkelte er zum Bad. Kaum hatte er die Tür hinter sich zugeworfen, klappte Verena den Deckel von Schröders Laptop, das auf dem Schreibtisch stand, hoch und schaltete den Knopf ein.

»Lass dir Zeit!«, rief sie der geschlossenen Badtür zu und meinte das auch voller Inbrunst. Hätte Verena sehen können, welchen Kampf Schröder gerade mit seinem Hosenstall ausfocht, sie wäre die Ruhe in Person gewesen: Der Reißverschluss klemmte und Schröder verfluchte seine ihm angetraute Gattin, die es wieder einmal versäumt hatte, den Anzug zu reparieren. Schwankend stand er vor dem Klo, fixierte die Schüssel und zerrte an seiner Hose.

Verena schaltete den Fernseher ein, um das ›Pling‹ des Laptops zu übertönen. Als das Gerät hochgefahren war, schaltete sie die Glotze wieder aus und lauschte ins Bad. Schröder fluchte vor sich hin. Bislang hatte nichts geplätschert. Verena stöpselte den mitgebrachten Stick ein und begann damit, die Dateien aus ›Eigene Dateien‹ zu kopieren. Sie hatte richtig gelegen mit ihrer Vermutung: Schröder hatte kaum Daten gespeichert, wozu auch, für so was hatten Männer wie er Sekretärinnen.

Während der Zeitbalken auf dem Bildschirm langsam wuchs, ertönte aus dem Bad das Plätschern, auf das Verena gewartet hatte.

»Komm schon, mach hinne«, flehte sie den PC an.

Schröder rülpste laut und brüllte dann: »Raus …!«

Verenas Herzschlag setzte aus, doch als Schröder weiterschrie, atmete sie auf: »… was keine Miete zahlt!« Dann ertönte ein Furz, der so laut war, dass Verena gar nicht daran denken mochte, wie er wohl roch. Der Balken hatte gerade die Mittellinie passiert, als die Spülung rauschte.

Verena brach der Schweiß aus. »Komm, komm, komm«, feuerte sie das Laptop an.

Im Bad krachte etwas zu Boden und Schröder brüllte »Scheiße!«

»Alles in Ordnung?«, rief Verena zurück und ballte die Hände zu Fäusten. Sie bekam keine Antwort. Der PC ratterte leise und die Lüftung des Gerätes sprang an. Verena erschrak, wie laut das war.

»Hopp, mach schon, verdammt!« Die Kommissarin presste die Zähne so fest aufeinander, dass es schmerzte. Schröder machte den Wasserhahn an. Endlich hatte der Zeitbalken die Ziellinie erreicht. Verena zog den Stick ab und drückte den Aus-Knopf. Sie machte sich nicht die Mühe, das Gerät runterzufahren. Hastig klappte sie den Deckel zu, schnappte sich ihre Handtasche und klopfte an die Badtür.

»Ich habe in meinem Zimmer noch etwas Schönes für dich«, flötete sie das Holz an. »Ich bin gleich wieder da!«

Als Antwort kam ein Rülpsen.

Verena schoss zur Tür hinaus, rannte zum Aufzug und hämmerte auf den Knopf. Ihr Herz raste und sie hatte mit einem Mal Durst, als sei sie eben durch die Sahara gejoggt. Der Aufzug regte sich nicht.

»Kommsssurrrrück!« Verena erstarrte. Wie in Zeitlupe drehte sie sich um. Schröder, das Hemd halb geöffnet, stand in seiner Zimmertür. Der offene Gürtel baumelte mit der Schließe nach unten an seiner Hose.

»Gleich! Ich hole eine Überraschung für dich!« Verena drückte wieder und wieder auf den Aufzugknopf. Endlich hörte sie das leise Gleiten der Kabine im Schacht.

»Machssssnell«, nuschelte Schröder.

Die Kabinentür glitt auf. Verena drehte sich um, warf dem Betrunkenen eine Kusshand zu und drückte auf die Vier.

Schröder zog den Gürtel komplett aus seiner Hose und fixierte sie aus zusammengekniffenen Augen. »Ischwwarrrrte«, rief er.

Mach das. Bis Sankt Nimmerlein, dachte Verena und lehnte sich erschöpft gegen die Kabinenwand, als der Lift endlich nach unten fuhr.

Im Zimmer angekommen, wählte sie als Erstes die Nummer der Rezeption, während ihr eigener Laptop hochfuhr. Beim Nachtportier bestellte sie zweimal Frühstück. Eines um 5:30 Uhr für Pius (sie nahm an, dass der Pater automatisch um diese Zeit aufwachen würde) und eines für sich auf 9 Uhr. Verena hatte keine Lust, Schröder irgendwo über den Weg zu laufen und so die Tarnung zu riskieren. Und außerdem liebte sie Hotelfrühstück im Bett. Der Moment, wenn der Zimmerkellner leise klopfte. Dann aufschloss und einen mit feinem Leinen bedeckten Wagen hereinfuhr. Einen guten Morgen wünschte und das Frühstück neu arrangierte: frisch gepressten Orangensaft, Rührei, Speck und ein ganzer Korb voll knackfrischer Brötchen. Dazu eine Tageszeitung ... Für Verena war das alles immer das Schönste beim Übernachten im Hotel. Nur leider konnte sie sich Häuser, in denen dieser Service angeboten wurde, von ihrem Salär nur ganz, ganz selten leisten.

Die Kommissarin checkte, ob Thorben sich gemeldet hatte. Hatte er nicht. Entweder lag er also dem Tode nahe verschnupft im Bett oder er zog mit Mike Ritter um die Häuser. Sie schickte noch eine SMS, dann fläzte sie sich ins Bett und ging daran, die Dateien von Schröder zu sichten.

»Guten Morgen, ihr Nachtschwärmer und Frühaufsteher. Es ist halb 6 und euer Gute-Laune-Sender startet in den neuen Tag. Am Mikro ist Steven und bevor ich meinen ersten Kaffee trinke, danken wir allen Hörern für die vielen Anrufe die wir seit Tagen bekommen, um das Rätsel meiner verschwundenen Kollegin Mina zu lösen. Leider muss ich euch sagen, dass sich bisher nichts Weite-

res ergeben hat, das uns weiterhelfen könnte. Wir und im Besonderen auch ich warten immer noch auf eine Meldung meiner Lieblingskollegin oder dass sich etwas Neues aus der Fahndung nach dem fahrerflüchtigen Kolja Udarov ergibt.

Bevor es im Programm weitergeht, habe ich noch eine Meldung für alle Brillenträger aus Spaichingen. Unser früherer Werbepartner ›Optik Gebrüder Karl‹ musste seine Geschäftsstelle am Marktplatz schließen. Das Wettrabattieren mit dem Konkurrenzoptiker hat ›Optik Suttner‹ gewonnen. Die Gebrüder Karl schwenken die weiße Fahne und eröffnen eine neue Filiale in Rottweil. Euer Frühstücksradio spielt ›Augen zu und durch‹ von Wolle dem Petry und wünscht euch einen beschwingten Start in den Tag.«

Der eiskalte Wind zerrte an Pius' Kutte. Der Pater legte den Kopf in den Nacken und sah hinauf zur Turmspitze. Das beleuchtete Kreuz hob sich gegen den Nachthimmel ab und flackerte. Nieselregen durchnässte Pius' Kleidung und er schlang die Arme um sich. Doch ihm wurde kälter und kälter.

Oben auf dem Turm sah er eine Gestalt. Pius trat einen Schritt weiter zurück, um besser sehen zu können. Der Regen wurde stärker und klatschte ihm in die Augen. Die Gestalt hievte einen Sack auf das Dach des Turmes. Sie zog und zerrte und schließlich erkannte Pius, dass der Sack Arme und Beine hatte. Er wollte schreien, doch der Wind wurde stärker und nahm ihm den Atem. Pius strauchelte und als er wieder nach oben sah, leuchtete das Kreuz blutrot. Die Gestalt schwang einen Hammer und nagelte den Toten fest.

›Tock.‹

›Tock.‹

»Zimmerservice!«

Pius riss die Augen auf. Den Mund. Wollte schreien. Doch es kam nur ein Krächzen aus seiner Kehle. Irgendetwas hielt ihn fest. Drückte ihn nieder. Pius strampelte und merkte, dass eine Decke auf seinem Körper lag.

»Guten Morgen«, sagte ein Mann. Licht flammte auf.

»Wer sind Sie?«, rief Pius.

»Roomservice, Ihr Frühstück!«, sagte der Mann. Jetzt sah Pius, dass dieser einen Wagen zum Zimmer hereinschob. Natürlich! Pius war in Berlin, im Hotel.

»Ich habe nichts bestellt«, stammelte er.

»Die Bestellung kam aus Zimmer 442«, gab der Mann bekannt und zog die schweren Vorhänge zur Seite. Draußen war es noch dunkel. Der Kellner schob den Servierwagen neben Sessel und Tisch, zupfte kurz an der Gerbera in der kleinen Vase und wünschte Pius einen schönen Tag. Genauso schnell, wie er gekommen war, war er auch wieder verschwunden.

Pius rieb sich die Augen und gähnte herzhaft. Wie ferngesteuert krabbelte er unter den beiden Daunendecken hervor und kniete sich neben das Bett. Das heißt – er hing mehr schief als gerade da, denn sein Rücken knirschte und ächzte. So gut Pius bis zu seinem Albtraum auch geschlafen hatte, sein Körper war an die harte Matratze im Kloster gewöhnt und sein Nacken an ein einziges statt an gleich vier Kissen.

»Oh Herr, erinnerst Du mich wieder an meine Zipperlein?«, murmelte der Pater und verschränkte die Hände zum Gebet. »Oder soll das eine Strafe sein, dass ich hier im schieren Luxus hause, wo doch so viele Menschen auf der Welt in absoluter Armut darben?« Pius horchte in sich hinein. Er atmete tief ein und aus, überließ sich dem Gebet und schloss es nach einer guten Viertelstunde mit einem kräftigen »Amen«. Der Pater bekreuzigte sich und rappelte sich hoch.

»Das ist schon ein Kreuz mit dem Kreuz«, stöhnte er, als seine Bandscheiben sich heftig zu Wort meldeten. Doch Pius ließ sich nicht beirren und schlurfte, halb gebückt, zum Ohrensessel am Fenster. Stöhnend ließ er sich hineinfallen. Der Blick auf die Digitaluhr am Fernseher sagte ihm, dass es gerade mal 5:53 Uhr war. Beste Frühstückszeit also. Pius ließ den Blick über den Servierwagen schweifen: Da stand eine kleine silberne Thermoskanne, er sah Milch und Orangensaft. Braunen Zucker, weißen und Kandis. Portionsweise abgepackte Butter und Margarine. Und die kleinsten Marmeladen- und Honiggläser, die ihm je zu Gesicht gekommen waren. Gerade mal groß genug, um genug Gsälz für ein Brötchen aufzunehmen. Pius stellte die Gläser zur Seite; er würde sie zusammen mit der Seife aus dem Bad den Brüdern mitbringen. Dann hob er den silbernen Deckel auf dem Teller an. Rührei mit knusprig gebratenen Speckscheiben. Pius nahm ein Brötchen aus dem Korb (Laugenweckle konnte er nicht entdecken), entschied sich dann aber doch für ein Croissant.

»Guten Appetit, Pius«, sagte er zu sich selbst und

machte sich daran, das Rührei seiner Bestimmung zuzuführen.

Zur selben Zeit wälzte sich Verena Hälbe ein Zimmer weiter in einem unruhigen Schlaf hin und her. Sie hatte gerade die erste Traumphase der Nacht erreicht und durch ihren benebelten Geist schwirrten die Dinge, die sie bis vor einer knappen halben Stunde noch zu einem Bericht zusammengefasst und direkt an Thorbens Mailadresse ins Spaichinger Revier gemailt hatte. Bei der Durchsicht von Schröders Dateien hatte sie mehr als einmal laut »Bingo!« gerufen. Nachdem die Kommissarin sich durch privaten Schriftverkehr – falsche Abrechnungen der privaten Krankenkasse, ein Kondolenzbrief an die Witwe eines Nachbarn, eine Sammlung von Zitaten zum Thema Bier und dergleichen – gewälzt hatte, öffnete sie den Ordner ›Building Man‹. Die Kommissarin erwartete irgendetwas über eine Baustelle, unfähige Bauarbeiter, die Renovierung eines Feriendomizils. Und musste dann breit grinsen: ›Building Man‹ war nichts und niemand anders als ›Baumann‹.

»Von einem, der nicht mal ein Passwort hat, ist wohl nicht mehr zu erwarten«, sagte Verena laut und angelte das Tütchen Erdnüsse vom Nachttisch. Dazu gönnte sie sich die Cola aus der Minibar.

Einem »Bingo« folgte das nächste. Alfons Baumann hatte Schröder Kopien gemailt von Zutaten- und Einkaufslisten großer deutscher Brauereien. Verena kannte sich zwar nicht wirklich aus, war sich aber sicher, dass die Rohstoffe nicht dem Reinheitsgebot entsprachen. Und das wusste sogar sie als nicht eben passionierte Biertrinkerin: Das Reinheitsgebot des deutschen Bieres war ein Sakrament. Sozusagen.

Die Lieferanten, die Baumann auflistete, saßen samt und sonders im Ostblock. Rumänien, Estland, Litauen. Baumann hatte den Lieferscheinen kryptische Zettel angehängt, die – so hatte er geschrieben – eindeutig belegen würden, dass die Rohstoffe ›ziemlich verseucht sind, dass die nachts nicht von alleine leuchten ist alles.‹

Es folgte eine Menge Fachgeschwafel, das die Kommissarin nicht verstand. Das könnte sie von zu Hause aus bei Google nachschauen.

Baumann jedenfalls regte sich auf: Die Umsätze von Spöttinger Bräu seien stark rückläufig (»Aha! Das weiß in Spaichingen auch keiner!«), weil er als traditions- und qualitätsbewusster Unternehmer nach wie vor allerbeste Rohstoffe einkaufe. Die hätten nun mal ihren Preis, der sich auch im Verkauf pro Flasche niederschlagen müsse.

›Unsere lieben Kollegen‹, wie Baumann die Großkonzerne nannte, ›sparen da gewaltig. Kein Wunder, dass die ihr Gebräu zu Schleuderpreisen an den Mann bringen. Man muss ja nachgerade erstaunt sein, dass noch kein Konsument vergiftet wurde‹, wetterte Baumann schriftlich.

Verena scrollte sich durch ein halbes Dutzend Exceltabellen. Aus den Zahlen schloss sie, dass mit der Nichteinhaltung des Reinheitsgebotes saftige Gewinne zu erzielen waren. Sie schauderte, als sie daran dachte, dass auch sie schon einmal Bier aus der einen oder anderen genannten Brauerei getrunken hatte.

Baumann kündigte an, diese Papiere bei der Generalversammlung morgen offenzulegen. Und dann könne nicht nur Schröder seinen Hut und sein üppiges Salär nehmen und sich in den Allerwertesten schieben. So mancher Kollege könne seine Abfüllung schließen – dafür würden die Medien schon sorgen.

Es sei denn … – Verena beugte sich näher an den Bildschirm – … die D.B.I. könnte sich dazu entschließen, ihm – Baumann von Spöttinger Bräu – die fehlenden Gewinnzahlen auszugleichen. Um seiner Forderung mehr Gewicht zu verleihen, würde Baumann gerne RTL, Sat1 und weitere Sender informieren. Wahlweise könnte er sich auch vorstellen, mit anderen Dingen als minderwertigen Rohstoffen versetztes Bier der Konkurrenzbrauereien beim einen oder anderen Discounter ›im Regal zu deponieren‹.

Verena schnalzte mit der Zunge. Das war ja ein gefundenes Fressen für die Kollegen vom Wirtschaftsdezernat. Wäre Baumann morgen in Berlin gewesen, dann hätte es den größten Knall seit dem Mauerfall gegeben, da war Verena sich sicher. Gepanschtes Bier war mit Sicherheit eine Nummer schlimmer als Gammelfleisch. Aber reichte das, um Baumann zu töten?

Verena fand zwar keine weiteren Dateien, war sich aber sicher, dass einer wie Schröder seine Mittel hatte, um diese Art von Erpressung im Keim zu ersticken. Oder etwa nicht? So, wie sie ihn erlebt hatte, sturzbetrunken, mit einer ihm nicht angetrauten Frau im Zimmer, musste man ihm schon einiges zutrauen.

Verena notierte einige Fragen in der Mail, dann klickte

sie auf ›Dateien senden‹. Die Erdnüsse waren viel zu salzig gewesen. Sie trank den letzten Schluck Cola, öffnete die Minibar und schwankte kurz zwischen der Bier- und der Weinflasche. Sie entschied sich für den für ihre Verhältnisse überirdisch teuren Roten.

»Aaaaaarrrhhhh …« Thorben Fischer saß senkrecht im Bett und verscheuchte mit beiden Armen rudernd die bissigen Bakterien. Seine Augen waren zwar weit geöffnet, aber keines seiner diversen Gehirnteile war bislang in seinem Bett und der Wirklichkeit angekommen. Schwer atmend und mit einem Herzschlag wie ein Allegro vivace quasi prestissimo kam er langsam zu sich, seine Bewegungen wurden koordinierter und schließlich senkten sich seine Arme auf die Bettdecke.

»Uff …, plus de cack, was war das denn?« Ein Blick auf den Wecker, ein weiteres »Uff«, er zeigte unbarmherzig 5:20 Uhr an. Thorbens sämtliche Vitalfunktionen waren angeknipst wie ein 1.000-Watt-Strahler und er hoffte, dass sich in seinem Adrenalin noch ein wenig Blut befand. Nach zwei Minuten der Erholung schwang er seine Beine seitwärts aus dem Bett, hievte den Rest seines Körpers in die Vertikale und zog sich den Seidenkimono über. Kaffee war überflüssig geworden, also setzte er sich einen grünen Tee mit Orangenaroma auf und ließ anschließend seinem Körper eine ausgiebige Dusche zuteilwerden. Während der heiße Strahl über seinen Körper lief, ließ er den letzten Tag Revue passieren.

Vielleicht war ich doch ein wenig zu vorschnell mit Metzger, dräute es langsam aus seinem Inneren heraus. Dann drehte sich das Gedankenkarussell immer schneller: Aber der Kerl und seine Axt ... und außerdem bin ich krank ... krank? NatürlichichhabejafurchtbarenSchnupfeneinen belegtenHalsundgeröteteAugenachjeichfühlemich garnichtwohlmeineNaseistzuundwarumhateigentlichVerenanichtangerufen? DasistjawohldasLetzteichliegehiertodkrankherumundsieamüsiertsichmitPiuswarumnichta ngerufenwardochwachwashatsienurundschläftsienochjasicherStop. Wo ist eigentlich mein Handy?

Raus aus der Dusche, rein ins Bugatti-Frottiertuch und wieder in den Kimono. Schnell einen Schluck Tee, Thorben düste in den Flur und schnappte sich sein Handy. Aus. »Sch ...!« Anschalten, 4242 eintippen, ›OK‹ drücken, an. 17 Nachrichten. Alle von Verena.

Die Nachrichten begannen mit ›Thorben mein Liebster, ich hoffe, es geht dir ein bissle besser, ich hab deine Tabletten und das Nasenspray einzeln geküsst und sie dir mit Liebe hergerichtet, nimm sie brav ein, bin gut angekommen, bis bald‹ und endeten mit ›Thoooorben, du unsäglicher Schlaffi, wo steckst du lausige Bazillenschleuder eigentlich! Nie bist du da, wenn man dich braucht. Ich geh jetzt ins Bett und werde NICHT von dir träumen, mit nicht mehr sehr freundlichen Grüßen, Verena.‹ Dazwischen schilderte sie mit wachsendem Unmut ihre Erlebnisse des letzten Tages.

»Sch...!« Es war jetzt kurz vor sechs, zu früh, um Verena zu erreichen, wollte Thorben nicht weitere Schimpftiraden über sich ergehen lassen. Aber Pater Pius dürfte schon auf den Beinen sein, also rief ihn Thorben auf seinem Mobilteil an.

»Ah, guten Morgen Thorben« Pius schlürfte genüsslich den guten Hotelkaffee, »nein, nichts Neues … Ist gut, ich richte es Verena aus … Dir auch einen guten Tag, mein Sohn!«

Thorben schlüpfte in seine Calvin Klein Unterwäsche, zog sich schwarze Seidenstrümpfe an, die dunkelgraue Pal Zileri-Hose, und stopfte ein maßgeschneidertes Van Laack-Hemd hinein. Schnell noch das Hermes-Tüchlein um den Hals geschlungen, in die schwarzen Budapester von John Lobb geschlüpft und den Burberry-Regenmantel übergeworfen. Dann die Autoschlüssel geschnappt und ab aufs Revier. Natürlich hatte ausgerechnet Weckerle Frühdienst und das ganze Revier roch schon um diese frühe Tageszeit nach Weckerles Leberkäsbrötle.

»Dä Hää Pfdaadsanwalt Pedderfen habd pfon geffdern wäg'm Medfger verfucht, Fie dfu erreichn«, presste Weckerle mit vollen Backen hervor.

»Weckerle, beenden Sie erst einmal die Fütterung ihrer Fettpolster, dann versuchen Sie bitte in einer gängigen europäischen Sprache weiterzusprechen, ja?«, zischte Thorben ihn an.

Nach mehreren Schluckgeräuschen setzte Weckerle neu an: »Also, der Staatsanwalt Henning Petersen …«

»Jaja, habe ich schon verstanden, hat der hohe Herr gesagt, wann er heute erreichbar ist?«

»Der hohe Herr ist jetzt sofort erreichbar und will Sie ohne Verzögerung in Ihrem Zimmer sprechen!«, tönte es von der Tür, in deren Rahmen ein nicht sehr freundlich blickender Henning Petersen stand. Thorben zuckte zusammen, errötete an den Ohren wie ein ertappter Schulbub und stammelte: »Oh …, äh, guten Morgen, Herr Staatsanwalt, darf ich Ihnen einen …«

»Nein, keinen Kaffee, mein Blutdruck sprengt momentan ohnehin jedes Messgerät, kommen Sie, Fischer«.

Thorben stapfte hinter dem Staatsanwalt die Treppen hinauf und öffnete ahnungsschwanger die Tür zu seinem und Verenas Büro. Petersen trat ein, nahm ihm die Tür ab und schlug sie mit Schmackes ins Schloss.

»Fischer, sind Sie eigentlich völlig übergeschnappt? Was haben Sie sich dabei gedacht, Metzger nicht nur festzunehmen, sondern ihn auch noch so zu verzurren wie ein Neandertaler seinen erjagten Säbelzahntiger? Haben Sie die letzten 50.000 Jahre in der Entwicklung des Homo sapiens verschlafen? Von den letzten 100 Jahren der Polizeientwicklung will ich gar nicht reden.«

»Aber …«

»Schweigen Sie, Fischer, mit Ihnen bin ich noch lange nicht fertig, Sie sagen erst wieder ›aber‹, wenn *ich* ›Amen‹ gesagt habe und wenn *ich* ›Amen‹ gesagt habe, sind wir fertig, aber erst wenn *ich* ›fertig‹ sage, dann sind wir fertig! Wir sind aber noch lange nicht fertig, wenn Sie ›aber‹ sagen oder ›fertig‹, dann sind wir noch lange nicht fertig, Sie werden schon sehen, wenn ich mit Ihnen fertig bin, dann sind Sie fertig und ›Amen‹ sagen Sie erst, wenn Sie nachts in Rottweil Streife laufen, dann sind wir fertig und dann können Sie ›aber‹ sagen, aber das wird Ihnen nichts mehr nützen, denn dann sind Sie fertig, aber vorher bin ich mit Ihnen fertig. Haben Sie das verstanden, Fischer?«

»Ähh …«

»Unterbrechen Sie mich gefälligst nicht, antworten Sie auf meine Fragen, Sie, Sie … Neandertaler.«

»Also …«

»Nein, nicht jetzt, jetzt rede ich! Was glauben Sie eigentlich, wie mir der Dr. Rohburger, der Anwalt von Metzger zugesetzt hat? Eine Untersuchung will der über Ihre Festnahme und deren Umstände! Und er hat recht, das ist ja das Schlimmste! Spanngurte! Dreifach! Und Arbeitshandschuhe als Knebel! Sind Sie von allen guten Geistern verlassen? Wir haben mittlerweile so Dinger, die aussehen, wie mein Ehering, nur größer und die nennt man Handschellen! Und wenn Sie ein Maul stopfen wollen, dann stopfen Sie einem gebratenen Spanferkel einen Apfel hinein, aber keinem noch so Verdächtigen seine Arbeitshandschuhe!« Petersen keuchte, krächzte, seine Stimmbänder näherten sich ihren Grenzen, die Augäpfel traten hervor und seine Gesichtsfarbe nahm ein ungesundes Ferrari-Rot an, das ins Violett umzuschlagen drohte. Schwer atmend sank er auf einen Stuhl, fächerte sich mit der brandneuen Aigner-Broschüre auf Fischers Schreibtisch Luft zu und krächzte nur »Wasser«.

Fischer schnappte sich den Telefonhörer, rief »Weckerle!« hinein, und als dieser eine knappe Minute später zur Tür hereinlugte, »Wasser«!

»Wasser«, antwortete Weckerle, eilte schleunigst davon und kam mit einer schlichten weißen Blumenvase voll frischem Wasser zurück: »S'isch sonschd älles im Gschirrschpüler«.

Petersen griff danach, leerte die Vase in einem Zug und seufzte erleichtert auf. Das hätte er nicht getan, hätte er gewusst, dass die Vase zum letzten Mal vor drei Jahren bei der Verabschiedung von Weckerles Vorgänger Heitele zum Einsatz gekommen und seitdem erfolgreich einer gründlichen Reinigung entgangen war. Langsam näherte sich Petersen wieder seiner normalen Daseinsform an. Fischer schwieg betreten und wartete Petersens weitere Entwicklung ab.

»Fischer, langsam verstehe ich den Stuttgarter Polizeipräsidenten. Egal. Sie halten sich zu meiner Verfügung. Und Sie schreiben minutiös auf, was gestern Nachmittag zwischen Ihnen und Metzger vorgefallen ist. Eigentlich müsste ich Sie sofort vom Dienst suspendieren, aber nachdem ich bei der Unterstützung von Frau Hälble in diesem Fall nur die Wahl zwischen Vollidiot Weckerle und Halbidiot Fischer habe, bleiben Sie vorerst im Dienst. Aber glauben Sie ja nicht, dass ich Sie wegen Ihres unverantwortlichen Vorgehens bei Metzgers Verhaftung in Schutz nehme. Und die Verhaftung selbst ist ja auch ein Witz.« Petersen schüttelte resignierend sein ergrauendes Haupt, »Ihr Verdacht ist so dünn wie Ihre Großhirnrinde. An Ihrer Stelle möchte ich nicht sein, wenn Dr. Rohburger Sie in die Mangel nimmt. Viel Spaß, Herr Fischer.«

Bedächtig erhob sich Petersen aus dem Stuhl, sortierte seine langen Beine und bewegte sich zur Tür. »Wenn Sie nicht bis heute Mittag stichhaltige Verdachtsmomente gegen Metzger beibringen, muss ich veranlassen, ihn aus dem Polizeigewahrsam zu entlassen. Bravo, Fischer, den haben Sie endgültig verbrannt. Selbst wenn der noch etwas zu dem Fall beizutragen gehabt hätte, dann verscharrt er das jetzt so gründlich wie ein Eichhörnchen seine Nüsse vor dem Winter.«

Nun näherte sich Thorben dem ph-Wert von Salzsäure, er hatte die blumigen Vergleiche vom hohen Herrn Petersen so satt wie eine Maus, die …

Sch …, jetzt fang ich auch noch so an, dachte er und dann war Petersen auch schon verschwunden und düste kurz darauf nach Rottweil davon.

Thorben ging hinunter zur Wache. Weckerles zweites Leberkäsbrötle markierte aufs Neue und Unangenehmste seinen Wirkungskreis. Der Kommissar hätte mit Freuden durch ein Brötchen mit Matjesfilet und frischen Zwiebeln dagegen angestunken, wäre geradezu in die Knie gesunken und hätte an einen Gott geglaubt, hätte nur ein eingelegter Hering im Brötchen seine trüben Gedanken real gekreuzt.

Verena, bitte sei fertig in Berlin und sag ›fertig‹, Pater Pius, bitte sagen Sie ›Amen‹, weil Verena ›fertig‹ sagt und wenn sie ›fertig‹ sagt, sagen Sie ›Amen‹ und wenn ihr ›fertig‹ und ›Amen‹ sagt, dann seid ihr wirklich fertig, kommt zurück und ich kann ›Amen‹ und ›fertig‹ sagen, auch wenn ich noch nicht fertig bin, aber Verena macht mich fertig, lamentierte Fischer im Geiste. Und wenn sie mich fertiggemacht hat, bin ich fertig und sage ›Amen‹ – Verzeihung, Pater Pius!«

Fischers Nase machte wieder dicht, dichter als ein Dichtungsring voll Wasser, aber das war im Moment voll und ganz in Ordnung. Er ging zu Weckerle in die Wachstube und verabschiedete sich mit den Worten: »Weckerle, ich bin fertig. Beim Weckruf oder ›Amen‹ von Petersen und Dr. Rohburger rufen Sie mich an, ich gehe jetzt erst einmal in die Apotheke und beschaffe mir weitere Mittelstreckenwaffen gegen Bakterien. Bis gleich, fertig, Schluss, Amen.«

Am Eingang zum Revier drehte er sich nochmals um, klopfte gegen die Glasscheibe mit dem runden Sprechloch und meinte: »Weckerle, können Sie nicht wie jeder normale Mensch ein Marmeladenbrötchen essen?«

»Bfarum?«

»Schon gut …«

»Gibst du Opi Opium, haut Opium den Opi um! Hier ist Radio Donauwelle mit einer weiteren Erfolgsnachricht unserer heimischen Polizei. Bei einer Routinekontrolle am gestrigen Abend hielt die Autobahnpolizei einen 64-jährigen Mann an. In seinem Kofferraum fand sie 58 Kilogramm Marihuana und knappe 12 Kilogramm Haschisch. Der Rentner, der als Drogenkurier aus der Schweiz mit einem Mietwagen Richtung Stuttgart unterwegs war, befindet sich nun in Haft. Allen anderen Hörern wünschen wir eine gute Fahrt. Aus der Verkehrszentrale kam gerade noch eine Meldung herein, dass ab heute Mittag heftige Gewitter erwartet werden, wenn Tief Silke und Hoch Andreas über dem Bodensee kollidieren. Fahrt vorsichtig, und wenn's dicken Bodennebel gibt, dann kommt der natürlich auch aus der Schweiz. Hier geht's weiter mit den Doors und ihr hört ›Riders on the Storm‹.«

Pius' Herz klopfte wie wild gegen seine Brust, als Verena in den fünften Gang hochschaltete. Sie hatte ›Radio

Donauwelle‹ im Autoradio eingestellt, seit sie in Rottweil von der Autobahn abgefahren waren. Jetzt tauchte linker Hand, schräg vor Pius, der Dreifaltigkeitsberg auf. Verena passierte das Ortsschild mit Tempo 80, bremste runter und ließ dann den Wagen auf die rote Ampel zurollen.

»Soll ich über die Hauptstraße fahren oder hintenrum an der Schillerschule vorbei?«, fragte sie den Pater.

»Was geht schneller?«

»Hintenrum«, entschied Verena, gab Gas und bog an der Shell-Tankstelle links ab.

»Bin ich froh, wieder zu Hause zu sein«, rief Pius, als der Wagen in die Dreifaltigkeitsbergstraße schwenkte und die beiden die Weißerei passierten. Verena überholte einen Radfahrer, der dem Outfit nach für die Tour de France trainierte, gab Gas und bremste gekonnt vor der ersten Haarnadelkurve ab. Die Einheimischen kannten die Strecke auf den Berg wie ihre Westentasche und so mancher – Verena eingeschlossen – wünschte sich die legendären Bergrennen zurück. Doch die 1940er-Jahre waren längst Vergangenheit und die modernen Rennwagen würden wahrscheinlich einer nach dem anderen aus den Kurven fliegen.

Pius bemerkte das Ploppen im Ohr und wusste spätestens da, dass er endlich wieder im heimischen Konvent angekommen war. Er hielt sich die Nase zu, pustete dagegen und atmete auf, als der Luftdruck sich anglich. Verena ließ den Besucherparkplatz links liegen und fuhr direkt bis zum Haupteingang des Klosters. Vor dem Klosterladen hielt sie an.

»Kommst du noch mit rein auf eine Tasse Kaffee?«, fragte Pius.

»Danke, nein, ich glaub, ich sollte schnellstmöglich ins Revier.«

»Dann auf Wiedersehen. Und: Danke für alles, das war ein toller Ausflug.«

»Gern geschehen. Immerhin haben wir es ja heute noch in die Gedächtniskirche geschafft.«

Pius nickte. Auch wenn er von der Schlichtheit der so berühmten Kirche etwas enttäuscht war (und außerdem hatte er sie sich viel größer vorgestellt), so hatte er doch eine Kerze angezündet und gebetet. Leider blieb den beiden nicht mehr Zeit, denn sie mussten am Flughafen noch die eigentlich für den kommenden Tag gebuchten Tickets umschreiben lassen (was Verena knappe 200 Euro gekostet hatte).

»Ich melde mich, sobald ich was weiß«, sagte die Kommissarin.

»Gut. Du weißt ja, wenn ich helfen kann …«

Verena grinste. Pius war eben doch ein verkappter Ermittler!

Als der Pater ausstieg, winkte sie ihm zu, drehte dann das Radio lauter und fuhr auf direktem Weg ins Revier.

Pius ging auf direktem Weg in die Küche. Die Hintertür war nur angelehnt. Pius stieß sie mit dem Knie ganz auf, stellte seine Tasche neben die Gartenschuhe an der Garderobe und bog um die Ecke.

»Linsen!«, rief er begeistert, als der heißgeliebte Duft ihm in die Nase stieg.

Johannes fuhr herum, den Holzlöffel wie ein Zepter in der Hand. »Pius! Schon da?«

»Verena hat eine Tiefflugübung gemacht«, lächelte der Superior.

Johannes legte den Löffel auf die Arbeitsplatte, wo eingeschweißte Saitenwürstle aus der ›Kreuz-Metzig‹ lagen. Dann umarmte er seinen Bruder und drückte ihm rechts und links einen Kuss auf die Wangen.

»Dem Herrn sei Dank, dass du wieder da bist«, freute sich Johannes. Pius war zwar nur eine Nacht außer Haus gewesen, doch das schien Johannes wie eine halbe Ewigkeit. Die Brüder des Konvents waren so aneinander gewöhnt, an die Regelmäßigkeiten ihres Alltags, dass sie sich oft schwertaten, wenn einer im Urlaub oder zu Exerzitien war.

»Ich freue mich auch«, bekannte Pius und ließ sich dann von Johannes auf den einfachen Küchenstuhl neben dem Herd bugsieren. Während er zusah, wie der Koch den Speck gekonnt in gleich große Würfel schnitt, schlürfte er eine frisch gebrühte Tasse Kaffee und ließ sich einen Hefezopf mit Butter und Himbeermarmelade aus dem Klostergarten schmecken.

»Und, Kommissar Pius, wie waren die verdeckten Ermittlungen?«

Pius lachte. »Luxuriös«, antwortete er. »Da fällt mir ein, ich hab euch ja was mitgebracht.« Pius erhob sich, um die Mitbringsel aus seiner Tasche zu holen. Als er wiederkam, stand Sunil neben Johannes am Herd und schnupperte.

»Linsen! Mit Spätzle?«

»Natürlich mit Spätzle, Sunil«, sagte Johannes und zeigte auf den bereits angerührten Teig in der Küchenmaschine. »Magst du die Spätzlespresse bedienen?«

Der Philippine riss die Augen auf. »Ich? Ehrlich?«

Johannes nickte. »Du bist lang genug bei uns im Schwabenland, dass du das endlich auch mal lernen kannst.« Johannes zwinkerte Sunil zu. Der strahlte und wusch sich die Hände, ehe er sich eine der Schürzen vom Wandhaken umband.

»Na, hast du einen neuen Azubi?«, witzelte Pius im Türrahmen.

Pius, wie schön, dass du wieder zu Hause bist! Ich darf die Spätzle pressen!« Sunils schwarze Augen glitzerten. Erwartungsvoll rieb der Bruder sich die Hände.

»Nicht quasseln, kochen«, neckte ihn Johannes. »Hol mal den ganz großen Topf und setz Wasser auf!«

Sunil tat, wie ihm geheißen. Aus dem Unterschrank zerrte er den Zehn-Liter-Topf, wuchtete ihn zum Waschbecken und ließ Wasser einlaufen.

»Dreiviertel voll reicht«, sagte Johannes.

Sunil wollte den Topf aus dem Becken heben – vergeblich. »Zu schwer!«, jammerte der Philippine.

»Tja, da musst du noch ein paar Spätzle mehr essen.« Pius hatte die Flakons und Marmeladengläschen nebeneinander auf der Anrichte aufgebaut und half nun Sunil, den Topf auf den Gasherd zu wuchten.

»Salz rein und Deckel drauf«, sagte Johannes. Sunil stellte den Herd auf die höchste Stufe.

»Guckt mal, was ich mitgebracht habe«, unterbrach Pius den Spätzle-Lehrgang.

Johannes warf einen prüfenden Blick in den Linsentopf und lachte laut auf, als er sich den Mini-Marmeladen zuwandte: »So klein und schon ein Gsälz!«

Sunil nahm andächtig die Bodylotion, schraubte den Deckel ab und schnupperte. »Das stinkt gut«, sagte er und tropfte sich etwas Creme auf den Handrücken.

»Das riecht gut«, korrigierte ihn Pius. Hinter ihnen zischte es. Das Wasser begann zu kochen.

»Jetzt aber fix!« Johannes bugsierte seinen Schüler zum Herd, drückte ihm die Presse in die Hand und stellte die Schüssel mit dem Teig vor ihn.

»Da sind ja lauter Blasen drin«, meinte der Philippine mit Blick auf den Teig.

»Genau so gehört das, man muss den Teig so lange schlagen, bis er Blasen wirft.«

»Aha«, sagte Sunil und machte ein Gesicht, als ob Johannes ihm gerade erklärt hätte, dass er ab sofort seine Zelle mit einem Schimpansen teilen müsse.

»Jetzt füllst du einen Schöpflöffel Teig in die Presse, drückst zu, und wenn die Spätzle wieder oben schwimmen, schöpfst du sie ab.« Johannes nickte seinem Bruder aufmunternd zu.

Sunil füllte die Presse, wobei ein dicker Teigklumpen daneben und ins Wasser plumpste.

»Na, das gibt ein großes Knöpfle«, kommentierte Pius.

Sunil machte ein Geräusch wie ein Tennisspieler, der dem Ball hinterherhechtet, als er den Hebel der Presse nach unten drücken wollte. »Das geht aber schwer«, klagte er.

»Drücken, drücken, los!«, feuerten Johannes und Pius ihn an.

Sunils Gesichtsfarbe wurde einen Tick dunkler, dann atmete er auf, als die Presse zusammenschnappte und lange Spätzlesschnüre ins Wasser plumpsten. Zwölf Durchgänge später waren alle Spätzle gepresst. Sunil keuchte und wischte sich mit dem Ärmel den Schweiß von der Stirn.

»Schwäbisch kochen ist anstrengend«, stellte er fest.

»Warte nur, das kommt noch besser«, neckte ihn Pius.

Johannes nickte grinsend. »Ja, da hat er recht. Die zweite Lektion ist Spätzle schaben. Das gibt Muckis!«

Sunil verdrehte die Augen. Pius und Johannes lachten, als der Bruder sich theatralisch auf den Küchenhocker sinken ließ.

»Und übrigens, den Teig schlägst du nächstes Mal auch selbst.« Johannes klopfte seinem Schüler auf die Schulter. Der seufzte ergeben.

Beim Mittagessen im Refektorium schöpfte Sunil den Brüdern mit stolzgeschwellter Brust die Spätzle auf den Teller. Ortwin, Josef und Wolfgang hatten sich zu ihnen gesellt und löcherten Pius mit Fragen: Was hatte er in Berlin besichtigt? Wie war die Fahrt in so einer Rikscha (Sunil konnte davon mehr erzählen aus seiner Heimat), wie roch es in einem so noblen Hotel, was hatte Pius gegessen und wie war überhaupt der Flug gewesen? Pius erstattete bereitwillig Bericht und ließ auch Verenas ›Besuch‹ bei Schröder nicht aus.

»Wenn ich gewusst hätte, was Verena vorhat, ich wäre

ganz bestimmt nicht ins Bett gegangen«, schloss Pius seine Erzählung.

»Natürlich nicht«, bekräftigte Ortwin, der sich langsam nach der Ruhe seiner Zelle sehnte. Zwar musste er bis morgen noch an die zwei Dutzend Religionsarbeiten der Klasse acht korrigieren, doch war das eindeutig ruhiger als ein Vormittag im Klassenzimmer, an dem er kichernde und plappernde Pubertierende unterrichtete. Scheinbar lag wieder etwas in der Luft, denn das ganze Gymnasium schien in einem einzigen Hormonrausch gefangen. Im Lehrerzimmer hatten einige Kollegen die Unlust und Unruhe der Schüler vor allem in der Mittelstufe beklagt. Ortwin, der nur ein halbes Deputat innehatte, war wirklich froh, dem ›Irrenhaus‹ für den Rest der Woche fernbleiben zu können – sosehr er seinen Lehrberuf und die Kinder sonst mochte. Es gab eben Wochen, die anstrengender waren als andere; ob es am Wetter lag oder am Vollmond war ihm letztlich egal. Andererseits … was wollte er jetzt mit Klassenarbeiten, die er sowieso erst in der kommenden Woche zurückgeben musste? Was sein Superior zu berichten hatte, war um Längen interessanter!

»Du hast doch den Schröder gesehen. Traust du ihm zu, dass er …« Ortwin schluckte. Den Schock wegen des Toten in der Kirche hatte er noch lange nicht verdaut.

»Ja, genau«, fiel Pater Wolfgang ein. »Wie ist der denn so?« Wolfgang hatte sich eigentlich vorgenommen, direkt nach dem Essen das Oratorium zu proben. Noch in der Nacht hatte er den zweiten Satz etwas umgeschrieben, denn langsam machte sich sein Alter bemerkbar und seine

Finger mochten die großen Sprünge auf den Tasten nicht mehr.

»Hm.« Pius kratzte sich am Kinn. »Also, wenn man ihn so sieht, dann ist er nett, freundlich, eloquent. Er kann gut reden.« Pius trank einen Schluck Sprudel. »Aber da ist was in seinen Augen. Ich kann es auch nicht genau erklären. Wisst ihr, der Mann hat einen so unruhigen Blick, der wirkt irgendwie ... gehetzt. Ja, das ist das richtige Wort.«

»Aber das sind doch viele Manager«, warf Johannes ein. »Sonst wären unsere Stille-Seminare kaum so gut ausgebucht!«

Pius nickte. »Das war schon ein bisschen anders, als ich das sonst bei den Wirtschaftsbossen beobachtet habe. Seine Körperhaltung war abweisend. Als wollte er keinen wirklich an sich ranlassen. Das wurde erst besser, als er einiges an Alkohol intus hatte.«

Johannes lachte. Dann stellte er eine Frage, die Pius bereits in Berlin mit Verena erörtert hatte: »Wäre es möglich, dass Schröder am Sonntag auf dem Berg war?«

Pius kratzte sich am nicht vorhandenen Bart. »Ja. Nein. Ich weiß es nicht. Er kam mir schon irgendwie bekannt vor. Das habe ich auch Verena gesagt. Aber bei der Masse an Pilgern kann ich mich nun mal beim besten Willen nicht an jedes Gesicht erinnern. Jedenfalls muss er schon mal in Spaichingen gewesen sein, denn Verena hat bei der Witwe erfahren, dass Schröder mindestens einmal bei Spöttinger in der Firma war. Und sie hat einen Eintrag gefunden von vor zwei Wochen, in Baumanns Terminkalender. Da hat die Sekretärin ein Abendessen mit dem Kürzel ›D.B.I. – S.‹ eingetragen. Auf dem Hohenkarpfen.«

Ortwin schnalzte mit der Zunge. »Auf dem Karpfen! Nobler geht's kaum!«

»Eben«, bekräftigte Pius. »Aber das ›S‹ kann für alle möglichen Namen stehen. Verena will wohl die Kollegen in Berlin auf Schröder ansetzen. Die sollen sein Alibi überprüfen.«

»Klingt logisch«, warf Pater Wolfgang ein. »Aber einer wie dieser Schröder, meinst du wirklich, der würde sich selbst die Hände schmutzig machen? Und wo soll der einen Ast herbekommen? Das klingt für mich nicht logisch.«

»Für mich auch nicht«, gestand Pius ein. »Ich habe mit Verena alle möglichen Szenarien durchgesprochen, Zeit genug hatten wir ja im Flieger und im Auto. Schröder könnte – vorausgesetzt, er ist der Täter – selbst auf dem Berg gewesen sein. Oder er könnte jemanden geschickt haben, der die Drecksarbeit erledigt hat. Oder es war ganz anders.«

Die Brüder schwiegen, jeder wälzte die Gedanken hin und her.

Plötzlich sprang Johannes auf. »Du lieber Himmel!«, rief er. »Ich hab ja noch einen Nachtisch im Kühlschrank!« Der Pater sauste ab in die Küche. Die Brüder lachten erleichtert ob dieser Ablenkung. Eine von Johannes' berühmten süßen Kreationen war jetzt genau das Richtige.

»Es ist kurz vor 14 Uhr, ich bin René und Radio Donauwelle widmet sich dem Sport. Im Tuttlinger Freizeit- und Erlebnisbad TuWass kommt es am Sonntag zum Länderkampf Korea gegen Deutschland im Arschbombenspringen. Als hochmotivierter Außenseiter wollen die koreanischen Stars ihr Können unter Beweis stellen.

Der amtierende Weltmeister Faxe Hirte wird sich gemeinsam mit den asiatischen Gästen bereits am Samstag auf den Wettkampf vorbereiten.

Jeder interessierte Splashdiver kann sich an diesem Sonntag für künftige Wettkämpfe und Showeinsätze empfehlen. Die Veranstalter bitten um eine rege Teilnahme und verlosen unter allen jungen und alten Hüpfern einen Jahresgutschein fürs TuWass. Zur Anmeldung tragt ihr euch bitte auf der Facebookseite von Radio Donauwelle ein.

In diesem Sinne geht es weiter im Programm. Es folgt Bobby Darin mit seinem Hit ›Splish Splash‹ aus dem Jahre 1958.«

Pater Pius hatte sich eigentlich nach dem gemeinsamen Essen ein wenig hinlegen wollen. Seine Ohren waren noch immer nicht ganz freigeploppt vom Flug. Er gähnte mehrmals künstlich, blies die Luft durch die Nase, aber so richtig half alles nicht.

Pater Josef, der sämtliche Anrufe des gestrigen Tages wie üblich in der roten Kladde an der Pforte notiert hatte, wies den Superior direkt nach dem Dessert (Obstsalat mit frisch geschlagener Sahne und Schokoraspeln) auf den Termin bei Franz Ahlmann hin. Josef nestelte einen

Zettel aus seiner Hosentasche, auf den er die Adresse notiert hatte: ›Ahlmann, Franz, Kirchwiesen 25, Trauergespräch, 14 Uhr‹.

Pius sah auf die Bahnhofsuhr an der Wand. Es war Viertel vor zwei.

»Jetzt pressiert's schon wieder«, murmelte er und kratzte die letzte Schokoraspel aus seiner Schüssel.

»Kannst du mich mitnehmen? Ich hab um zwei einen Termin beim Zahnarzt«, fragte Wolfgang.

»Natürlich, ich hole dich dann ab, so lange werde ich auch nicht brauchen.«

»Ich hoffe, dass ich vor dir fertig bin.« Wolfgang grinste schief. Zahnarzt – das war für ihn so etwas wie das vorgezogene Fegefeuer. Der Organist des Ordens war sonst eigentlich kein Feigling; wenn irgendwo eine fette Spinne saß, dann nahm er sie mit bloßen Händen und trug sie hinaus in den Klostergarten. War eine Birne kaputt, stieg er auf die wackelige Leiter. Und wenn es darum ging, die Obstbäume hinter dem Konvent zu stutzen, dann schwang Wolfgang sich schwindel- und angstfrei auf die Leiter. Aber Zahnarzt … das war der fiese Schmerz, wenn die Spritze ins Zahnfleisch gerammt wurde. Das waren das Herzrasen, die eiskalten Hände und der trockene Mund, gegen die auch kein stilles Gebet half. Wolfgang dachte mit Schaudern an seinen letzten Besuch im Ärztehaus. Viel lieber wäre er zu Dr. Kirschner gegangen und hätte sich einen Arm amputieren lassen, als die Parodontosebehandlung über sich ergehen zu lassen. Aber der Zahnarzt kannte keine Gnade und betäubte mit zwei Spritzen den kompletten Unterkiefer. Wolfgang kämpfte gegen den Würgereiz. Dass der Laser sich in sein Zahnfleisch fraß und es nicht gerade lecker roch, machte die Sache auch nicht besser. Heute stand zwar nur ein Kontrolltermin an, aber nervös war der Pater trotzdem.

»Ist doch nur Kontrolle«, munterte Pius ihn auf. An der Pforte schnappte er sich eine der schwarzen Ledermappen, in denen jeweils ein Notizblock und ein Kugelschreiber waren. Die Mappen waren ein Werbegeschenk der Sparkasse gewesen und dienten seitdem den Brüdern als regelmäßige Begleiter bei allen möglichen Terminen. In den seitlichen Steckfächern waren Kärtchen mit der Internetadresse des Ordens untergebracht sowie jeweils eine Handvoll Gebetsbildchen. Die meisten zierte ein Gemälde der Jungfrau Maria.

Die beiden gingen zu den Garagen; Pius hatte den Schlüssel für den Golf mitgenommen. Er fuhr zwar nur ungern Automatik, aber der Polo mit Schaltgetriebe musste in die Werkstatt. Zum einen klang der Wagen, als habe er sich verschluckt; das Auto machte regelrechte Hustgeräusche, wenn man ihn anließ. Zum anderen war das Radio im Golf besser und Pius hatte Lust auf Musik. Er schaltete Radio Donauwelle ein und lenkte das Auto die Serpentinen hinab ins Tal.

Die Straße zum Berg war noch immer gesperrt und so kam ihnen kein anderes Fahrzeug entgegen, bis sie auf Höhe der Weißerei anlangten. Vor der letzten Kurve, die aus dem Wald führte, musste Pius scharf bremsen – der Weißerei-Bauer zuckelte mit seinem Traktor vor ihnen her. Bis er in die Einfahrt zum Hof und zur benachbarten Gaststätte abbog, war kaum mehr als Schritttempo drin.

Für Pater Wolfgang hätte das Zuckeltempo ewig so weitergehen können, doch als Pius schließlich mit 70 Sachen die Dreifaltigkeitsbergstraße hinunterbrauste, wurde ihm von Meter zu Meter flauer. Beim obligatorischen Warten an der Hauptstraße, bis sie rechts einbiegen konnten – ein Lkw mit Freudenstädter Kennzeichen ließ sie sich einreihen –, klopfte sein Herz bereits so stark, dass er meinte, sich jeden Augenblick übergeben zu müssen.

Pius musterte seinen Beifahrer. »Du bist ja ganz blass!«

»Mir ist so komisch …«, hauchte Wolfgang.

Pius legte ihm beruhigend die Hand auf den Arm. Einhändig bog er an der Ampel links ab und direkt nach dem alten Rathaus wieder rechts. Ruckelnd kam der Wagen auf dem Parkplatz des Ärztehauses zum Stehen. Pius schaltete den Motor und das Radio aus.

»Angst?«, fragte er.

Wolfgang nickte und machte dabei ein Gesicht, als habe er soeben erfahren, dass er die Wochen bis Weihnachten mit einer Zitronendiät verbringen sollte.

»Lass uns beten«, schlug Pius vor und bekreuzigte sich.

Wolfgang tat es ihm nach, wobei seine Hände zitterten wie nach dem Genuss von fünf Litern Kaffee.

»Im Namen des Vaters, des Sohnes und des Heiligen Geistes«, sprach Pius. »Lieber Herr, hilf unserem Bruder Wolfgang, den Besuch beim Zahnarzt gut zu überstehen. Sei bei ihm und nimm ihm die Angst und die Schmerzen. Wir flehen Dich an, Herr, sei mit Wolfgang. Amen.«

Einen Moment schwiegen die beiden Patres, Dann riskierte Pius einen Seitenblick. Der Bruder hatte wieder etwas mehr Farbe im Gesicht und seine Hände zitterten weniger. Wohl war Wolfgang aber immer noch nicht.

»Ich warte nachher hier auf dich«, sagte Pius und nickte seinem Mitbruder aufmunternd zu. »Das wird schon.«

»Dein Wort in Gottes Ohr«, flüsterte der Organist und stieg aus. Wie in Zeitlupe ging er zum Eingang. Als er im Haus verschwunden war, startete Pius den Motor und fuhr die wenigen Meter weiter bis ›Kirchwiesen‹.

Pius stellte den Wagen am Beginn der verkehrsberuhigten Straße in einer Parkbucht ab und machte sich auf die Suche nach Haus Nummer 25. Die Häuser in diesem Wohngebiet nahe des Bahnhofs stammten alle aus der Mitte der 1980er-Jahre – allzu oft hatten die Patres hier nicht zu tun: Für Taufgespräche waren die Familien hier zu alt, für Beerdigungen zu jung.

An einem Sechsfamilienhaus prangte eine knallrote Metall-25. Pius ging über den Betonweg zum Eingang. Die Schrift auf den Klingeln war kaum mehr zu entziffern, aber Pius fand seinen Adressaten dennoch. Er klingelte und wenig später schnurrte die Sprechanlage.

»Bitte? Wer ist da?«, hörte der Pater eine männliche Stimme.

»Pater Pius vom Brüderlichen Orden. Wir haben einen Termin.«

»Ah ja. Moment. Zweiter Stock!«

Der Summer ertönte und Pius trat ins Treppenhaus. Hinter den Briefkästen stand ein Karton von Neckermann, in dem sich alte und neuere Prospekte und Postwurfsendungen stapelten. Es roch nach Essig und etwas Muffigem, das der Pater nicht identifizieren konnte. Im zweiten Stock stand die rechte Wohnungstür offen. Unter dem Türkranz aus Kunstblumen prangte ein Salzteigschild: ›Lotte und Franz Ahlmann‹. Pius klopfte und trat dann ungefragt ein.

»Ich bin im Wohnzimmer, geradeaus durch!«, rief die Stimme von eben.

Pius streifte seine Schuhe ab und schloss die Tür hinter sich. Dann schlängelte er sich an der Garderobe vorbei. Im Wohnzimmer stand Franz Ahlmann am Fenster, die Gardine beiseitegeschoben, und goss die üppigen Orchideen, die auf dem Fensterbrett aufgereiht standen.

»Man soll sie eigentlich wässern, aber ich weiß nicht so genau, wie das geht«, sagte er entschuldigend und stellte die Gießkanne auf den Beistelltisch. Dann drehte er sich um und sah den Pater aus rot geränderten Augen an.

»Lotte war so stolz auf ihre Orchideen.«

»Das sind wunderschöne Blumen«, sagte Pius und streckte dem Mann die Hand hin. »Grüß Gott, Herr Ahlmann.«

»Grüß Gott, Pater Pius. Setzen Sie sich doch. Mögen Sie einen Kaffee? Einen Sprudel?«

»Danke, Herr Ahlmann, im Moment nicht.« Pius setzte sich auf das hellbraune Cordsofa und legte seine Mappe auf den gekachelten Tisch.

Der Witwer nahm im Sessel Platz und griff hinter sich. »Vielleicht wollen Sie ein paar Fotos von meiner Frau sehen?«, fragte er und legte ein rotes Kunstlederalbum auf den Tisch. »Wir waren nicht so oft in der Kirche und wenn, dann meistens in der Stadtpfarrkirche und nicht auf dem Berg«, fügte Ahlmann entschuldigend hinzu.

»Der Herrgott ist überall«, lächelte Pius und griff nach dem Album.

»Ach ja?«, brummte Ahlmann und wischte sich über die Augen. Dann fummelte er ein Papiertaschentuch aus der Hosentasche und schnäuzte sich geräuschvoll.

»Ich würde doch einen Kaffee nehmen«, sagte Pius, der ahnte, dass es etwas länger als geplant dauern würde. Außerdem wollte er dem Mann Gelegenheit geben, kurz zu verschnaufen. Der Witwer sprang denn auch dankbar auf und ging in die Küche. Pius hörte ihn werkeln und blätterte das Album durch. Viele Fotos waren es nicht, die meisten waren ausgeblichen und den Frisuren und Kleidern nach in den späten 1980ern und frühen 90ern aufgenommen worden.

Lotte Ahlmann war eine schöne Frau gewesen. Das schwarz glänzende Haar trug sie meist offen und entgegen der damaligen Mode glatt. Pius erinnerte sich an die Gottesdienste vor gut 30 Jahren, als die Klosterkirche einem Meer aus Dauerwellen glich. Die Brüder hatten verwundert festgestellt, dass mit einem Mal fast sämtliche Spaichinger Damen – die sogenannten ›Betschwestern‹ ausgenommen – an akuter Haarverlockung litten. Und auch so mancher Herr pflegte seinen Oberlippenbart und trug chemisch gekräuseltes Haupthaar zur Schau.

Pius blätterte weiter. Lotte Ahlmann vor dem Wohnwagen. Auf einer Parkbank, ein Eis in der Hand. An Weihnachten mit zwei anderen Frauen vor einem mit

Lametta behängten Baum. Danach folgten ein paar Aufnahmen von der Baustelle des Hauses, dann sah man die Verstorbene im Profil. Ausnahmsweise hatte sie sich die Haare zu einem kecken Pferdeschwanz hochgebunden. Das Foto musste im Sommer aufgenommen worden sein – Lotte trug ein buntes Hängerchen. Die nackten Arme hatte sie wie schützend vor ihren dicken Babybauch gelegt.

Pius machte sich ein paar Notizen und blätterte weiter. Auf der nächsten Seite war ein Bild von Franz Ahlmann, der ein Kinderbett zusammenschraubte. Danach waren alle Seiten leer. Der Pater schluckte trocken, als ihn eine Ahnung befiel. Aus der Küche drang das Klappern von Geschirr, ein leiser Fluch, den Pius ignorierte, dann balancierte Franz Ahlmann ein Tablett mit zwei Tassen herein und stellte es so schwungvoll auf den Tisch, dass der Kaffee überschwappte und in die Untertassen floss.

»Entschuldigung«, sagte der Witwer, nahm eine der Servietten und legte sie unter Pius' Tasse. »Wollten Sie Milch? Zucker?«

»Danke, nein«, antwortete Pius. Er mochte zwar keinen schwarzen Kaffee, wollte dem Mann aber keine weiteren Umstände machen.

Ahlmann starrte an einen Punkt an der Wand und knetete die Hände im Schoß.

»Wollen Sie beten?«, fragte Pius.

Der Witwer schüttelte den Kopf.

Pater Pius insistierte nicht weiter. Auch wenn ihm ein Gebet stets Trost gab, so wusste er doch, dass nicht alle

Menschen zu jeder Zeit das Gespräch mit dem Herrn suchten. Und Trauernde sollte man genau das tun lassen, wonach ihnen der Sinn stand – was nützte es, den Mann zu etwas zu zwingen, was dieser nicht wollte? Die Beerdigung würde anstrengend genug werden und der Pater versuchte in seinen Trauergesprächen stets, den Menschen das Gefühl zu geben, in ihrem Schmerz verstanden und vor allem nicht allein zu sein.

»Haben Sie besondere Wünsche für die Trauerrede?«

Wieder schüttelte Ahlmann den Kopf.

»Dann fangen wir mit den Kasualien an«, schlug Pius vor.

»Bitte?«

Ich meine, die Daten Ihrer Frau. Geburtstag, Beruf.«

»Ach so. Ein Lebenslauf.«

»Wenn Sie so wollen, ja. Erzählen Sie mir von ihr.«

Ahlmann zog die Nase geräuschvoll hoch, trank einen Schluck Kaffee und stellte die Tasse neben den Unterteller auf den Tisch. Pius sagte nichts dazu.

»Also, Lotte, eigentlich Charlotte, ist … war Jahrgang 1962. Sie wäre dieses Jahr 50 geworden. Wir haben schon die Einladungen zum 50er-Fest vom Jahrgang …« Ahlmann stockte. Pius machte ein paar Notizen und wartete stumm, dass der Witwer weitersprach. Der 50. Geburtstag. Für die Spaichinger offensichtlich ein Meilenstein, denn der jeweilige Jahrgang organisierte ein Fest, das mindestens drei Tage dauerte. Vom Empfang bei der Stadt über den Festgottesdienst auf dem Berg bis hin zum großen Ball in der Stadthalle und dem Ausflug aller runden Jahrgänger war das Erreichen des halben Jahrhunderts eine einzige große Sause, für die so mancher eine Woche Urlaub einreichen musste. Einen solchen Brauch kannte Pius nur aus Spaichingen; als er selbst 50 geworden war, hatte er mit Staunen und Faszination an der tagelangen Feier teilgenommen, wobei er froh war, dass ihm als Ordensmann die Kosten für Essen, Busfahrt, Fotograf für das obligatorische Gruppenfoto für den Bergboten und so weiter erlassen wurde, denn von seinem Taschengeld hätte er die damals fast 200 Euro niemals aufbringen können.

Ahlmann schluckte und sprach dann weiter. »Sie wurde in Albstadt geboren, also in Ebingen. Ihre Eltern hatten noch zwei Töchter. Ursel lebt in Ulm, Dorle in Tübingen. Da war noch ein Bruder, Hans oder Karl, ich weiß nicht mehr, der ist aber mit fünf Jahren gestorben. Masern, glaube ich. Man hat nie darüber gesprochen …« Der Witwer zog die Nase hoch und wischte sich über die Augen.

Pius nickte ihm zu. »Erzählen Sie ganz in Ruhe, Herr Ahlmann.«

»Ja. Ja, mache ich. Also, meine Frau hat nach der Volksschule in einer Bäckerei angefangen. Aber das war nichts, sie hat eine Mehlstauballergie. Wir hätten so gerne auch mal gebacken, aber … nun ja, sie hat dann beim Rathaus in Ebingen gelernt, Sekretärin. Ich war beim Bund in Meßstetten und am Abend sind wir öfter mal nach Ebingen runtergefahren. Ist ja dort in der Kaserne nichts los. Jedenfalls hab ich meine Frau da im Eiscafé Venezia kennengelernt. So war das. Sie war wirklich hübsch, ein rassiges Mädchen, wie man so sagt, alle standen auf sie, aber ich habe sie überzeugt.« Franz Ahlmann lächelte kaum sichtbar. Dann seufzte er.

»Ja, Ihre Frau war wirklich sehr schön«, sagte Pius und deutete auf das Album. Er wollte fragen, ob es noch neuere Fotos gab – oder warum die Bilderserie irgendwann kurz nach dem Hausbau aufhörte. Aber eine innere Stimme hielt ihn zurück.

»Na ja, ich stamm aus Spaichingen, bin hier aufgewachsen und hab vor dem Bund bei der Maschinenfabrik gelernt. Da bin ich heute noch, hab nicht mehr lang bis zur Rente. Eigentlich wollten Lotte und ich uns einen Wohnwagen an den Bodensee stellen, wenn wir beide mal Rentner sind …« Ahlmanns Augen füllten sich mit Tränen.

»Lassen Sie sich Zeit«, sagte Pius und notierte ›passionierte Camper‹.

»Was sagt denn ein Mann wie Sie, wenn jemand so stirbt? Hat Ihr Gott darauf eine Antwort?« Der Witwer sprang auf und rannte beinahe zum Fenster. Er starrte auf die Straße, ballte die Hände zu Fäusten.

Pius erhob sich und trat neben den Mann. Unten schob ein etwa zehnjähriger Junge ein Dreirad mit Lenkstange, auf dem ein blond gelocktes Mädchen saß. Die Kleine heulte Rotz und Wasser, der große Bruder schimpfte. Als die beiden um die Ecke gebogen waren, sagte Pius leise: »Gottes Wege sind unergründlich.«

»Ach«, schnaubte Ahlmann.

»Ich weiß, dass Sie das nicht tröstet und dass Sie jetzt im Moment das Gefühl haben, die Welt steht still, nichts geht mehr weiter und vor Ihnen ist nichts als ein Berg Trauer.« Pius faltete die Hände vor dem Bauch.

Der Witwer wandte sich ihm zu.

»Wissen Sie, ich habe auch keine passende Antwort, die Ihnen den Schmerz nimmt«, gestand Pius. Der Pater spürte, dass Ahlmann keine frommen Worte hören wollte. »Ich glaube fest daran, dass wir alle Teil von Gottes großem Plan sind und dass, was immer geschieht, seinen tieferen Sinn hat, den wir Menschen nicht begreifen können.« Nach einer kleinen Pause fügte er leise hinzu: »Und vielleicht auch gar nicht begreifen sollen.«

»Ich begreife es auch nicht«, gestand der Witwer ein. Erneut füllten sich seine Augen mit Tränen. »Alles kam so … so … plötzlich.«

»Möchten Sie mir mehr erzählen?«, fragte der Pater.

Ahlmann nickte und die beiden Männer setzten sich wieder.

»Lotte war, sie hat … ich weiß gar nicht, wo ich anfangen soll …«

»Am Anfang?«, schlug Pius vor.

»Nein, ich glaube, ein Stück aus der Mitte reicht«, antwortete der Witwer. »Also. Lotte hat eine Anstellung bei Spöttinger gefunden. Als Sekretärin vom alten Baumann.«

Pius' Magen zog sich zusammen und seine Hände zitterten. Baumann … schon wieder! Er schluckte trocken und hoffte, der Witwer würde ihm nichts anmerken. Ahlmann sprach weiter, zunächst stockend, dann immer schneller.

»Sie war so glücklich im Beruf, sie hatte viele nette

Kollegen und im Volkshochschulkurs hat sie Englisch gelernt, die hatten einen tollen Stammtisch über die Jahre. Jedenfalls, wie das so geht, irgendwann war der Job weg und Lotte war nur noch ein halber Mensch. ›Lotte‹, hab ich zu ihr gesagt, ›lass den Kopf nicht hängen und such dir was anderes‹. Aber irgendwie war die Luft raus. Na ja, sie hat dann eben die letzten fast 20 Jahre nur den Haushalt gemacht und war ab und zu mit einer Freundin spazieren, einkaufen, so was halt. In den letzten Wochen hatte sie die Idee, wieder mit dem Englisch anzufangen oder sich für eine Aushilfsstelle in der Bücherei zu bewerben. Gelesen hat sie ja immer gern. Und dann … ich hab mich nicht mal richtig verabschiedet … sie wollte nur zum Briefkasten und ist die Treppe … im Hausflur … Genickbruch …« Ahlmann schluchzte jetzt hemmungslos.

Pius nestelte ein Päckchen Tempos aus seiner Hosentasche und reichte ein Taschentuch über den Tisch. Ahlmann griff danach und schnäuzte sich.

Der Pater ließ den Mann gewähren. Pius wusste, dass er im Moment nichts zu sagen brauchte. Er schnappte sich die Kaffeetassen, ging in die Küche und füllte sie auf. Als er wiederkam, hatte der Witwer drei weitere Tempos verbraucht und vom Heulen Schluckauf. Schweigend tranken die Männer den Kaffee, ehe Pius die Bibel aufschlug.

»Wollen wir einen schönen Text aussuchen?«, fragte er.

Ahlmann nickte und die nächste halbe Stunde planten die beiden die Einzelheiten für die Beerdigungsfeier. Als Pius sich schließlich verabschiedete, hatte er zwei Dinge dringend vor. Erstens wollte er Verena eine Nachricht schicken – Pius hatte das Gefühl, dass es kein Zufall war, dass ihm der Name Baumann erneut begegnet war. Und zweitens musste er dringend Pater Wolfgang vom Zahnarzt abholen. Der Arme war mit Sicherheit schon ein nervliches Wrack! Pius hastete zum Wagen. Als er ausparkte, kam das Geschwisterpaar eben wieder um die Ecke. Die Kleine grinste mit schokoladenverschmiertem Mund von einem Ohr zum anderen, der Bruder steuerte mit der einen Hand das Dreirad und hielt mit der anderen ein halb aufgelutschtes Eis. Pius lächelte und gab Gas.

Wolfgang wartete schon auf dem Parkplatz. Auch er grinste: »Pius, stell dir vor, er hat gar nicht gebohrt!«

»Hier ist Steven und ihr hört eine Meldung aus aktuellem Anlass. Bei einer Routinekontrolle auf der A5 bei Offenburg wurde ein lilafarbener Opel Calibra mit Spoilern, die eher zu einem Speedboat passen würden, kontrolliert. Am Steuer saß Kolja Udarov. Die Polizei reagierte prompt und nahm den Fahrerflüchtigen zur Vernehmung mit auf die Offenburger Polizeiwache. Ich bin ganz hippelig und kann die nächste Meldung kaum erwarten. Natürlich halten wir euch auf dem Laufenden. Bis auf Weiteres melde ich mich ab und ihr hört ›Speed of Sound‹ von Coldplay.«

»Wenn ich es nicht besser wüsste, dann würde ich ja denken, ihr zwei habt was miteinander«, zischte Thorben Verena zu. Die beiden saßen am Stammtisch der Weißerei und ließen sich Wurstsalat, köstliches Bauernbrot und frisch gezapftes Spöttinger schmecken.

Verena wandte auf Thorbens Blick hin den Kopf um: Pater Pius, vom Laufen noch ganz außer Atem, betrat den Gastraum.

»Lange nicht gesehen«, rief die Kommissarin scherzhaft und winkte Pius zu.

»Grüß Gott, Verena, Grüß Gott, Thorben!« Pius klopfte dreimal auf die Tischplatte.

»Wollen Sie sich zu uns setzen?«, fragte Verena.

Thorben stampfte innerlich mit dem Fuß auf. Er hätte viel lieber den Abend allein mit Verena verbracht, die Single-Nacht in seiner Single-Wohnung steckte ihm noch in den Knochen.

»Gerne!« Pius zwängte sich auf die Eckbank. »Eigentlich sollte ich bei den Brüdern bleiben, aber ich musste mal raus, frische Luft schnappen. Und ehe ich mich's versah, war ich den Berg runtergelaufen. Wenn man so in Gedanken ist …«

»Darf ich Sie zu einem Bier einladen?«, fragte Thorben, der trotz Schnupfen seine gute Kinderstube nicht vergessen hatte.

»Das wäre sehr nett, ich habe kein Geld bei mir«, gestand Pius. Sein Taschengeld für diesen Monat war ohnehin fast aufgebraucht und er hatte vor, sich noch eine neue CD von Shaina Noll zu bestellen.

Thorben winkte Nikos zu und machte ihm ein Zeichen. Der Wirt nickte und zapfte ein weiteres Bier. Pius sah sich im Gastraum um. Hinten an den Fenstern, von wo aus man einen fantastischen Blick über Spaichingen hatte, saßen zwei ältere Damen vor ihren Apfelschorlen. Die Walkingstöcke hatten sie gegen den unbesetzten Nachbartisch gelehnt. ›Stockenten‹, wie Bruder Johannes die Nordic-Walker zu nennen pflegte. Alle übrigen Tische waren leer, und das zur besten Vesperzeit.

»Nicht viel los heute«, versuchte Pius, ein Gespräch in Gang zu bringen. Ihm war wohl aufgefallen, dass Thorben nicht ganz einverstanden war, dass er sich zu ihnen setzte.

»Nein«, kam denn auch ziemlich einsilbig vom Kommissar, der ein Stück Bauernbrot in die Soße des Wurstsalats tunkte.

»Haben Sie sich von der Großstadt erholt?«, wollte Verena wissen.

»Wellness …«, nuschelte Thorben mit vollem Mund.

Verena versetzte ihm unter dem Tisch einen Tritt gegen das Schienbein.

»Aua, wieso trittst du mich?«

Pius rutschte auf seiner Bank hin und her. »Wenn ich störe …«

»Nein! Absolut nicht!«, fiel Verena ihm ins Wort. Thorben spülte den Wurstsalat mit einem kräftigen Schluck Bier hinunter, das sich langsam in seinem Magen mit dem Meditonsin vermischte. Die Gaststube wurde von Minute zu Minute schwummriger für ihn.

»'Tschuldigung«, sagte der Kommissar. »Ist heut nicht mein Tag, irgendwie.« Dann nieste er dreimal hintereinander.

»Gesundheit«, meinte Pius und lächelte dem Kommissar aufmunternd zu. »Schon gut, das kenn ich.«

»Ja? Haben Sie auch eine Grippe?«

»Thorben, du hast keine Grippe«, erklärte Verena und pickte seufzend ein paar Essiggurken auf die Gabel.

»Nein, mir geht's gut, ich meine, solche Tage, an denen man am liebsten im Bett geblieben wäre. Das kenne ich auch.«

»Echt? Sie?« Thorben sah den Pater aus großen, rot geränderten Augen an.

»Warum nicht?«

»Tja, ich dachte, Sie als ein Mann Gottes …«

»Ich bin auch nur ein Mensch.« Pius grinste. In dem Moment kam Nikos mit dem Frischgezapften an den Tisch.

»Wohl bekomm's, Pater!«

»Vergelt's Gott, Nikos.« Pius setzte das Glas an. Der Schaum kitzelte in seiner Nase, aber er trank so viel auf einmal, dass er ein kräftiges Rülpsen unterdrücken musste. Da konnte einer sagen, was er wollte – das Spöttinger war süffig wie sonst kein Bier.

»Ja, Berlin«, startete der Pater erneut einen Versuch, ein Gespräch zu eröffnen. »Das war schon aufregend.«

»Aha«, kommentierte Thorben.

Verena schickte ihm einen giftigen Blick über den Tisch zu, woraufhin der Kranke ein »Das glaub ich gerne« in etwas freundlicherem Ton nachsetzte.

»Das war wirklich gut und wichtig, dass Pater Pius bei den verdeckten Ermittlungen dabei war«, erklärte Verena mit Nachdruck.

»Ich frag mich nur, wieso keiner gemerkt hat, dass der

Baumann fehlt«, knurrte Thorben und tupfte etwas Senf mit seinem Brot auf.

»Das weiß ich nicht, ob das jemand gemerkt hat, oder ob sich jemand wunderte, wer wir sind. Wir haben uns so gut wie unsichtbar gemacht und ich konnte nicht so viele Gespräche mithören«, knurrte Verena zurück. »Es ging ja auch nicht um die Mitglieder der D.B.I., sondern um den Schröder.«

»Den Verena im Übrigen sehr gut beschattet hat«, fügte Pius hinzu. Allerdings schauderte er noch immer bei der Vorstellung, was hätte passieren können, wenn die Zielperson nicht so betrunken gewesen, zu früh aus dem Badezimmer gekommen wäre oder sonst ein Zufall Verenas nicht gerade konservative Informationsbeschaffung zunichtegemacht hätte. Hätte der Pater gewusst, was die Kommissarin machte, während er in den weichen Kissen des Hotels schlummerte, er hätte mit Gewissheit kein Auge zugemacht.

»Und außerdem sag ich nur Metzger und Staatsanwalt.« Verena schickte ein Luftküsschen zu Thorben.

Der Kommissar biss die Zähne so fest zusammen, dass seine Wangenmuskeln hervortraten.

»Schmeckt's denn?«, rief Pius. Er wollte nicht Zeuge eines Streits werden und versuchte, das Paar abzulenken. »Der Wurstsalat sieht ja wirklich gut aus.«

»Danke, Pater, Sie müssen uns nicht vor einem Krach bewahren«, lächelte Verena. »Noch sind wir nur verlobt, das Wellholz fliegt später.«

»Na warte …«, schnupfte Thorben und drohte Verena mit der Gabel. »Du hast die Polizei im Haus!«

»So gefallt ihr mir schon besser.« Zufrieden sah der Pater von einem zum anderen. »Apropos … habt ihr eigentlich schon einen Hochzeitstermin?« Nicht, dass Pius etwas gegen diese ›wilde Ehe‹ gehabt hätte. Die Zeiten waren nun einmal so, und ehe eine Scheidung ins Haus stand, war es wohl besser, sich erst einmal zu prüfen, ehe man vor den Altar trat. Aber trotzdem wäre es Pius am liebsten, wenn Verena und Thorben mit Gottes Segen zusammenlebten, liebten und, ja, auch dann und wann stritten.

»Ganz schlechtes Thema«, meinte Thorben und grinste schief.

»Wollen wollt ich schon«, erklärte Verena. »Aber wenn, dann richtig. Mit allem Pipapo.«

»Sie hätte am liebsten eine königliche Hochzeit wie Kate und William«, sagte Thorben.

Seine Liebste wurde rot. »Ich weiß, das passt nicht zu mir, aber einmal im Leben …« Verena seufzte leise und tunkte ein Stück Brot in die Salatsoße.

»Dazu fehlt uns einfach noch das nötige Kleingeld«, gab Thorben zu. »Entweder wird einer von uns drei Stufen befördert, oder wir knacken den Jackpot.«

»Verstehe«, sagte Pius. »Aber ihr werdet doch irgendwann …?«

»Natürlich!«, rief das Paar wie aus einem Mund.

Genauso unisono pfefferten eine Sekunde später die Stockenten ein »Zahlen!« durch die Wirtschaft. Nikos zog die Schublade unter der Kasse auf, schnappte sich den großen schwarzen Geldbeutel und schlurfte zum Tisch der Damen. Die hatten ihre Apfelschorlegläser akkurat auf den Bierdeckeln geparkt, hielten bereits die Stöcke und jeweils die abgezählte Zeche von 1,80 Euro in den Händen. Die insgesamt 3,60 Euro fielen klackernd in das Münzfach der Geldbörse. Die beiden Damen schlüpften mit den Händen in die Halteschlaufen der Stöcke und gingen Richtung Ausgang. Nikos sammelte die Gläser ein. Als die Stockenten auf Höhe des Stammtisches waren, blieb die Vordere so abrupt stehen, dass die Hintere ihr in die Hacken latschte.

»Pater Pius, ja jetzt Grüß Gott!«

Pius zuckte zusammen. Und wieder einmal schalt er sich, doch endlich zum Augenarzt zu gehen: Hätte er eine Brille auf der Nase, dann hätte er mit Sicherheit erkannt, dass dort am Fenstertisch die beiden Vorsitzenden des Kirchenbazar-Ausschusses saßen. Brunhilde Kammerlander und Waltraud Specker. Letztere zerrte nun wie wild an den Halteschlaufen, um dem Pater die Hand zu geben. Pius schlug matt ein. Auf ›Betschwestern‹, wie das Duo im Städtle genannt wurde, hatte er nun wirklich keine Lust. Waltraud und Brunhilde, beide seit über zehn Jahren verwitwet, kinderlos und ohne eigenen Beruf, stürzten sich mit Feuereifer auf alles, was ihrer Meinung nach ohne sie niemals funktionieren würde. Ob das der jährliche Bazar war – wo sie, das musste Pius zugeben, mit selbst gemachter Marmelade, Topflappen und dergleichen aus den Haushalten der Spaichinger Frauen über die Jahre ein halbes Vermögen für wohltätige Zwecke gesammelt hatten – oder die Sanierung der kleinen Kirche an der Schlüsselwiese, die Ausstattung der Bücherei mit ›erbaulicher Lektüre‹ oder die sonntäglichen Auftritte des Kirchenchores, abwechselnd auf dem Berg oder in der Stadtpfarrkirche.

»Grüß Gott, die Damen«, sagte Pius.

»Schade, dass wir ins Tal müssen, es wird ja gleich dunkel«, meinte Brunhilde. »Sonst hätten wir uns noch ein bisschen zu Ihnen gesetzt.«

»Saumäßig schade«, meinte Verena mit vor Ironie triefender Stimme. Aber das prallte an den Damen ab wie Wasser von Autolack. Frau Specker und Frau Kammerlander nämlich waren der Meinung, dass die Patres da oben auf dem Berg mehr als dankbar waren, wenn sie, die engagierten Kirchgängerinnen, mit ihnen plauderten und ihnen die Zeit vertrieben.

»Sagen Sie mal, wieso ist denn eigentlich die Straße auf den Berg gesperrt?«, flötete Waltraud. Nicht, dass sie mit ihren vielen Verpflichtungen in den kommenden Tagen (außer sonntags) Zeit gefunden hätte für eine stille Andacht in der Kirche. Aber das brauchte ja niemand wissen …

»Das erfahren Sie mit Sicherheit morgen in der Zeitung«, schaltete Thorben sich ein. So langsam flachte die Wirkung der letzten Kopfschmerztablette ab und das widerliche Wummern machte sich in seinem Schädel bemerkbar.

»Ja, hat denn die Polizei was damit zu tun?« Brunhilde riss die Augen auf und beugte sich vor, als könne sie dann mehr hören. Ihr gewaltiger Busen schaukelte im pinkfarbenen Tchibo-Sportshirt vor Pius' Gesicht. Der Pater schloss die Augen. Verena sprang auf, rempelte ›aus Versehen‹ die Damen an und rief »Ich muss zur Toilette!« Brunhilde und Waltraud wurden unsanft nach hinten geschubst.

»Auf Wiedersehen, die Damen«, sagte die Kommissarin mit solcher Bestimmtheit in der Stimme, dass die beiden automatisch und unisono »Ade!« riefen.

»Ade, Frau Kammerlander, Frau Specker«, sagte nun auch Pius. »Wir sehen uns am Sonntag, bis dahin kommen Sie wieder ungehindert auf den Berg.«

Als das Bazarkomitee davonstakste, linste Verena um die Ecke des Zugangs zu den Toiletten.

»Die Luft ist rein!«, rief Thorben und nieste. Nikos balancierte ein Tablett mit vier Schnapsgläsern an den Stammtisch.

»Geht aufs Haus«, sagte der Wirt und parkte vor den Dreien je ein Glas Ouzo. Das vierte schüttete er selbst hinunter.

»Scheiß Tag«, sagte er und dann, mit Blick auf den Pater: »Oh, sorry.«

»Schon recht«, meinte Pius. Eigentlich trank er nie Schnaps, aber irgendwie hatte er das Gefühl, dass so ein Kurzer jetzt nicht schaden konnte. Immerhin hatte er noch eine kleine Nachtschicht vor sich, in der er die Trauerrede für die morgige Beerdigung verfassen musste. Der Pater prostete dem Wirt zu.

»Setz dich doch, Nikos«, forderte Pius den Mann auf.

Der ließ sich nicht lange bitten und nahm am Stammtisch Platz. »Ich kann eh dicht machen«, sagte er und ordnete die Bierdeckel im Ständer neu.

»Ganz?«, fragte Pius und riss die Augen auf.

»Für heute auf jeden Fall und das andere … wohl auch.«

»Das wäre aber mächtig schade«, fand Pius. Zwar gab es auch direkt neben dem Kloster eine Gaststätte, die viele Pilger und Luftschnapper anzog, aber der Pater war auch froh, wenn er mal rauskam. Schließlich wussten nicht alle Gäste der Weißerei, wer er war, und so war es ihm – auch in Begleitung von Johannes oder den anderen Patres – schon mehrfach gelungen, einen gemütlichen Abend inkognito hier zu verbringen.

»Schade ist gar kein Ausdruck, Pater, das hier ist mein Lebenswerk«, knurrte Nikos.

Verena und Thorben, die ja schon von Nikos finanzieller Schieflage wussten, sahen sich an. Verena schüttelte unmerklich den Kopf. Thorben verstand: Jetzt nichts sagen, die Sache laufen lassen … vielleicht würde Nikos gegenüber Pius etwas erwähnen? Denn immerhin war er noch immer ohne Alibi unterwegs und damit noch lange nicht aus dem Kreis der Verdächtigen ausgeschlossen.

Papandreu langte hinter sich auf den Tresen und grabbelte nach der Ouzoflasche. »Geht aufs Haus«, wiederholte er und goss alle vier Gläser nach. Verena rührte ihres nicht an, Thorben nippte an seinem und Pius ebenfalls. Nikos stürzte seinen Schnaps hinunter, füllte sein Glas erneut und sagte dann matt: »Ich kann es mir nicht mehr leisten, den Wirt zu spielen, wenn die Pacht alles auffrisst, was ich einnehme.«

»Ich verstehe nicht?«, sagte Pius.

Verena machte Thorben ein Zeichen: Bingo! Und tatsächlich – Nikos wetterte gegen Baumann los. Er hieß Spöttinger und vor allem den Geschäftsführer einen ›gierigen Grasdackel‹, einen ›ignoranten Geldscheffler‹ und ›alten Saftsack‹. Der Wirt geriet immer mehr in Fahrt. Pius hörte still zu und überlegte sich, was er wohl sagen könnte, um den Man zu trösten, zu beruhigen. Aber Nikos hielt kaum inne zum Atmen.

»Dem gehört die Luft abgedreht, das hab ich mehr als einmal gesagt. Ja, die Luft abgedreht, und nicht uns Wirten der Geldhahn!« Nikos schlug mit der Faust auf den Tisch. Die Ouzoflasche, deren Pegel im Verlauf der letzten zehn Minuten stetig gesunken war, kippte um.

»Verdammte Scheiße!«, brüllte der Wirt. Verena, die drauf und dran war, dienstlich zu werden und im Geiste schon die Handschellen klicken ließ, sprang auf. Thorben tat es ihr nach – da flog die Tür auf und ein verschwitzter Mike Ritter sauste in den Gastraum.

»N'Abend zusammen!«, rief der Reporter.

»Geschlossen!«, sagte Verena. »Zu!«

»Aber ihr sitzt doch hier ...«, setzte Ritter an.

Thorben, der hoffte, dass nach dem Desaster mit Metzger nun vielleicht Nikos sitzen würde (obwohl er persönlich ja durchaus dachte, dass der Wirt der Weißerei ein angenehmer Zeitgenosse war, aber das versteckte er hinter seiner Professionalität), ging auf Ritter zu und bugsierte ihn zur Tür hinaus.

»Geschlossene Gesellschaft, Ritter!«

»Kommen Sie, Herr Kommissar, das glauben Sie ja selbst nicht«, hechelte der Journalist, der vom Joggen noch außer Atem war.

»Aber *Sie* glauben das jetzt«, motzte Thorben. »Ade!« Damit schob er Ritter endgültig aus der Gaststube und schob die Tür hinter ihm zu. Als er wieder zurück zum Stammtisch kam, hatte Nikos den Kopf auf die Arme gelegt und – schnarchte.

»Ich glaube, das reicht nicht für eine Verhaftung«, flüsterte Verena, sodass Pius es nicht hören konnte. Thorben verzog das Gesicht und ließ dann einen gewaltigen Nieser hören.

»Sollen wir ihn schlafen lassen?«, fragte Pius. »Oder vielleicht hinlegen?«

»Lassen wir ihn so«, sagte Verena.

Pius lachte leise. »Ich sollte dann auch mal nach Hause«, sagte er. Die Ruhe auf dem Weg nach oben würde ihm dabei helfen, seine Gedanken zu sortieren. Pius hoffte, dass der Weg durch den Wald ihn, wie schon so oft, inspirieren würde und er, bis er im Kloster ankam, eine zündende Idee für die Grabrede morgen hätte.

Das Trio zog die Tür der Gaststätte hinter sich zu. Verena pappte das ›Geschlossen‹-Schild, das auf dem Tresen gelegen hatte, an die Tür. Dann hakte sie sich bei Thorben ein, dessen Lider nur noch auf Halbmast standen. Die Nase des Patienten leuchtete vom vielen Putzen ganz rot.

»Ich gehe mal meinen Notfall pflegen«, verabschiedete Verena sich von Pius.

»Haha«, sagte Thorben trocken. »Das ist eine Grippe!«

»Natürlich, ganz klar«, säuselte Verena.

Pius sah den beiden nach, als sie über den Parkplatz

der Weißerei gingen. Dann wandte er sich um und trat den Heimweg zum Kloster an.

»Hallo, liebe Hörer. Hier ist eure Donauwelle und am Mikro sitzt endlich wieder der Mike. Nach den vielen tollen Rückmeldungen zu unserer neuen Rubrik ›Schlaglichter‹ hier eine weitere Meldung. Gestern Nachmittag trafen sich zwei jugendliche Mofabesitzer auf einem Supermarktparkplatz in Spaichingen. Die beiden 15-Jährigen wollten im direkten Vergleich testen, welcher von ihnen sein Moped erfolgreicher frisiert hat. Nach der Entscheidung war der Verlierer so frustriert, dass er seinem Kontrahenten den Helm entriss und hineinpinkelte. Der packte daraufhin besagten Helm und schlug ihn dem Helmpiesler auf den Kopf. Leicht verletzt kam der Halbwüchsige ins Krankenhaus. Das waren die ›Schlaglichter‹. Immer dann, wenn durch einen Schlag die Lichter ausgehen. Nun geht's weiter im Programm und ihr hört Patti Smith mit ›Pissing in a river‹.«

LETZTER TAG

Dass das Polizeirevier schon am frühen Morgen geruchstechnisch eher einer Metzgerei glich, bekam Thorbens Nase am nächsten Morgen nicht mit. Weckerle, der sich mit seinen obligatorischen Leberkäsweckle eingedeckt hatte, staunte nicht schlecht, dass der Kommissar kein Wort zu seinem Frühstück verlor. Allerdings besaß der Polizist so viel kriminalistische Kombinationsgabe, dass er den Zusammenhang zwischen der feuerroten Schnupfennase und den dadurch offensichtlich blockierten Geruchsnerven registrierte. Thorben näselte ein »Moin« in Richtung Kollege, als er im Schlepptau von Verena das Revier betrat.

Die sieht aber fertig aus, dachte Weckerle und meinte damit Verenas geschwollene Augen und die dunklen Ringe unter den selbigen. Hätte Weckerle geahnt, welchem Schnupfen-Schnarch-Konzert die Kommissarin in der Nacht ausgesetzt war (und dass sie kurz davor war, Thorben auszusetzen, an die Luft nämlich), er hätte der Frau alle Achtung gezollt: Mit den wenigen Schminksachen, die sie besaß, hatte Verena es geschafft, sich optisch von einer wandelnden Leiche in einen Zombie hochzumalern.

Der erste Weg führte das Paar denn auch zur Kaffeemaschine im Zimmer der Sekretärin. Die hatte alle möglichen Akten und Papiere von ihrem auf die Schreibtische der Kommissare umgelagert – und die Krankmeldung lag obenauf. ›Grippaler Infekt‹ wurde von Dr. Kirschner auf dem gelben Zettel attestiert. Den Rest der Woche wären die Ermittler auf sich selbst angewiesen.

»Na super, die hast du angesteckt«, moserte Verena.

»Also gibst du zu, dass ich Grippe habe!«

»Von mir aus kannst du haben, was du willst. Ich brauch Koffein, oder ich erschlag dich doch noch. Und dann besorg ich mir Ohropax. So eine Nacht mach ich nicht noch mal mit.«

»Ich auch nicht«, pampte Thorben zurück. »Ich hab überall blaue Flecken.«

»Geschieht dir recht!« Verena füllte Kaffeebohnen und Wasser nach und fand sich kein bisschen gemein, dass sie ihre Nachtruhe mit gezielten Hieben auf Thorbens Oberarme verteidigt hatte. In der Nacht hatte sie verstanden, warum manche Ehefrauen zu eiskalten Killerinnen wurden – ein Schnarcher, der einen Presslufthammer locker toppte, war schlicht und einfach un-er-träg-lich!

Thorben rückte sein Halstuch zurecht. Immerhin kratzte der Hals nicht mehr ganz so schlimm.

»Soll ich heute bei mir schlafen?«, schlug er vor. Zwar war es Thorben mehr als lieb, wenn Verena ihn mit Tee und Meditonsin bemutterte, aber deswegen noch mehr Schläge kassieren?

»Nein, musst du nicht.« Verena stellte zwei Tassen unter die Maschine und drückte den Brühknopf. Während das Mahlwerk ratterte, drückte sie Thorben einen Kuss auf die Wange. »Gib mir Kaffee, dann geht's schon wieder.« Dann schlang sie die Arme um Thorben und kuschelte sich an ihn.

»Tut mir ja leid, wenn ich so laut war«, sagte der zerknirscht und wollte Verena ein Küsschen auf den Scheitel hauchen. Leider wurde daraus ein Niesen.

»Igitt!« Verena lachte. »Meine Haarpracht ist kein Taschentuch!«

Thorben grinste. Der Kaffee war fertig und bewaffnet mit den Tassen und der letzten Packung Butterkekse aus dem Fundus der Abteilung gingen die Ermittler an ihre Schreibtische.

Eine halbe Stunde arbeiteten sie schweigend, riefen Mails ab, checkten die eingegangenen Faxe und Aktenvermerke. Als in Verenas Tasse Ebbe herrschte, bimmelte das Telefon.

»Vorwahl 030«, gab Thorben mit Blick auf das Display bekannt. »Die Berliner Kollegen!«

Verenas Müdigkeit war wie weggeblasen. Sie machte Thorben ein Zeichen und der drückte auf ›Freisprechen‹.

»Verena Hälble, Grüß Gott!«

»Tagchen, Kollejin, dit is ja jut, dass ick Sie jleich am Rohr hab, wa! Schmidt Roland aus Ballin am Apparat!«, berlinerte der Kollege aus der Hauptstadt. Google hatte dem Spaichinger Team verraten, dass sich hinter Roland Schmidt aus dem Berliner Wirtschaftsdezernat ein pausbäckiger Mittfünfziger verbarg, der eine gewisse Ähnlichkeit mit Ottfried Fischer hatte.

»Ja, gell?«, sagte Verena, wurde aber sofort von Schmidt unterbrochen.

»Da hammse uns ja wat Feines jeliefert, Kollejin. Nich janz korrekt bei die Ermittlungen, aber dat verjessen wer mal, wa?«

»Öh …« Verena schluckte. Thorben hob den Daumen: Ihre Sorgen wegen des Besuchs in Schröders Hotelzimmer waren also unbegründet.

»Haben Sie das Alibi …?«, schaltete Thorben sich ein. Sofort kam die Antwort aus dem Hörer:

»Ham wa. Is wasserdicht. Schröder war in Ballin. Is jesehen wordn un hat ooch Beleje, war mit Jattin in Wilmersdorf und hat fein jespiesen.«

»Wie bitte?« Verena tat sich schwer, den Kollegen zu verstehen.

»Jut, noch mal uff Hochdeutsch«, lachte Schmidt. Thorben konnte sich bildlich vorstellen, wie die üppige Wampe des Kollegen dabei wackelte.

»Also, der Herr Schröder war mit seiner Gattin aus. Hatten Hochzeitstag und er hat erstens die Belege aus dem Restaurant und zweitens haben auch die Kellner dort bestätigt, dass er da war. Ist also absolut wasserdicht. Ach ja, gegessen hat er Wildlachs.«

»Dann ist er für uns also raus«, kommentierte Verena und strich Schröders Namen auf dem Schmierzettel durch.

»Für uns aber nicht, dank Ihnen«, lachte Schmidt. »Dem Schröder dürfte der Appetit vergangen sein. Der hat sich seine Arbeit und den Lobbyismus ganz schön teuer bezahlen lassen. Eine Auszeichnung der D.B.I. zum ›Bier des Jahres‹ kostet nach aktuellem Tarif um die 50.000 Euro. Zahlbar auf ein Konto in der guten alten Schweiz. Und das Vertuschen für das Nichteinhalten vom Reinheitsgebot gibt's aktuell für knappe 70.000.«

»Und das Konto gehört natürlich Schröder?«, riet Thorben.

»Ne, seiner Frau, abba die weeß janz und jarnischt davon und von ›ihren‹ anderen Konten in Luxemburg ooch nich. Womit wir schon am Kern von det Janze wären. Steuerhinterziehung. Wir sind noch nich janz durch mit die Akten, aber für ne Anklage reicht et jetzt schon. Ick wette, Sie sehn den Schröder bald im Fernsehn wieder, wie er uff der Anklajebank hockt.«

»Den Falschen hat's also nicht getroffen«, sagte Verena. Zwar freute sie sich über den Teilerfolg, aber ihre eigenen Ermittlungen brachte das kein Stück weiter.

»Ick meld mir wieder, brauche noch Unterlagen von dem Spöttinger. Ick sammle jetzt erst mal bei alle Mitgliedsbrauereien«, erklärte Schmidt.

»Da vergeht einem echt die Lust auf Bier.« Verena seufzte.

»Na, Kollejin, will ick nich hoffen, wa? Wenn Sie das nächste Mal in Ballin sind, dann schaun Sie rein, ick lad Sie auf eine Weiße ein!«

»Guten Morgen, liebe Hörer. Hier ist Steven von Radio Donauwelle und ich habe Neuigkeiten aus Offenburg. Vor lauter Aufregung über die Festnahme von Kolja Udarov bin ich natürlich gleich nach Offenburg gerast. Hätte mich die Polizei gefasst, hätte ich mich über eine saftige Strafe nicht beschweren dürfen. Ohne mich selbst zu stellen, steuerte ich die Polizeiwache an. Leider waren weder die zuständigen Beamten noch der Leiter der Dienststelle bereit, ein offizielles Interview zu geben. Trotzdem konnte ich in Erfahrung bringen, dass Udarov bis auf Weiteres in Untersuchungshaft bleibt, da erhebliche

Fluchtgefahr besteht. Informationen dazu, ob er auch im Zusammenhang mit dem Verschwinden unserer Moderatorenkollegin Mina vernommen wurde, erhielt ich leider nicht. Trotzdem spüre ich seit gestern wieder die Schmetterlingsflügel gegen meine Mageninnenwand klatschen und ich sage euch: Ich habe ein gutes Gefühl! In diesem Sinne wünsche ich allen Hörern einen wunderschönen Morgen und spiele ›Good Morning‹ von Miss Li.«

Pius versuchte mit aller Kraft, seinen Arm unter dem Kopfkissen vorzuziehen. Ohne Erfolg – alles kribbelte, sein Rücken fühlte sich an, als hätte er das Kreuz Jesu' die ganze Nacht den Berg hinauf- und wieder hinuntergetragen. Der Pater stöhnte und rollte sich auf die Seite. Sein eingeschlafener Arm rollte automatisch mit und hing nun schlaff von der Bettkante herunter. Die roten Ziffern des Radioweckers zeigten 4:42 Uhr.

»Herr, soll ich schon aufstehen?«, jammerte der Pater ins Kissen. Er brauchte keine Antwort von oben – würde er noch länger liegen bleiben, dann käme er gar nicht mehr hoch, das sagte ihm das Ziehen in seinem Rücken mehr als deutlich.

Irgendwie gelang es Pius, sich im Bett aufzusetzen und gleichzeitig die Beine über die Bettkante zu schwingen. Als seine nackten Füße die Holzdielen berührten, stieß er sich mit dem funktionierenden Arm hoch und kam in die Senkrechte. Mit viel Willenskraft gelang es ihm, den eingeschlafenen Arm zu schütteln. Das Ameisenballett wurde heftiger, aber so langsam gehorchte ihm sein Arm wieder. Pius trat ans Fenster. Draußen war es stockdunkel. Die Sterne blitzten hinter einzelnen Wolken hervor. Es würde ein schöner Tag werden.

»Danke, Herr, dass Du die Sonne scheinen lässt«, sagte Pius beim Gedanken an Franz Ahlmann. Mehr als einmal hatte der Pater erlebt, dass die Hinterbliebenen den Sonnenschein bei der Bestattung eines geliebten Menschen als tröstlich empfanden. Pius reckte sich, machte das Fenster auf und atmete die frische Luft ein. Mit seiner Trauerrede war er ganz zufrieden. Auf Briefe und Verwaltungskram hatte er keine Lust und bis zur Morgenmesse war genug Zeit. Pius ging zurück zum Bett, schaltete die Nachttischlampe ein und angelte nach den beiden Büchern auf dem Tischchen. Einen Moment lang schwankte er zwischen der Bibel und ›Dolores‹ von Stephen King.

»Du hast recht, Herr,« sagte er schließlich und schlug blindlings das Buch der Bücher auf. Er landete bei den Psalmen. Psalm 26. Das Bekenntnis und die Bitte eines Unschuldigen.

»Herr, schaffe mir Recht, denn ich bin unschuldig! Ich hoffe auf den Herrn, darum werde ich nicht fallen.«

Schuld. Unschuld. Schlagartig waren Pius' Gedanken bei Alfons Baumann. Ob er seinen Mörder gesehen hatte? Pius schloss die Augen. Wer war denn schuldig, wer nicht?

Jost Metzger? Oder hatte doch Schröder …? Der Pater wälzte die vergangenen Tage in seinem Kopf hin und her. Jeder und keiner kam infrage. Der Sohn selbst? Die Witwe gar?

»Ach Herr, warum musstest Du mich so neugierig

machen«, flüsterte der Pater. »Das wäre doch alles Arbeit der Polizei.« Was, wenn die Witwe und der Sohn vielleicht gemeinsame Sache gemacht hatten? Oder hatte Verena bereits jemanden verhaftet? Bitte nicht Nikos, flehte Pius den Herrn an.

»Ich weiß es nicht«, murmelte er schließlich und klappte die Bibel zu. Stephen King hätte sicher keine Antwort, aber er würde ihn ablenken, bis es wirklich Zeit zum Aufstehen war.

»Es ist 8 Uhr und unsere Hörerin Gabriele Petersen-Brinkmann grüßt ihren Gatten, der auf dem Weg nach Ungarn ist. Den Wunschtitel gibt's gleich nach den Schlagzeilen des Tages:

Die Ordnungsverwaltung der Stadt Tuttlingen teilt mit, dass in den nächsten beiden Wochen in der Stadtmitte mit verstärkten Kontrollen zu rechnen ist.

Die Gemeinde Balgheim ist immer noch auf der Suche nach einem Auszubildenden zur Bestattungsfachkraft. Interessenten melden sich bitte direkt beim Bürgermeister.

Die Narrenfreunde aus Aldingen sind wieder von Haus zu Haus unterwegs und sammeln Spenden, die, wie die letzten Jahre auch, den Aldinger Schulen zugutekommen. Mit dem Erlös werden Schüler mit Mittagessen versorgt.

Ihr hört euren Lokalsender Radio Donauwelle und Gaby wünscht sich für ihren Sandy ›Back Door Love Affair‹ von ZZ Top.«

Nachdem Verena eine SMS an Pius geschickt hatte (›Schröder aus dem Rennen – aber die Berliner haben trotzdem einen dicken Fisch an der Angel!‹), starrte sie die Wand an. Dort hatten sie und Thorben in den vergangenen Tagen Zettel und Notizen, Fotos und Kopien angeklebt. In der Mitte stand, in 72-Punkt-Fettschrift auf ein rotes Blatt ausgedruckt, der Name ›Alfons Baumann‹. Ansonsten waren die Zettel mehr oder weniger wirr aufgehängt.

»Wir müssen puzzeln«, stellte die Kommissarin fest.

Thorben verdrehte die Augen. Ja, das lernte man so auf der Polizeischule und ja, von ihm aus, es machte auch Sinn. Schöner und vor allem interessanter wurde das Täterpuzzle dadurch aber auch nicht. »Müssen wir wohl«, knurrte er und zerbiss das Halsbonbon. »Aber wir haben eigentlich schon alles durchgekaut!«

»Wir schon, aber der Weckerle nicht«, meinte Verena und griff zum Telefon.

»Der Weckerle? Hör mal, das ist nicht dein Ernst, oder? Das Leberkäs-Gehirn?«

»Genau deswegen. Vielleicht ist alles ganz einfach und wir verkopfen uns hier vergeblich?«

Weckerle meldete sich am anderen Ende der Leitung und Verena bat ihn, doch mal eben auf ein halbes Stündchen in den dritten Stock zu kommen. Weckerle war bass erstaunt, machte sich aber sofort auf den Weg – nicht ohne vorher nochmal von seiner Semmel abzubeißen.

Als er das Kripo-Büro betrat, war die Wand bis auf den roten Zettel leer. Verena und Thorben hatten alle Notizen abgerissen und in einem Karton deponiert. Was die angegraute Wand zwar nicht attraktiver, das Denken aber vielleicht leichter machte.

»Ja, was isch?«, fragte Weckerle, dessen Kopf vom Sprint in den dritten Stock die Farbe Richtung Rot gewechselt hatte.

»Wollen Sie einen Kaffee?«, säuselte Verena.

Weckerle riss die Augen auf – die hohe Beamtin bat ihn in sein Zimmer *und* bot ihm Kaffee an? Entweder hatte er was ausgefressen … oder er würde gleich befördert werden. Weckerle schüttelte den Kopf.

»Also nein«, sagte Verena und bat Weckerle, sich zu ihr und Thorben an den kleinen Besprechungstisch am Fenster zu setzen. Von hier aus hatten sie alle drei einen direkten Blick auf die ›Denk-Wand‹.

»Weckerle, Sie können uns vielleicht helfen«, begann Verena. »Sie als Spaichinger Urgestein, das zudem noch unbefangen ist, was den Fall Baumann angeht.«

»Ach so.« Weckerle schwankte zwischen Erleichterung (er wurde nicht hinausbefördert in den Streifendienst) und Enttäuschung (er wurde nicht hinaufbefördert auf einen besseren Posten). Trotzdem fühlte er sich geschmeichelt, dass die Ermittler ausgerechnet ihn um Hilfe baten – wobei er schon ahnte, dass das alleine Verenas Idee war. Mit dem Fischkopp wurde er einfach nicht grün und so ab vom Schuss war Weckerle nun auch nicht, dass er das Debakel mit dem Staatsanwalt nicht mitbekommen hätte. »Dann schießen Sie mal los«, sagte er schließlich und ließ die Hände knacken, als müsste er gleich schwer arbeiten.

»Also, wir haben den toten Alfons Baumann«, sagte

Verena, stand auf und zeigte auf das rote Blatt. »Und einen ganzen Kreis von Verdächtigen, halbe und ganze Spuren. Und vielleicht noch einiges übersehen.«

»Hm«, machte Weckerle, der zwar verstand, aber nicht ganz kapierte. Als aber Thorben begann, die Namen von Jost Metzger, Helmut Schröder, der Witwe, des Sohnes und von Nikos aufzuschreiben und an die Wand zu pinnen, wurde Weckerle unruhig. Irgendwas ging da nicht ganz auf, das war auch ihm klar. Aber was?

»Beim Spöttinger im Betrieb isch sonscht alles klar?«, fragte Weckerle. Er konnte sich gut vorstellen, dass der alte Baumann, der allgemein als cholerischer Chef galt, nicht gerade bei allen Mitarbeitern beliebt gewesen war.

»Gute Frage, Weckerle«, lobte Verena. »Da müssten wir noch mal durchfegen, ja. Wir haben die Sekretärin um die Listen der Angestellten gebeten, die müssten wir im Lauf des Vormittags bekommen. Aber das ist Fleißarbeit und so richtig zündend wird das nicht, sagt mein Bauchgefühl.«

»Bauchgefühl, aha«, stammelte Weckerle.

»Haben Sie sich mal um die Lischde von den Leuten gekümmert, die entlassen worden sind? Die hätten ja allen Grund, stinksauer zu sein«, fiel Weckerle nach einem Moment des Schweigens ein. »Ich hab da am Stammtisch schon einiges gehört und weiß von mindestens zwei Männern aus dem Lager, dass die ihr Häusle habet verkaufa müsse wegen der Arbeitslosigkeit. Und dem einen ischd sogar seine Frau wegglaufa!«

»So was wollten wir hören!«, fiel Thorben Weckerle ins Wort. »Haben Sie auch einen Namen zu dem Mann?«

»Ja freilich, ich weiß durchaus, mit wem ich mein Feierabendbierle trink!«, motzte Weckerle. Der Fischkopp schaffte es durch seine bloße Anwesenheit, den Polizisten zur Weißglut zu bringen.

»Und würden Sie uns den Namen auch verraten?«, konterte Fischer näselnd und unterdrückte ein Niesen.

»Schon.«

»Ja, dann machen Sie doch!«

»Häring. Kurt Häring.«

»Super!« Verena schrieb den neuen Namen auf eins der blauen Blätter und heftete es zu den anderen an die Wand.

»Sonst noch Ideen, Weckerle?«

»Schon, aber ich hätt so langsam Hunger.«

»Dann holen Sie sich in Gottes Namen ihre stinkende Semmel«, knurrte Thorben. »Und dann gehen wir gemeinsam noch mal die Berichte aus der Pathologie und der Spurensicherung durch.«

»Subbr. Des interessiert mich sowieso arg, gell!« Weckerle sprang auf und sauste aus dem Büro.

Thorben klatschte sich mit der flachen Hand an die Stirn, aber Verena hob triumphierend den Daumen: Sie hatte es ja gewusst – ganz so doof war der Weckerle eben doch nicht!

»Hier ist Radio Donauwelle. Am Mikrofon ist euer Steven. Ich grüße alle unsere Hörer und ganz speziell jene, die in den letzten Tagen den Geschehnissen um unsere Kollegin Mina gefolgt sind. Es ist mir gelungen, den in Offenburg gefassten Kolja Udarov ans Telefon zu bekom-

men. Hier nun das vor circa einer halben Stunde aufgezeichnete Gespräch:

»Hallo, Herr Udarov. Wo sind Sie und wie geht es Ihnen?«

»Hey. Bist du die Nase, die hier ständig miese Nachrichten über mich verbreitet?«

»Danke für das Du, Kolja. Ja stimmt es denn nicht, dass du von der Polizei als fahrerflüchtig gesucht wurdest und dass du unsere Moderatorin Mina als Letzter im ›s'Törle‹ in Möhringen gesehen hast?«

»Nö.«

»Nö?«

»Ja, ich habe vor einigen Tagen unbeabsichtigt ein Auto gestreift. Ja, die Polizei scheint mich deswegen gesucht zu haben. Ja, ich hatte einen Grund, warum ich weitergefahren bin, ohne jemanden darüber zu informieren. Nein. Ich kenne keine Mina. Aber woher weißt du, dass ich direkt nach dem Unfall in Möhringen war? Was läuft hier?«

»Du warst also im ›s'Törle‹?

»Ja, Mann! Was geht dich das an und woher wisst ihr das?«

»Minas WG-Mitbewohnerin Alba hat dich mit Mina gesehen.«

»Alba? Die Alb-Alba, die bei meiner Schwester wohnt?«

»Bei deiner Schwester? Oh Mann, was ist hier los? Wie heißt denn deine Schwester, Kolja?«

»Auch das geht dich nix an. Ich sag dir jetzt mal was, du Radiomann. Ich sag hier erst mal gar nix mehr. Wenn

du irgendwas wissen willst, dann frag meine Schwester Wilhelmine ... Over and Out!« Klick ...

»Okay. Hier bin ich wieder live und völlig ratlos. Was geschieht hier wirklich? Wo ist Mina und ist sie wirklich die Schwester dieses Kolja Kleinsthirn? Ich brauche Bedenkzeit und geh mal weitertelefonieren. Wir spielen die 27-minütige Liveversion von Led Zeppelins ›Dazed and Confused‹.«

Franz Ahlmann starrte in das Grab. Auf dem weißen Sarg lagen Blumen, einzelne Rosen, Nelken, zum Teil schon zerdrückt von der Erde, die die Trauergemeinde als letzten Gruß schaufelweise in das Grab von Lotte Ahlmann gegeben hatte. In der Hand hielt der Witwer einen Strauß aus zwei Dutzend weißen Rosen. Pius trat neben ihn und legte ihm die Hand auf die Schulter.

»Danke schön, Pater, das war eine wunderschöne Rede. Lotte hätte es gefallen.« Tränen liefen dem Mann über die Wangen und er versuchte nicht einmal, sie wegzuwischen. »Ich kann das nicht«, flüsterte Franz Ahlmann. »Ich kann sie doch nicht allein lassen ...« Seine Stimme brach.

»Lassen Sie sich Zeit«, antwortete Pius.

Die Trauergäste, unter ihnen auch Jutta Detering, die ehemalige Kollegin der Verstorbenen, und viele Spöttinger-Mitarbeiter älteren Semesters, hatten sich bereits auf den Weg zum Leichenschmaus in die ›Linde‹ gemacht, die nur zwei Querstraßen vom Friedhof entfernt Richtung Marktplatz lag.

Ahlmann schlang die Hände so fest um den Stiel des Straußes, dass seine Knöchel weiß hervortraten.

»Ihre Frau ist nicht allein, Herr Ahlmann«, tröstete Pius. »Sie ist geborgen in der Liebe Gottes.«

»Und sitzt auf einer Wolke, mit Flügeln am Rücken. Pah!« Ahlmann warf den Strauß mit Schwung ins Grab. Es klatschte leise, als die Blumen auf den Sarg prallten. Der Witwer wandte sich abrupt um und stapfte an den anderen Gräbern vorbei zum Ausgang. Pius ging ihm nach, doch mit dem Tempo des Mannes konnte der Pater nicht mithalten. Er musste dringend etwas für seine Kondition tun!

Als Pius schließlich bei der ›Linde‹ ankam, hatten alle Gäste schon Platz genommen. Die meisten schlürften bereits Kaffee, der in großen Pumpkannen auf den Tischen stand. Es gab Brezeln und den obligatorischen Hefekranz, den die meisten Herren mit Butter bestrichen hatten. Die Damen verzichteten lieber auf diese offensichtliche Kalorienbombe.

Der Witwer saß am hintersten Tisch bei den Schwestern seiner Frau. Die waren samt Familie angereist und hatten gemeinsam einen Kranz gekauft, auf dessen Schleife stand: ›Du fehlst uns, Lola!‹

Pius entdeckte einen freien Platz neben Jutta Detering. Er kannte die Sekretärin Baumanns von ein paar Treffen des Kirchenbazar-Gremiums, dem sie bis vor ein paar Jahren angehört hatte. Doch nachdem Waltraud und Brunhilde das Zepter – oder besser: die Stöcke – in die Hand genommen hatten, hatten sich einige langjährige Mitglieder aus dem Gremium verabschiedet. Die Detering war eine von ihnen.

»Ist da noch frei?«, fragte Pius.

»Aber sicher doch.« Die Sekretärin strahlte den Pater an. Sie kannte niemanden an ihrem Tisch. Vor ihr auf dem Teller lag ein angebissenes Stück Hefezopf, das so dick mit Butter bestrichen war, dass man den Abdruck ihrer Zähne erkennen konnte.

Pius setzte sich und Frau Detering füllte seine Tasse sofort mit Kaffee.

»Wollen Sie eine Brezel oder lieber einen Hefezopf?«, fragte sie, ganz die sorgende Sekretärin.

»Beides!«, rutschte es Pius heraus. Er hatte, wie so oft nach Beerdigungen, einen Bärenhunger, ganz so, als wollte sein Körper ihn daran erinnern, dass er noch lebendig war. Jutta Detering lächelte und bestückte Pius' Teller mit einer Brezel und zwei Stücken Zopf. Dann reichte sie ihm die Butter. Während der Pater die Brezel bestrich, fragte er:

»Wie geht es Ihnen, Frau Detering?«

Sofort verfinsterte sich der Blick der Frau. »Geht so, wenn ich ehrlich bin. Das ist alles so … so unwahr. Ich kann mir noch gar nicht vorstellen, dass Herr Baumann tot ist. Das ist noch gar nicht richtig zu mir durchgedrungen. Wissen Sie, es kommen täglich Briefe und Mails für ihn, Anrufe …« Jutta Detering starrte in ihre Kaffeetasse.

Pius biss einmal vom Hefezopf ab und nannte sich selbst insgeheim einen Glückskeks, weil er gleich beim ersten Bissen eine saftige, süße Rosine erwischt hatte.

»Und der Junior … also … daran muss ich mich auch erst gewöhnen. Der ist so ganz anders als sein Vater.«

Die Sekretärin lächelte schief. »Alles muss hopplahopp gehen, manchmal denke ich, der Mann ist mit Superbenzin im Blut unterwegs.«

Pius spülte den Hefezopf mit einem kräftigen Schluck Kaffee hinunter und wollte eben etwas erwidern, als ein markerschütternder Schrei durch den Saal drang. Alle Köpfe fuhren herum. Franz Ahlmann war so schwungvoll aufgesprungen, dass sein Stuhl nach hinten umgekippt war. Mit hochrotem Kopf und geballten Fäusten brüllte er die Bedienung an, die ein Tablett mit Gläsern und Spöttinger-Pils-Flaschen balancierte.

»Sofort raus mit dem Scheiß-Gebräu hier! *Sofort*!« Ahlmanns Stimme überschlug sich. Eine der Schwestern sprang auf, versuchte, den Mann zu beruhigen. Aber der steigerte sich nur noch mehr in sein Wutgebrüll hinein.

»Raus! *Raus*!«

Die Kellnerin starrte den Mann verständnislos an. Sie war keine 20 Jahre alt. Ihre Augen füllten sich mit Tränen, dann stellte sie das Tablett auf dem nächstbesten Tisch ab und rannte aus dem Saal.

»Weg mit dem Zeug!« Ahlmann stürzte sich auf das Tablett und wischte es mit einer einzigen Handbewegung vom Tisch. Die Gläser zersprangen am Boden und die Flaschen zerplatzten wie Luftballons auf den Fliesen.

»Franz, bitte!«, rief die Schwester.

»Lasst mich doch alle in Ruhe!«, kreischte der Witwer und lief hinaus. Beide Schwestern sahen sich ratlos an, dann eilten sie, entschuldigende Blicke auf die Trauergesellschaft werfend, ebenfalls aus dem Raum.

»Oh Gott«, flüsterte Pius. Mit einem Schlag schmeckte die Butter, als wäre sie ranzig.

Die Gäste starrten dem Witwer hinterher und nach einigen Sekunden absoluter Stille setzte Getuschel ein.

»Was hat er bloß?«, fragte Pius sich laut.

»Ich kann's mir denken«, flüsterte Jutta Detering und zerbröselte die knusprige Kruste ihres Hefezopfes. »Das Bier …«

»Wie bitte?«

»Das Bier hat ihn so ausrasten lassen«, wiederholte die Sekretärin immer noch im Flüsterton.

»Aber warum das denn?« Pius verstand nicht.

»Lotte hat getrunken. Sie war …«

»… alkoholkrank?« Der Pater schluckte trocken. Davon hatte der Witwer ihm nichts gesagt. Jutta Detering bestätigte mit einem Kopfnicken. Und dann flüsterte sie ihm die traurige Geschichte zu:

Lotte Ahlmann war Deterings Vorgängerin als Sekretärin bei Baumann gewesen. Die Detering, damals frisch mit der Berufsschule fertig, wurde eingestellt, um Lotte in deren Mutterschutz zu vertreten. Die Sekretärin war im siebten Monat schwanger, ein Wunschkind.

»Ich habe nie zuvor und nie danach eine Schwangere erlebt, die glücklicher war«, erzählte Jutta Detering dem Pater. »Alles schien so perfekt, tolle Ehe, die Eigentumswohnung …«

Auf das Ziehen in ihrem Bauch gab Lotte Ahlmann zunächst nichts. Wie auch, sie war zum ersten Mal schwanger. Aber als nach zwei Tagen die Schmerzen unerträglich wurden, ging sie zum Arzt. Der verordnete strikte Bettruhe. Lotte Ahlmann meldete sich krank – und erhielt einen Anruf vom Chef persönlich: Wenn sie nicht auf der Stelle an ihren Arbeitsplatz zurückkehrte, um den Messeauftritt von Spöttinger bei der Grünen Woche Berlin vorzubereiten, bräuchte sie gar nicht mehr zu kommen.

»Und sie haben das Geld gebraucht, wegen der Wohnung, die war ja noch nicht bezahlt.«

Die Schwangere quälte sich also zurück ins Büro. Zwei Tage lang ging alles gut, bis Baumann ihr am dritten befahl, sämtliche Akten aller vergangenen Messeauftritte aus dem Archiv im Keller zu holen.

»Ich hab gesagt, dass ich das machen kann«, erzählte Jutta Detering. »Aber davon wollte der Baumann nichts wissen. Und ich war ein Lehrmädchen, blutjung, ich hab mich nicht getraut, mich zu wehren.«

Der Pater nickte. Als die Detering weitersprach, wurde ihm flau im Magen: Als Lotte Ahlmann nach einer Stunde noch nicht aus dem Archiv zurück war, schlich Jutta Detering in den Keller. Dort fand sie die Frau, die sich vor Schmerzen am Boden krümmte.

»Die Fruchtblase war geplatzt. Sie hat das Kind verloren. Und dann kam noch eine Infektion dazu. Lotte wäre damals beinahe auch noch gestorben. Man musste ihr die Gebärmutter entfernen.«

Pius schlug die Hand vor den Mund. »Das ist ja entsetzlich …«

»Baumann hat ihr üppig was gezahlt. Und obendrauf gab es lebenslang eine wöchentliche Lieferung Bier, zwei Kästen, jeden Samstag. Aber nie ein Wort des Bedauerns, nichts. Wenn ich damals doch nur …«

Der Pater drückte Jutta Deterings Hand. »Nicht doch, nicht weinen«, sagte Pius. »Sie waren so jung!«

Die Sekretärin schniefte. »Ich hab Lotte öfter besucht am Anfang. Aber irgendwann wollte sie das alles nicht mehr und ich, ehrlich gesagt, auch nicht. Sie war meistens sturzbetrunken.«

Pius wurde heiß. Kalt. Wieder heiß. Da fügte sich ein Puzzle zusammen, an das er noch gar nicht gedacht hatte. Der tödliche Sturz … die Fotos, die irgendwann aufhörten … Ahlmanns Ausraster.

»Meinen Sie, dass Frau Ahlmann betrunken war, als sie stürzte?«, fragte Pius leise.

Die Detering nickte.

In dem Moment kamen die Schwestern zurück in den Saal – alleine. Der Witwer war nirgends zu sehen. Die eine zuckte mit den Schultern, die andere wischte sich über die Augen. Das Gemurmel im Saal wurde lauter, irgendwo war ein leises Lachen zu hören.

»Ich glaube, ich muss los«, sagte Pius, dem auf einmal schwummrig wurde.

Knappe zehn Minuten später klingelte er bei Ahlmann. Nichts. Pius läutete Sturm – ohne Erfolg. Er drückte auf sämtliche Klingelknöpfe des Hauses, aber nichts tat sich. Pius war sich sicher, dass Ahlmann nach Hause gegangen war – wo sollte der Witwer auch sonst hin?

»Herr, was soll ich tun? Hilf mir doch!«, flehte der Pater. Hinter ihm in einem Busch zwitscherte ein Spatz. Pius drehte sich um. Der Vogel flog auf, kreiste kurz über dem Busch und verschwand dann hinter dem Haus.

»Du meinst …?« Pius zwängte sich zwischen Hauswand und Thujahecke hindurch. Die Äste waren so dick und dicht, dass er schon befürchtete, stecken zu bleiben. Doch nach einer gefühlten Ewigkeit hatte er das Hauseck erreicht und stand im Garten. Ihm wurde schlecht: mitten auf dem Rasen lagen die Überreste eines jüngst gefällten Apfelbaumes.

»Hauen Sie ab!«, hörte der Pater eine Stimme. Ahlmanns Stimme. Er drehte sich um, konnte aber niemanden entdecken.

»Verschwinden Sie!«

Pius suchte mit Blicken den Garten ab. Da war niemand.

»Los, weg!« Die Stimme kam … von oben! Pius sah zum Haus – und erblickte Franz Ahlmann, der auf dem Dachfirst saß …

»Hallo, liebe Hörer. Hier ist Radio Donauwelle. Es ist ein wunderschöner Nachmittag und am Mikrofon begrüßt euch eure Mina. Als Erstes möchte ich mich bei der Redaktion des Senders für das mir entgegengebrachte Verständnis bedanken. Auch bei meinen Kollegen und den vielen lieben Hörern der Donauwelle bedanke ich mich ganz herzlich für alles, was ihr für mich getan habt. Obwohl es nicht ganz so notwendig war. Ich denke, ich bin euch allen eine Erklärung schuldig und beginne an dem Abend, an dem ich im ›s'Törle‹ in Möhringen war.

Es war dieser wunderschöne Frühlingstag und ich durfte auf die Biergarteneröffnungsfeier des ›s'Törle‹ und O-Töne sammeln. Das Wetter war super, Quadro Nuevo spielten europäischen Tango und die Leute waren wahnsinnig gut drauf. Nachdem ich mich mit meinem Kollegen Steven nach Feierabend dort verabredet hatte, freute ich mich auf den Abend. Aber dann kam alles anders! Zuerst erschien Steven nicht. Ich war ziemlich enttäuscht, da ich dachte, dass ich klassisch versetzt wurde. Dass Steven selbst aufgehalten wurde, ahnte ich damals nicht. Jedenfalls begann ich dann, den Abend mit meiner Freundin Alba zu genießen, bis mein Stiefbruder Kolja plötzlich auftauchte. Er war vollkommen anders, als ich ihn bisher kannte …

Hier muss ich leider für die folgenden Nachrichten unterbrechen. Danach gibt's Britta Persson mit ›Cliffhanger‹. Ein Geheimtipp!«

Nachdem Weckerle sein wer-weiß-wievieltes Leberkäsbrötle vernichtet hatte, führten Verena, Thorben und Weckerle ihre Diskussion über mögliche Täter fort. Hatte das Brainstorming anfangs hoffnungsvoll begonnen, drehten sich die drei bald jedoch mehr und mehr im Kreise. »Nichts, nada, niente, rien, nothing«, lamentierte Thorben. Auch die nochmalige Beschäftigung mit dem Bericht des Pathologen und der Spurensicherung brachte keine weiteren Erkenntnisse.

»Wir kommen einfach nicht weiter«, stellte Verena konsterniert fest.

Thorben stimmte ihr mit einem kräftigen Nieser zu und Weckerles zweitwichtigster Beitrag bestand darin, sich am Kopf zu kratzen und betrübt zu nicken.

»Dann erledigen wir erst einmal den liegen gebliebenen Schreibkram und treffen uns um Dreiviertel drei zu einem weiteren Versuch.« Weckerle nickte begeistert – seine Frau hatte ihm noch einen frischen Käsekuchen eingepackt für den es nun Zeit wurde – und schob sich durch die Tür. Verena und Thorben wandten sich ihrer Post, ihren Umlaufmappen und E-Mails zu.

Plötzlich schossen aus Thorben Salven von Niesern hervor, er schnappte nach Luft und lief rot an: »D … d … ibts … ich …«, brachte er dazwischen mühsam hervor.

»Thorben, was ist denn, was hast du?«, fragte Verena besorgt.

»Hierpfffschuu … schaupfffschuu«, brachte er mühsam hervor und zog eilends ein Taschentuch aus seiner Hosentasche. »Ppffröt … ppffröt … pppfffrööööt«.

Verena ging um ihren Schreibtisch herum und schaute über Thorbens Schulter auf seinen Bildschirm. »Heiliger Franz von Sales, das gibt's doch nicht!«, entfuhr es ihr entsetzt. Auf dem Bildschirm blitzte die Homepage des Bergboten und mittendrin prangte in reißerischen Kapitalen die Vorankündigung eines Beitrags von Ritter zum Mord an Baumann, der am morgigen Tag erscheinen sollte:

Der Mord an Alfons Baumann – Bergbote klärt auf!

Trotz der strikten Weigerung der Polizei und gewisser Persönlichkeiten aus dem Kloster auf dem Dreifaltigkeitsberg, dem Recht der Öffentlichkeit auf vorbehaltlose Klärung der ungeklärten Umstände von Alfons Baumanns Ableben am vergangenen Sonntag während des Gottesdienstes auf dem Dreifaltigkeitsberg nachzukommen …

»Bei allen Kugelschreibern, der Kerl hat einen Stil, furchtbar!«, brachte Thorben mühsam hervor.

»Der hat so viel Stil wie ein Nilpferd bei Germanys next Topmodel«, giftete auch Verena und las weiter:

… klärt der Bergbote seine Leser in der morgigen Ausgabe vorbehaltlos auf. Mehrere Spaichinger sind in höchstem Maße verdächtig, Baumanns Lebenslicht unvermittelt ausgeblasen zu haben …

»Von wegen Lebenslicht ausgeblasen!«, grollte Thorben »›Odem des Lebens abgedreht‹ wäre ein besseres Bild!«

»Na, Thorben, jetzt lässt aber dein Stil zu wünschen übrig!«, konterte Verena und wandte sich wieder dem Text zu:

Wichtigster Verdächtiger, und auch derjenige mit dem besten Motiv ist sicherlich Jost Metzger, der Braumeister des Spöttinger Bräus. Der Bergbote deckt die Hintergründe auf. Lesen Sie morgen den Bergboten!

Verena knirschte mit den Zähnen: »Ritter, wenn ich nicht selbst deine Knochen abnage, dann werfe ich dich den Forellen in der Prim vor! Thorben, zieh deine Nase aus dem Taschentuch, wir fahren in die Redaktion.«

Thorben ließ noch ein letztes »Ppppfffrrrrööööt« ertönen und erhob sich.

Mit quietschenden Reifen bremste Verena vor dem Redaktionsgebäude. Schon beim Aussteigen vernahmen sie den Tumult, der sich im Inneren des Gebäudes abspielen musste, blickten sich vielsagend an, zückten ihre Waffen und stürmten hinein. Eine kreischende Empfangsdame drückte sich an ihnen vorbei ins Freie, ein Stockwerk höher schallte der Klang nach sinnloser Zerstörung. Sie stürmten die Treppe in den Redaktionsraum hinauf und erstarrten an der Tür. Mitten im Raum stand die massige Gestalt Jost Metzgers. Mit beiden Händen schwang er eine Axt von beachtlichen Ausmaßen über seinem Kopf. Eingeschlagene Bildschirme, unschuldig zweigeteilte Tastaturen und abgeschlagene Schubladen markierten seinen Weg der Zerstörung durch das Büro. Im Hintergrund versuchte ein kreidebleicher Mike Ritter mit der weißen Wand zu verschmelzen, krallte sich in die gute Erfurter Rauhfasertapete, aber seine Knie gaben unaufhörlich nach und er rutschte langsam an der Wand herunter.

»Metzger, sofort runter mit der Axt!«, brüllte Verena mit vorgehaltener Waffe. Thorben hatte ebenfalls seine Waffe auf Metzger gerichtet und bewegte sich langsam auf den beinahe ohnmächtigen Ritter zu.

Metzger schaute Verena an, dann Thorben, dann wieder Verena und schleuderte seine Axt quer durch den Raum. Mit einem lauten ›Tschockkgg‹ schlug sie etwa zehn Zentimeter über Ritters Kopf in einen Querbalken des Fachwerks ein. Ritters untere Körperöffnungen versagten sich riechbar seiner Kontrolle. Metzger ließ seine Arme sinken, sackte auf einen Stuhl und vergrub sein Restgesicht in seinen kräftigen Händen. Zuerst war es ein leises Schluchzen, das seiner Kehle entfuhr, dann weinte der große Mann so hemmungslos, dass es ihn schüttelte. Verena schob ihre Waffe in den Halfter, Thorben ebenso.

»Dieses Schwein, der weiß doch gar nix, pluschtert sich aber auf wie ein Pfau und versaut mir mein Leben für eine Story!«, brachte Metzger mit Mühe heraus.

»Herr Metzger, mag ja sein, aber das war keine gute Vorstellung, die Sie da eben gegeben haben«, versetzte Verena nicht ohne Mitgefühl. »Wir müssen Sie jetzt mitnehmen, diesmal haben Sie sich wirklich ernsthaft in Schwierigkeiten gebracht.« Sie schaute Thorben an, der merklich errötete.

»Bis zur weiteren Klärung bleiben Sie bei uns auf der Wache«, schnaubte der Kommissar, aber seine Stimme schwankte merklich.

»Ritter« – Verenas Stimmbänder waren in Hohn getränkt – »wenn Sie wieder Herr Ihrer Körperfunktionen sind und zudem nach einer ausgiebigen Dusche Ihre Hosen gewechselt haben, kommen Sie zu uns aufs Revier. Natürlich können Sie und der Bergbote Anklage gegen Metzger wegen tätlichen Angriffs und Sachbeschädigung erheben. Aber nach dem Mist, den Sie auf Ihrer Homepage veröffentlicht und mit dem Sie Ihren gesamten Berufsstand durch mangelnde Recherche und puren Sensationswillen diskreditiert haben, würde ich mir gut überlegen, ob Sie nicht lieber ganz bescheiden die Klappe halten wollen.«

War Ritter schon Minuten zuvor zusammengesackt, verdichtete er sich nun endgültig zu einem Häuflein Elend.

Metzger ließ sich widerstandslos abführen und in den

Wagen verfrachten. Dort blinkte Verenas Handy. Eine Nachricht von Pater Pius, vor zehn Minuten abgeschickt. ›Verena schnell, Ahlmann springt vom Dach!‹

»Thorben, Blaulicht. Da schau. Metzger, anschnallen. Thorben, ruf die Feuerwehr und den Notarzt an.« In einer Geschwindigkeit, die sämtlichen Schumachers und Vettels dieser Erde zur Ehre gereicht hätte, kam sie bei Ahlmanns Wohnhaus an und schleuderte in dessen Einfahrt. Einige gärtnerische Höchstleistungen Ahlmanns gingen dabei genauso unweigerlich verloren wie die völlig überflüssigen Seitenspoiler des 115 PS-starken Dienstwagens.

»Verena! Verena, hier! Schnell!«

Pater Pius. Hinter dem Haus.

Thorben und Verena ließen Metzger Metzger sein, spurteten zur Gartenseite des Hauses und sahen – nichts.

»Hier oben! Schnell, die Leiter da unten!«

Was Verena und Thorben entdeckten, als ihre Blicke nach oben schossen war grotesk. Pater Pius saß rittlings auf dem Dachfirst wie auf einem Rodeopferd und hielt, selbst rotgesichtig, einen rotgesichtigen und wild um sich schlagenden Franz Ahlmann im Schwitzkasten. Gegen den mächtigen Pater hatte der schmächtige Ahlmann scheinbar wenig Chancen.

»Schnell, er wollte springen, lange kann ich ihn nicht mehr halten. Er war's, Erklärung später.«

Thorben hatte die Leiter aufgestellt, kletterte rasend schnell nach oben, Verena war dicht hinter ihm. Doch kurz bevor Thorben Ahlmann zu fassen bekam, hatte der dem abgelenkten Pater Pius seine rechte Faust auf dessen linke Schläfe geschlagen, löste sich von ihm, spannte seine Beine an und sprang. Wie in Zeitlupe erschien Thorben und Verena sein Fall. In Zeitlupe sank auch der getroffene Pater Pius zur Seite und drohte auf dem Dach abzurutschen. Thorben griff statt nach Ahlmann instinktiv nach dem Ärmel von Pius' Kutte, erwischte sie und packte mit der Linken das Handgelenk des Paters. »Hab Sie. Hoch mit Ihnen«.

Verena versuchte noch, Ahlmann zu packen, war aber weniger erfolgreich als Thorben. Sie verfehlte Ahlmanns Gürtel knapp, er stürzte wirbelnd in die Tiefe und schlug knirschend mit dem Nacken auf der Sandsteinumrandung des kleinen Wasserbassins auf.

Die von Fischer alarmierten und mittlerweile eingetroffenen Rettungskräfte konnten nichts mehr für Ahlmann tun. Kurz bevor sie ihn abtransportierten, konnte Verena noch einen Blick auf Ahlmann erhaschen: Die Augen waren starr, gebrochen und einfach tot, aber um seine Lippen schien ein leichtes Lächeln eingegraben zu sein.

»Hier ist Mina auf der Donauwelle und ich möchte euch den Rest meiner vor den Nachrichten begonnen Geschichte erzählen.

Nachdem also Steven nicht auftauchen wollte, begann ich dann den Abend mit meiner Freundin Alba zu genießen. Bis mein Stiefbruder Kolja plötzlich auftauchte. Er war vollkommen anders, als ich ihn bisher kannte. Absolut aufgelöst und fast schon panisch. Er erzählte in zum Teil unzusammenhängenden und wirren Sätzen, dass er kurz zuvor einen Anruf von seinem Vater aus dem Stammheimer Gefängnis bekommen hatte. Warum mein Stiefvater dort sitzt, ist allerdings eine andere Geschichte. Jedenfalls erzählte Kolja, dass unsere Mutter einen schweren Verkehrsunfall gehabt habe und auf der Intensivstation in Saarbrücken liege. Wir beschlossen natürlich sofort, zu ihr zu fahren. Da Kolja allerdings auf dem Weg nach Möhringen einen Unfall hatte, schnappten wir uns den WG-Austin Mini meiner Mitbewohnerin Alba und fuhren los. Ein Sorry übrigens auch an Alba und ich erstatte dir natürlich noch die Kosten für deine Taxifahrt nach Hause. Die nächsten Tage verbrachten wir dann im Krankenhaus meiner Mutter. Mein Stiefbruder und ich konnten uns glücklicherweise in einem Apartment vis-à-vis des Krankenhauses einmieten. Wir hatten beide kein Handy dabei, sodass ich die ganzen Anrufe der Kollegen und der Redaktion nicht entgegennehmen konnte. Entschuldigung dafür und auch, dass ich vor Sorge um die Gesundheit unserer Mutter nicht darauf kam, mich ordnungsgemäß beim Sender von der Arbeit abzumelden.

Welche Aufregung ich hier im Donauwellenland verursacht habe, erfuhr ich dann erst heute Morgen, als ich aus Saarbrücken zurückkam. In diesem Zusammenhang möchte ich mich nochmals bei allen für euer Mitgefühl bedanken und ich verspreche euch, nie wieder so eine Verwirrung anzustiften.

So … und nun mache ich mich auf den Weg zur Neuauflage meines Rendezvous' mit Steven und gebe ab an

Svenja, die mir versprochen hat, noch einen Wunschtitel zu spielen. Diesen widme ich meinem Lieblingskollegen Steven und ihr hört nun ›Du bist das Beste, was mir je passiert ist‹ von Silbermond.«

WAS DANACH GESCHAH ...

Nachdem unser Werk ›Klosterbräu‹ beim Lektorat angekommen war, fanden wir, die Autoren, es an der Zeit, unser Opusculum gebührend zu feiern. Wir jetteten spätabends nach Nizza, um im Carlton zu frühstücken, anschließend nach New York zu Harry Winston, Silke Porath fehlte noch eine bescheidene Brillantbrosche mit Saphir-Cabochons, passende Ohrringe und diverse Kleidungsstücke einschlägiger Designer für die Vorlesungsreisen. Zwei kleine Andy-Warhol-Zeichnungen nahmen wir bei Gagosian mit – en passant sozusagen. Weiter ging es nach London, drei Maßanzüge für Andreas Braun von Gieves & Hawkes in der Savile Row abgeholt, anschließend Abendessen im Acanto in Mailand. Nächster Tag Modena. Andreas Braun musste dort endlich seinen neuen Ferrari 599 GTO abholen. Er stieg in den Wagen, die Sonne schien ihm ins Gesicht ...

»He, hallo, hörst du mir überhaupt zu ...?«

»Was ..., ja ...ohja, sicher!«

Wir saßen auf einer wohlbekannten Terrasse in Spaichingen, die Sonne schien uns ins Gesicht ... Vor uns je einen Pott Kaffee, braun schimmernd, wie edelster Wollstoff und Erdbeerkuchen in Ferrarirot, bestückt mit Perlzucker, der wie Brillanten in der Sonne glänzte ...

»Also, pass auf, seit dem ›Fine‹ unter unserem Roman hat sich noch einiges ereignet, was wir unseren Lesern irgendwie noch mitteilen sollten. Also, Pater Pius hat sich seine Kreuzschmerzen zu Herzen genommen – oh nee, das klingt ja schrecklich, zitier das ja nicht – jedenfalls hat er Nordic Walking angefangen, aber er stiehlt sich heimlich aus dem Koster und bewegt sich weit weg vom Dunstkreis der Betschwestern, du weißt, der ›Stockenten‹ …«

»Ach nee, und das schafft er?«

»Na ja, bislang schon, aber ich hab's ja auch erfahren und da ist es nur noch eine Frage der Zeit, bis …«

»… die Stockenten den Ganter eingefangen haben … kicher …, armer Pater Pius! Weiter, was noch?«

»Thorben zieht doch nicht bei Verena ein.«

»Waaas?«

»Ja. Bei ihm wurde eine Gluten-Intoleranz entdeckt und nachdem er Verena schon mit einem harmlosen Schnupfen völlig verrückt gemacht hat, hat er die Kündigung seiner Junggesellenwohnung rückgängig gemacht, er ist ja sooo zartfühlend, findest du nicht?«

»Ja, das ist er, unser Sensibelchen, ein wahrer Ausbund an Uneigennützigkeit, die wöchentliche Anwesenheit von Verenas Mutter in ihrer Wohnung hatte sicherlich gar nichts damit zu tun?«

»Nein; neeein, natürlich überhaupt nichts!«

»Ich sehe, wir verstehen uns …«

»Noch'n Kaffee?«

»Ja, gerne!«

»Thorben hat übrigens seit dem Zwischenfall mit Metzger immer drei Paar Handschellen bei sich, Dr. Rohburger und Petersen haben ihn ziemlich durch die Mangel gedreht, aber Metzger hat keine Anzeige erstattet, der war so froh darüber, dass Ritter und der Bergbote nichts gegen ihn unternommen haben, dass er Thorben verziehen hat. Apropos Metzger, Witwe Baumann …«

»Oh, Wüttwe Baumann, Madame, scheint es ungelegen darauf hinzuweisen, dass in Euro Gnaden seligem Weinkeller seit Jahren mehrere Flaschen teures Blubberwasser darauf warten …«

»Ja, geh schon, du Suffkopp, du kennst ja zumindest den Weg hinunter …«

»Bin gleich wieder da …«

Plopp. Brschschsch, dogg … dogg … doggdoggdogg.

»Jetzedle, also Wüttwe Baumann, die gnä Frau …«

»Deinen Sarkasmus kannst du dir sparen, die Frau hat seit dem Tod ihres Mannes Format gewonnen.«

»Format? Prost, also an ihrem Format hatte ich eigentlich nie etwas auszusetzen. Im Gegenteil, die Goldpuschen von Manolo haben ihr Format ganz vortrefflich und nicht ohne Neid meinerseits in Szene gesetzt …«

»Ich bin froh, dass ich einen Freund habe, der so tief in die menschliche Psyche zu schauen gewillt ist.«

»Ja, gell?«

»Trink noch zwei bis drei Hektoliter Champagner, vielleicht wirst du dann ja …«

»Gern, aber jetzt erzähl weiter!«

»Na gut, aber hier schläfst du deinen Rausch nicht aus!«

»Nein?«

»Nein!«

»Schon gut, erzähl weiter, du verstehst mich doch!«

»Meinetwegen. Also, Wüttwe, äh, Witwe Baumann hat dem Metzger aus dem Nachlass ihres Mannes die ursprünglich versprochenen 100.000,- DM für sein Stillschweigen und die erlittenen Verletzungen in Euro gezahlt. Und bevor du meinst, du könntest dich bei Metzger weiter durchsaufen, sage ich dir besser, dass er mit dem Geld eine kleine Wirtshausbrauerei in Konstanz aufgemacht hat.«

»Na, da fahr ich doch …«

»Lass es sein, seine Axt hat er immer noch und du hast ja auch …«

»Aua, ja, stimmt. Aber weier, äh, w e i t e r, was haschd du noch in Erfahrung gebracht?« Plopp. Brschschsch, dogg … dogg … doggdoggdogg.

»Noch eine Flasche?«

»Ah gääähns, Frau Baronin, san's gnädig mit äinem oalten und hinfälligen Literaten, gääá?!«

»Jawooll, gnädig sammer, aber ungnädig au glei, gell!«

»Un wasch isch jedschd mit der Baumannsche?«

»Die isch – ist jetzt an den Starnberger See gezogen, die Brauerei will sie an einen Stuttgarter Großkonzern verkaufen, ich kann sie verstehen.«

»I aaa, Starnberg forever … love you Starnberg, be mine Starnberg, Schduddgard my love … hasunochchips?«

»Hinten rechts in der untersten Schublade, aber die Hundekekse sind tabu!«

»Fürwashälsdumich? Muss mal bin gleich wieder da.«

»Un sonst?«

»Verena ist weg, sie kann Thorben gerade nicht ab.«

»Werkannendenab? Wo isse?«

»In Glücksburg.«

»In Glückswo?«

»Glücksburch, Glüggsburg. Glücksburg, kapiert?«

»Nö, abba machnix, achja, so, ich geh jedschd bescher, bisch mor … hicks, mor … morschen, tschullichung. Kaffe morsch … morsch … morschen?«

»Aber gern«.

»Nixsch für ungut, liebe disch, love you forever, ever ääääfffer. Nacht. Wasch war in dem Brauschezeuch …«

»Guten Morgen!«

»Jaja, ist ja gut, du mich auch, nicht so laut bitte!«

»Kaffee?«

»Ja bitte. Mit wenig Wasser und viel Koffein! Also Verena ist nach Glücksburg abgehauen. Glücksburg an der Ostsee, bei Flensburg?«

»Ja, genau dorten.«

»Und was macht sie da?«

»Spazieren gehen, sich die würzige Ostseeluft um die Nase blasen lassen, außerdem hat sie alle Staffeln von Dr. House mitgenommen und sich total in Hugh Laurie verliebt, wir haben gestern miteinander telefoniert.«

»Da kann einem Thorben ja fast leidtun …«

»Na, nun, und das aus deinem Munde?«

»Naja, wir Männer …«

»… müssen eben zusammenhalten, wie? Was Besseres fällt dir wohl nicht ein?«

»Heute Morgen leider nicht, aber gib mir noch eine Chance, geliebte Mutter meines geliebten Patensohnes!«

»Ach, jetzt werden wir familiär?«

»Na, damit kriegt man dich doch immer!«

»Scheusal, Schuft, Nichtsnutz!«

»Danke, ich liebe dich auch, das wollte ich hören. Jetzt bin ich wach, also erzähl weiter.«

»Erst brauch ich noch einen Kaffee«.

»Den, meine Beste, hole ich dir.«

»Na wenigstens zu etwas bist du heute Morgen gut. Also, der Prozess um Schröder: ständig großer Journalistenauflauf am Landgericht von Berlin. Im Grunde hat ihn die Justiz an der Angel, aber seine Anwälte, die ihn wenigstens ein Vermögen kosten, finden ständig Mittel und Wege, den Prozess zu verzögern.«

»Tja, Tod durch Ertränken im Bierfass war nicht einmal in der mittelalterlichen Rechtssprechung vorgesehen, aber ich bin überzeugt davon, dass ihm ein paar Jährchen blühen, wir müssen nur Geduld haben. Apropos Schröder, ich bin neulich in Starnberg …«

»Was hast du denn in Starnberg gemacht«?

»Also, da habe ich vor zwei Wochen im Internet …, das erzähle ich dir mal, wenn die Kinder nicht da sind …«

»Ah, gut, verstanden, was war in Starnberg?«

»Ich bin Samstag früh Frau Baumann beim Brötchenkaufen begegnet. Sie hat sich von ihrem Sohn ihre Firmenanteile auszahlen lassen und eine Wohnung in einem Komplex direkt am See gekauft. Sie wolle einfach weg, auf andere Gedanken kommen, ihr Leben ausfüllen … So, wie die gegrinst hat und so viele Brötchen, wie die gekauft hat, ist sie wohl ganz gut ›ausgefüllt‹, wenn du mich fragst.«

»Irgendetwas an dem, wie du das sagst, gefällt mir nicht, du zweideutelst eindeutig!«

»Also gut, ich habe den ›Ausfüller‹ gesehen, Basistyp Thorben, aber mit Ferrari statt Fiesta und die Designerklamotten kauft der containerweise.«

»Gönnst du ihr das nicht?«

»Doch, doch, aber nicht den Ferrari!«

»Bei deiner alten Schüssel, dafür habe ich Verständnis.«

»Danke, du meine Göttin! Aber bei Baumann Junior hat sich doch auch etwas getan, wie ich ein kleines Vögelchen namens Detering habe zwitschern hören, erzähl mir mehr.«

»Also, Baumann Junior hat letzten Samstag die Renk'sche vom Empfang geheiratet, das weißt du ja wohl schon, aber, dass sie im siebten Monat schwanger ist, das dürfte dir neu sein.«

»Nein! Im siebten schon? Also haben die noch quasi unter den Augen vom alten Baumann, womöglich …«

»Zügle deine Fantasie, du alter Schwerenöter.«

»Das kommt davon, dass ich Hunger hab, Hast du noch was von meinen Pfannkuchen übrig gelassen? Nix mehr, Nada, niente? Dann lass uns zu Nikos fahren, du fährst!«

»Danke, ganz der Gentleman.«

»Kalimera Silke, kalimera Andreas! Birra Lewwenbrei?«

»Löwenbräu?«

»Nikos, was ist los?«

»Ach, das wisst ihr noch nicht, Baumann Junior hat mich aus dem Vertrag mit seinem Vater entlassen. Ich habe mich auf die Hinterfüße gestellt und ihn vor die Alternative freierer Vertrag oder Kündigung mit allen Konsequenzen gestellt. Nachdem er die letzten Jahre nachgerechnet hat und nun weiß, was ich ihm alles eingebracht habe, hat er zugestimmt, dass ich nicht nur eine geringere Pacht zahlen muss, sondern auch zusätzliche Biersorten ins Sortiment aufnehmen darf.«

»Na, der Junge scheint ja doch nicht so blöd zu sein, der hat wohl begriffen, dass man die Hand, die einen füttert, nicht abhacken darf. Vielleicht bleibt uns doch noch eine Brauerei in Spaichingen erhalten.«

»Genau, Liebes, daher Nikos, lieber ein Spöttinger, wenn du gestattest!«

»Gern doch!«

»Und zweimal Forelle blau mit Bratkartoffeln!«

»Apropos Fisch, mein Lieber, du glaubst es nicht, Fischer und Weckerle sind vor einer Woche miteinander im Grünen Baum in Aldingen versumpft. Keiner weiß, was da passiert ist, aber seitdem verstehen sich die beiden richtig gut und Weckerle futtert nur noch Brötle mit Matjesfilets, die ihm Thorben in großem Stil importiert.«

»Nee, nicht dein Ernst, Weckerle ohne Leberkäse?«

»Jau, das ist gelebte Globalisierung und wenn sie nur

zwischen Nord- und Süddeutschland stattfindet. Wo wir gerade beim Thema Essen sind, da gibt es eine weitere Globalisierung hier in Spaichingen!«

»Erzähl!«

»Neulich war ich oben bei den Brüdern und habe mit ihnen zu Abend gegessen, saure Gurkenspätzle. Du glaubst nicht, wer die gemacht hat!«

»Bruder Sunil?«

»Spielverderber, ja genau. Und Bruder Johannes experimentiert mit der asiatischen Küche.«

»Warum habe ich das irgendwie gewusst? Sonst alles klar da oben auf dem Berg? Nikos, bitte noch ein Spöttinger und stell den guten Ouzo kalt, Madame fährt!«

»Gern!«

»Ja, nur Bruder Wolfgang macht noch Sorgen, er sucht schon während der Predigten die Kirchenbänke nach potenziellen Mördern durch und klappert sie nach der Predigt nochmals ab. Aber Pius sagt, dass er einen guten Verhaltenstherapeuten in Rottweil besucht, der ihm das schon noch abgewöhnen wird. Übrigens Ärzte – Doktor Kirschner hat angesichts Thorbens Hypochondrie endgültig die Segel gestrichen und ihm nahegelegt, er möge sich doch bitte einen anderen Arzt suchen, am besten in Hamburg.«

»Oh nein, neinneinnein, nicht in Hamburg, den Dödel will ich bei mir nicht sehen! Richte ihm bitte aus, dass ich einen hervorragenden Allgemeinarzt in München kenne, wenn ich mich recht besinne, kenne ich auch einen in Kualalumpur, Saigon, Johannesburg, Peking und Montevideo …«

»Nikos, zahlen bitte! Nachdem Madame fährt, zahlt Monsieur!«

»Abbär, meine Liebste, gern doch, isch bin glücklisch, wenn isch dein Portemonnai sein darf, ma Cherie!«

»Jaja, schon gut. Schlaf schneller, Genosse, eins meiner Kinder wird dich wecken und dann unterhalten wir uns über Band drei, klar?«

ENDE

BRUDER JOHANNES' WELTBERÜHMTES SPÄTZLESREZEPT:

Zutaten für 4 Personen:

500 g Mehl
2 – 3 Eier
ca. 400 ml Wasser
20 g Butter
1 TL Salz
etwas Weckmehl

Mehl, Eier, Wasser, Butter und Salz verrühren. Der Profi macht's mit einem hölzernen Kochlöffel, das gibt nebenbei ordentlich Muckis und baut Aggressionen ab. Der Teig muss reißend vom Löffel fallen und, ganz wichtig, Blasen werfen, dann ist er perfekt. Extratipp: Mit Weckmehl ausgleichen, bis die gewünschte Konsistenz erreicht ist (erinnert dann an Kaugummi).

Während man über dem Teig schwitzt, den größten verfügbaren Topf mit Wasser füllen und das zum Kochen bringen.

Jetzt wird's spannend – und zur Auswahl stehen zwei Möglichkeiten. Entweder schabt man die Spätzle vom Brett, oder man nimmt eine original schwäbische Spätzlepresse. Die ist bei original schwäbischen Hausfrauen zwar verpönt, setzt sich aber trotzdem immer mehr durch und darf in keinem original schwäbischen modernen Haushalt fehlen.

Die Spätzle gibt man ins köchelnde Wasser, und sobald sie wieder oben schwimmen, sofort abschöpfen und mit etwas Butter (verhindert das Zusammenkleben) in eine Schüssel geben.

Wer nett sein will zu seinen Gästen, der gibt über die fertigen Spätzle noch Semmelbrösel. Dazu etwas Butter in einer Pfanne schmelzen, Brösel hineingeben, das Ganze kurz (!) rösten lassen.

Bruder Johannes empfiehlt, immer mindestens doppelt so viele Spätzle zu machen, wie man zu benötigen meint. Erstens flutschen die weg wie nix (mit einem schwäbischen Bratensößle sowieso), zweitens kann man am nächsten Tag aus den Resten

Bruder Johannes' original Kässpätzle machen!

Dazu die verbliebenen Spätzle mit etwas Butter in eine Pfanne geben und geriebenen Edamer dazugeben. Sobald die ersten Spätzle knusprig werden und der Käse komplett zerlaufen ist, etwas Pfeffer (natürlich aus der Pfeffermühle) darüberstreuen. Obendrauf kommen noch frisch angebratene Röstzwiebeln (keine fertigen Röstzwiebeln aus der Fritteuse!) und zwei Prisen frisch geschnittene Petersilie. Dazu gibt's grünen Salat. Bruder Johannes nimmt für die Salatsoße gern frisch geschnittene Kräuter aus dem Klostergarten: jeweils einen kleinen Esslöffel gehackte Petersilie, Schnittlauch und Zitronenmelisse, einen Teelöffel gehackten Liebstöckel, eine gut gesäuberte und klein geschnittene Frühlingszwiebel, 2 Esslöffel Weinbrand-Essig, einen guten Schuss Nussöl, einen Teelöffel Honig sowie Salz und Pfeffer je nach Geschmack. Fertig ist ein schnelles himmlisches Mahl. Je nach Portion der Kässpätzle könnte danach ein ganz irdisches Obstwässerle hilfreich sein …

MARCUS IMBSWEILER
Glücksspiele
Kriminalroman
GMEINER Original

Unsere Lesermagazine

2 x jährlich das Neueste aus der Gmeiner-Bibliothek

24 x 35 cm, 32 S., farbig; inkl. Büchermagazin »nicht nur« für Frauen

10 x 18 cm, 16 S., farbig

Alle Lesermagazine erhalten Sie in Ihrer Buchhandlung oder unter www.gmeiner-verlag.de.

GmeinerNewsletter

Neues aus der Welt der Gmeiner-Romane

Haben Sie schon unsere GmeinerNewsletter abonniert?

Monatlich erhalten Sie per E-Mail aktuelle Informationen aus der Welt der Krimis, der historischen Romane und der Frauenromane: Buchtipps, Berichte über Autoren und ihre Arbeit, Veranstaltungshinweise, neue Literaturseiten im Internet und interessante Neuigkeiten.

Die Anmeldung zu den GmeinerNewslettern ist ganz einfach. Direkt auf der Homepage des Gmeiner-Verlags (www.gmeiner-verlag.de) finden Sie das entsprechende Anmeldeformular.

Ihre Meinung ist gefragt!

Mitmachen und gewinnen

Wir möchten Ihnen mit unseren Romanen immer beste Unterhaltung bieten. Sie können uns dabei unterstützen, indem Sie uns Ihre Meinung zu den Gmeiner-Romanen sagen! Senden Sie eine E-Mail an gewinnspiel@gmeiner-verlag.de und teilen Sie uns mit, welches Buch Sie gelesen haben und wie es Ihnen gefallen hat. Alle Einsendungen nehmen automatisch am großen Jahresgewinnspiel mit attraktiven Buchpreisen teil.

GMEINER

Wir machen's spannend